ЭЛЕМЕНТАРНО,
ХОЛМС!

МАЙКЛ КОННЕЛЛИ · САРА ПАРЕЦКИ
МАЙКЛ СИМС · ЭНДРЮ ГРАНТ
ДЖЕФФРИ ДИВЕР · ЛОРА КОЛДУЭЛЛ
ДЖОН ЛЕСКРОАРТ · КОРНЕЛИЯ ФУНКЕ
ДЕНИЗ ГАМИЛЬТОН · МАЙКЛ ДИРДА
ХАРЛАН ЭЛЛИСОН · НЭНСИ ХОЛДЕР
ЛЕСЛИ С. КЛИНГЕР · ГААН УИЛСОН

НОВЫЕ ИСТОРИИ
о
ШЕРЛОКЕ ХОЛМСЕ

ЭЛЕМЕНТАРНО, ХОЛМС!

Редакторы и составители
Лори Р. Кинг, Лесли С. Клингер

Издательство АСТ
Москва

УДК 821.111-312.4
ББК 84(0)-44
Э45

Серия «Классика детектива»

IN THE COMPANY OF SHERLOCK HOLMES

Перевод с английского *К. Егоровой* и *В. Гольдича*

Компьютерный дизайн *В. Половцева*

Элементарно, Холмс! : [сборник : перевод с английского]. —
Э45 Москва : Издательство АСТ, 2016. — 336 с. — (Классика детектива).

ISBN 978-5-17-087578-8

Приключения Шерлока Холмса продолжаются! И на этот раз в компании таких звезд современного триллера, как Джеффри Дивер, Сара Парецки и Майкл Коннелли, а также Харлана Эллисона, Корнелии Функе и многих других.

Новые подробности из жизни Шерлока Холмса, новые расследования и знакомые истории под совершенно неожиданным углом... Непредсказуемые сюжеты, объединенные искренней любовью к наследию сэра Артура Конан Дойла.

УДК 821.111-312.4
ББК 84(0)-44

ISBN 978-5-17-087578-8

Посвящается
сэру Артуру Конан Дойлу:
верному, как сталь,
прямому, как клинок

ВСТУПЛЕНИЕ

Лори Р. Кинг, Лесли С. Клингер

Так кто же все-таки такой этот Шерлок Холмс? Самая безупречная в мире машина, наделенная способностью наблюдать и анализировать, хотя и складывается впечатление, что метод его главным образом основан на пропитанном никотином полете воображения. Воин, сражающийся с врагами голыми руками, используя боевые искусства, который утверждает, что склонен к исключительной лености. Пребывающий в прострации актер-любитель, употребляющий наркотики, способный при этом выдерживать огромные физические нагрузки. Одинокий мизантроп, имеющий всего двоих друзей (доктора и домоправительницу), но они настолько ему верны, что готовы пожертвовать ради него жизнью.

Человек, решающий сложные загадки, и сам загадка.

Холмс в качестве архетипа — это слово означает «первичный образ» — представляет собой один из определяющих образов последних ста пятидесяти лет, нечто вроде юнговской вариации «художника-ученого». Мир не знал, чего ему не хватало, пока Конан Дойл не снабдил его этим — но после, когда архетип ожил, он оказался, следуя терминологии нового тысячелетия, *мемом*.

Мем — это контагиозный артефакт — образ, идея, фраза, поведение, — который распространяется, точно вирус. И, как и любой вирус, биологический или компьютерный, он растет, размножается, мутирует — но самое главное, воздействует на того, кто им заражен. И, поскольку в ДНК вируса содержится целая вселенная генетической информации, мем может нести на своих узких плечах огромное количество самых разных значений.

Вариации на тему Холмса начали появляться в печати с тех самых пор, как первые истории о нем увидели свет: одни были довольно причудливыми, другие — неумолимо серьезными. Кое-какие из них рассказали нам о нас самих, ибо Шерлок Холмс — это каждый из нас и одновременно — супергерой, наделенный не только нечеловеческими возможностями, но и острым умом, опытом, крошечным сообществом верных друзей и способностью мастерски пускать в ход рапиру или палку. Как художник-ученый, Холмс держит в своих желтых от никотина изящных пальцах холодные, не связанные между собой, незначительные факты — и электризует их, наполняя нас восхищением перед полетом его вдохновения.

Если подумать, нам бы следовало представить его не в виде архетипа, а чем-то вроде голема, существа, рожденного землей, в которого вдохнули жизнь нужды человечества.

В любом случае Шерлок Холмс и в наше время не растерял своей силы. Век с четвертью после того, как в его лаборатории впервые прозвучал ликующий вопль, приветствовавший новое открытие, мужчины и женщины продолжают считать Холмса идеальным сосудом для самых разнообразных историй, амбиций и устремлений.

Данная книга представляет очередной отряд беспокойных умов, мужчин и женщин, которые ищут спутников для дальней дороги и с радостью обнаруживают, что они оказались… в одной компании с Шерлоком Холмсом.

Эта книга является удивительным путешествием, которое закончилось, когда она попала к вам в руки, а началось, когда Леса попросили собрать последователей Шерлока Холмса (что нисколько не удивительно) для «Лефт Кост Крайм», конференции, состоявшейся в 2010 году в Лос-Анджелесе. Он согласился, выбрал Лори Кинг, а затем попросил принять участие в конференции Ян Берк, Ли Чайлда и Майкла Коннелли. «Но они же почетные гости», — сказали ему. Он это знал, как и то, что они поклонники произведений Конан Дойла. Получилось просто великолепно. Ян, Ли и Майкл рассказали о Холмсе много интересного (как правило, после слов: «По правде сказать, о Шерлоке я знаю немного…»).

Это выступление и вдохновило нас на создание книги. В 2011 году мы объединили рассказы под названием «Элементарно, Ватсон!» и с удивлением обнаружили, какое огромное количество наших друзей захотело принять участие в «Игре» — написать что-то под влиянием Конан Дойла. Другие говорили, что они бы с радостью, но в данный момент у них куча срочной работы, и потому мысль о создании второго тома родилась, когда первый еще не успел увидеть свет.

Во время подготовки первой книги наследники Конан Дойла, владеющие в США правами на десять рассказов, опубликованных после 1922 года, заявили, что мы должны получить у них разрешение на использование в новых историях персонажей доктора Уотсона и Шерлока Холмса. Мы были против, но наш издатель решил облегчить всем жизнь и заплатил.

Тем временем мир Шерлока Холмса становился все больше. Фильм «Шерлок Холмс: Игра теней» поставил рекорд по кассовым сборам среди фильмов о Холмсе. (Во многом благодаря Лесу, приглашенному в качестве консультанта.) Сериал, главные роли в котором исполнили Бенедикт Камбербэтч и Мартин Фримен, поставил рекорд по числу просмотров в Англии и США и, как следствие, вызвал новый читательский интерес к произведениям Конан Дойла. Почти одновременно вышел сериал «Элементарно» с Джонни Ли Миллером и Люси Лью, исполнявшими роли Холмса и Уотсона, которые в этих амплуа прославились больше других актеров за всю историю кино.

В 2012 году, когда мы уже готовили этот сборник к публикации, наследники Конан Дойла известили нас, что, если мы не получим разрешение на использование в нашем издании персонажей Дойла, они запретят продажи книги. После этого началась длинная тяжба.

Дело «Лесли Клингер против наследников Конан Дойла» слушалось в федеральных судах, и в связи с этим родилось движение «Свободу Шерлоку Холмсу!», целью которого было убедить суд вынести не вызывающее сомнений решение об отмене в США авторского права на использование героев рассказов Конан Дойла в других произведениях. Главный довод заключался в том, что, поскольку пятьдесят рассказов Конан Дойла принадлежат общественности (иными словами, на них не распространяется закон об авторских правах), а в оставшихся десяти действуют те же герои, можно считать, что Холмс и Уотсон, а также остальные персонажи могут появляться и в других произведениях.

Районный суд, а также Аппеляционный суд Седьмого округа приняли эти доводы. Мы вошли в историю, и Шерлок Холмс теперь свободен. (Это, конечно, не «Джарндисы против Джарндисов», но временами было очень похоже.) Без устали выражаем благодарность за терпение тем, кто участвовал в создании этой книги. Подробности судебного процесса вы можете найти на сайте www.free-sherlock.com.) Наконец мы смогли издать данный сборник поразительных рассказов, написанных блестящими писателями и художниками, вдохновленными образом Шерлока Холмса.

Лори Р. Кинг и Лесли С. Клингер

ГОРБУН

Майкл Коннелли

По указанному адресу находился дом в конце Дохени, за сторожевой будкой и шлагбаумом, которые защищали группу особняков стоимостью от десяти миллионов. Именно здесь обитала городская элита. Магнаты кино и олигархи, сидящие на вершине горы и поглядывающие на всех остальных сверху вниз. Но иногда даже позолота и охрана не могли защитить тех, кто был внутри. Гарри Босх молча показал свой жетон мужчине в серой форме, стоявшему у будки охраны. Его ждали.

— Вы знаете, куда вам нужно? — спросил охранник.

— Найду, — ответил Босх.

Шлагбаум поднялся, и Босх въехал на охраняемую территорию.

— Нам будет трудно промахнуться, — заметил его партнер, Джерри Эдгар.

Босх проезжал мимо особняков, расположенных на южной гряде гор Санта-Моника, и огромных зеленых лужаек без единого сорняка. Босх никогда не бывал в поместьях Дохени и не ожидал увидеть такой поражающей воображение роскоши. Даже в домиках для гостей имелись домики для гостей. Они проехали мимо особняка с гаражом на восемь парковочных мест для коллекции автомобилей хозяина.

Дело, по которому их вызвали, они знали лишь в самых общих чертах. Мужчина — один из директоров киностудии — мертв, а его жена, которая была намного моложе, находится в особняке.

Вскоре они подъехали к дому. Возле него стояли три патрульных автомобиля, перед ними фургон из офиса коронера и дальше — машина, которой следовало бы находиться в гараже, а не на подъездной дорожке. Длинный изящный «Мерседес»-купе цвета оникса. Потрепанный черный «Форд» Босха выглядел рядом с ним как мул рядом с племенным жеребцом.

Эдгар заметил это несоответствие и решил дать ему объяснение:

— Знаешь, что я думаю, Гарри? Она уже вызвала адвоката.

Босх кивнул.

— Все просто идеально.

Босх припарковался рядом с «Мерседесом». Они вышли из машины и зашагали по подъездной дорожке, выложенной серым булыжником, туда, где рядом с желтой лентой, натянутой между каменными львами, стоял патрульный полицейский. Он внес их имена в специальный журнал, куда записывали всех, кто побывал на месте преступления.

Второй полицейский, стоявший возле входных дверей высотой в двенадцать футов, распахнул для них одну створку.

— Сержант с бригадой коронера в библиотеке, вам следует свернуть направо. — Затем, словно не в силах сдержать возбуждение, он спросил: — Нет, вы когда-нибудь видели такое?

Полицейский смотрел на Эдгара. Они оба были черными. Казалось, полицейский подумал, что только другой чернокожий сможет понять его восхищение столь избыточным богатством.

— У кого еще может быть библиотека в доме? — сказал Эдгар.

Они с Босхом вошли в дом и оказались в вестибюле размером со все жилище Босха. Гарри посмотрел направо и увидел сержанта, который до этого возглавлял расследование, но теперь передавал командование бригадой ему.

Босх и Эдгар прошли через гостиную, такую огромную, что в ней уместились целых два мебельных гарнитура, в каждом случае с собственным роялем и камином. Половины разделял громадный изукрашенный стол. На нем стоял набор бутылок с янтарными жидкостями — вне всякого сомнения, настолько дорогими, что Босх не сумел бы определить, что это такое.

— Ничего не понимаю, — сказал Эдгар. — Одна сторона — дневная, а другая — вечерняя? Это уж слишком.

Босх ничего не ответил. Сержант Боб Фицджеральд ждал их возле закрытых двойных дверей, ведущих в другую часть комнаты — так называемую библиотеку, решил Босх.

— Что у тебя, Яд? — спросил Босх.

Прозвище Фицджеральда являло собой образец полицейской краткости. Имена неизменно сокращались до аббревиатур или самых коротких слов из всех возможных. Это относилось и к прозвищам. Поначалу Боба Фицджеральда называли Ядовитым Бобом, потому что он отличался необычайной «вредностью!», в особенности когда дело доходило до преступниц-женщин, но со временем стал просто Ядом.

— У нас имеется лежащий на полу Джеймс Барклай, — сказал Фицджеральд, — генеральный директор «Арчвей студиос». Точнее, бывший генеральный директор. Сейчас он выглядит не лучшим образом, как-никак мертв. И у нас есть его жена, Нэнси Девой, — она сейчас сидит в кабинете вместе со своим адвокатом в другой части дома.

— Что она говорит о случившемся?

— Она вообще ничего не говорит, Гарри. Адвокат запретил ей открывать рот. Так что мы понятия не имеем о том, что произошло. Собственно, потому тебя и пригласили, пообещав такие бешеные деньги. Так ведь?

— Так, — сказал Босх. — Когда появился адвокат?

— Он уже был здесь, когда мои парни приехали по вызову «911». Звонил адвокат. Кстати, он сказал, что произошел несчастный случай. Но мне так не кажется, если тебя интересует мое мнение.

Босх не стал обращать внимания на детективную работу, проведенную Фицджеральдом. Его мнение никого не интересовало.

— Как зовут адвоката?

— Клингер — по-моему, отличная фамилия для адвоката. Имя я не разобрал.

Босх не помнил ни одного законника по имени Клингер, с которым он имел бы дело прежде. Возможно, он был специалистом по семейному праву. Люди, поднявшиеся так высоко, далеко не всегда нанимают на постоянной основе адвокатов, специализирующихся на уголовном праве.

— Ладно, Яд.

Он повернулся к своему партнеру.

— Джерри, отправляйся к жене, — сказал он. — Выясни, позволит ли ей юрист поговорить со следователем. А я осмотрю место преступления и присоединюсь к тебе.

— Вижу, у тебя уже и план созрел, — сказал Эдгар.

Он повернулся и зашагал обратно через гостиную, а Босх посмотрел на Фицджеральда.

— Пустишь меня или будем стоять здесь весь день?

— И это меня они Ядом называют, — проворчал Фицджеральд, когда Гарри проходил мимо.

Босх вошел в библиотеку и обнаружил там бригаду коронера вместе с судебным криминалистом и фотографом, которые работали рядом с телом, распростертым на полу возле кирпичного камина. Мертвец был одет в синие джинсы, тенниску, туфли и носки. Босх узнал помощника коронера, и на его лице появилась довольная улыбка. Арт Дойл — один из самых толковых специалистов в офисе, где постоянно происходили сокращения, а настроение оставалось неизменно паршивым. Он был настоящим мастером своего дела, всегда блестяще делал заключение после вскрытия и великолепно интерпретировал малейшие физические нюансы убийства, так что его имя всегда произносилось с неизменным уважением. Нечто вроде прозвища, которое нельзя сократить ни при каких условиях.

К тому же Дойл охотно делился своими соображениями с детективами, ведущими расследование, что было большой редкостью. Многие помощники коронера боялись совершить ошибку или навлечь на себя гнев адвокатов защиты в суде. Они не осмеливались озвучивать возможную причину смерти — даже если смотрели на тело, лежащее на дне бассейна.

Дойл занимался головой жертвы: двумя руками в перчатках повернул ее вправо и влево. Затем принялся ощупывать шею. Босх услышал, как он сказал эксперту, что трупное окоченение отступило, и тот сделал какие-то записи в блокноте.

Босх не стал сразу подходить к телу, решив сначала оглядеться. Вдоль всех четырех стен библиотеки стояли книжные шкафы, от пола до потолка. Панели из темного дерева поднимались на десять футов, вдоль верхнего ряда шла медная рейка, к которой крепилась лестница на колесиках, позволявшая добраться до книг. В снежной комнате Босх заметил французское окно*. Одна из створок была открыта; на темном дубовом полу валялось стекло. Чуть дальше лежал белый камень размером с картофелину. Очевидно, стекло расколотили с его помощью.

Стараясь не наступать на осколки, Босх, не касаясь двери, прошел через нее и очутился на еще одном огромном дворе с тщательно ухоженной лужайкой и мерцающим голубым бассейном. Только сейчас он обратил внимание на то, как тихо в особняке, расположенном высоко над городом. И эта тишина была жуткой.

После недолгих размышлений Босх решил вернуться в библиотеку, но тут заметил белые камни, отмечавшие границу между лужайкой и узкой полосой земли вдоль стены дома, засаженной растениями. В одном месте между камнями был зазор — видимо, оттуда взяли тот, которым потом разбили стекло. Преступник явно импровизировал, и плана у него не было.

Босх вошел обратно в комнату — посмотреть, заметил его Дойл или нет. Очевидно, Дойл его не видел. По прошлому опыту Босх знал, что следует спросить разрешения, прежде чем подходить к телу. Из левого кармана пиджака он вытащил пару перчаток из латекса и громко щелкнул ими, чтобы привлечь внимание Дойла.

Это не сработало. Тогда Босх откашлялся и произнес:

— Шерлок?

Дойл закончил изучение шеи и посмотрел на Босха.

— А, Гарри. Присоединяйся к нам. Игра началась.

---

* Французское окно — широкое окно до пола с выходом на улицу. — *Здесь и далее примеч. пер.*

Он улыбнулся цитате. Босх подошел и присел рядом с телом на корточки в позе принимающего в бейсболе, упершись одной рукой в пол, чтобы не потерять равновесие, и наклонился вперед. И только сейчас заметил глубокое рассечение на левой части лба мертвеца. Издалека Босху показалось, что на убитом надет не слишком подходящий парик — теперь же он увидел, что это настоящие волосы, пропитавшиеся кровью.

— Сегодня ты рано, — сказал Дойл.

Босх кивнул.

— Я всегда так делаю, — сказал он. — Мне нравится, когда в участке пусто. Пока еще не пришли остальные.

Дойл тоже кивнул.

— Должно быть, теперь тебе трудно придерживаться такого режима, — сказал он. — Ведь ты оставляешь в своей постели женщину.

Босх оторвал взгляд от мертвеца, взглянул на Дойла и с трудом удержался от того, чтобы спросить, как, черт возьми, он сумел узнать о Ханне, но промолчал и снова посмотрел на тело.

— Ладно, и что у нас есть, док?

— Ты смотришь на очевидное, детектив. У покойного имеется лишь рассечение лба. Рана глубокая, оружие прошло сквозь лобную кость и обнажило мозг. Если сразу же после этого не предпринять меры, жертву ждет немедленная смерть.

Босх кивнул и полез в правый боковой карман за блокнотом.

— Я видел, что ты проверял окоченение. Можешь назвать время смерти?

— Мы проверили температуру печени и окоченение — получается, что он умер вчера вечером. По моим оценкам, между десятью и двенадцатью часами. Более точно я смогу сказать, когда мистер Барклай окажется на столе в прозекторской.

Босх записал приблизительное время смерти.

— Что ты можешь сказать об оружии? — спросил он.

— Могу отметить, что в наборе каминных инструментов у меня за спиной нет кочерги, — ответил Дойл. — А эта штука — нечто среднее между копьем и крюком — предназначена для того, чтобы ворошить горящее дерево.

Босх заглянул за плечо Дойла на железную стойку — лопата, метла и клещи с двумя ручками. Четвертая выемка пустовала.

Босх окинул взглядом комнату, но не увидел ничего похожего на кочергу.

— А что еще я бы не обнаружил сам? — спросил он.

Дойл нахмурился и слегка переместился. Ему было около семидесяти, и сколиоз согнул его спину. Теперь она напоминала тихоокеанскую дорогу, идущую вдоль побережья, и ему приходилось ходить с костылями с опорой на локоть. Босх всегда думал, что Дойлу причинял глубокую боль тот факт, что его подвело тело — изучению организма он посвятил всю жизнь.

— Я могу многое тебе рассказать, детектив, — сказал Дойл. — И только ты способен определить, увидел бы ты это сам или нет.

— Я готов выслушать твои выводы.

— Очень хорошо. Вот что тебе нужно сразу взять на заметку. — Дойл наклонился и двумя руками в перчатках нажал на тело жертвы в районе груди и живота. — Когда мы выдавливаем воздух из внутренних полостей тела, возникает вполне отчетливый запах миндаля и дуба.

Босх был озадачен. Дойл только что сказал, что смерть наступила от удара в голову.

— Я не совсем понимаю, — сказал он. — Запах миндаля? Ты хочешь сказать, что его еще и отравили?

— Нет, не хочу. Я лишь говорю, что в гостиной ты найдешь коллекцию коньяков и бренди, которые стоят на позолоченном столике в стиле Людовика XIV.

— Ну да, я видел там бутылки. Но я не отличу Людовика XIV от Луи Си Кея*.

— Знаю. В любом случае найди на столе бутылку в форме слезы, которая стоит в дубовом футляре ручной работы или рядом с ним. Я полагаю, жертва выпила перед смертью некоторое количество «Дженсен Аркана».

— И что такое «Дженсен Аркана»?

— Коньяк, детектив. Один из лучших в мире. Едва ли не самый концентрированный. Он хранится девяносто восемь лет в бочках из французского дуба. Когда я проверял в последний раз, одна бутылка стоила пять тысяч пятьсот долларов.

Босх долго смотрел на Дойла, и ему пришлось сдаться.

— Ты утверждаешь, что можешь сказать, какой коньяк пил покойник, только благодаря воздуху, который скопился в его теле?

— Именно, детектив.

— А ты пробовал этот коньяк по пять с половиной тысяч долларов за бутылку?

— На самом деле нет. Говорят, отведав «Дженсен Аркана», начинаешь по-новому смотреть на жизнь, но мне пока не довелось. На свою зарплату госслужащего я могу дегустировать лишь ароматы великих коньяков — в том числе и «Арканы».

— Ты их нюхал?

— Наслаждаясь коньяком, мы наслаждаемся и его ароматом. Я не мог забыть букет «Арканы». У меня страсть к хорошим коньякам, я и научился различать их ароматы.

* Американский комик, продюсер, сценарист и режиссер.

Босх некоторое время смотрел на распростертое тело.

— Ну, я не знаю, что дает нам такое знание, но я его учту.

— Это многое значит, детектив. Когда человек наслаждается редким коньяком? Либо по очень знаменательному случаю, либо…

— Оглянись по сторонам, док, — перебил его Босх, проведя рукой в воздухе. — Не думаю, что бутылка за пять тысяч могла разорить этого парня. Возможно, он пил такой коньяк каждый день.

— Невозможно, детектив. Этот коньяк выпускается в крайне ограниченных количествах. Да, необходимо обладать огромным состоянием, чтобы позволить себе такую бутылку, но не исключено, что больше никогда в жизни тебе не удастся найти «Дженсен Аркана».

Босх неохотно принял аргумент.

— Ладно, и что из этого следует?

— Я полагаю, что перед его смертью в доме случилось что-то плохое.

Босх кивнул, хотя вывод Дойла никак ему не помог. Перед каждым убийством случается что-то плохое. И то, что перед смертью человек выпил рюмку коньяка стоимостью в пятьсот долларов, еще ничего не означало.

— Очевидно, когда ты сделаешь анализ крови, то сможешь определить процент содержания алкоголя, — сказал он.

— Ты узнаешь о нем, как только мы получим результат, — обещал Дойл. — Анализ будет сделан сразу после того, как тело мистера Барклая доставят на Мишн-роуд.

Он имел в виду офис коронера, расположенный в центре города.

— Хорошо, — сказал Босх. — Тогда не будем тянуть. Что еще, док?

— Далее я прошу тебя обратить внимание на конечности покойного, — ответил Дойл. — Сначала на левую руку.

Дойл поднял левую руку трупа, предлагая Босху ее изучить. Босх сразу заметил, что костяшки пальцев обесцветились.

— Следы удара? — спросил он.

— Верно, — кивнул Дойл. — Предсмертные. Удар нанесен незадолго до смерти. Сосуды были повреждены, и кровь начала просачиваться в ткани. Но с остановкой сердца процесс практически сразу прекратился.

— Значит, имеются следы борьбы. Нам нужно искать убийцу, который получил удар.

— Не совсем так, детектив.

Дойл сжал руку жертвы в кулак, взял линейку и приложил ее к костяшкам пальцев. Все синяки оказались на одной прямой.

— И что это значит? — спросил Босх.

— Я хотел показать тебе, что удар кулака пришелся по плоской поверхности. Вот почему следы на одной прямой, — ответил Дойл. — Так не бывает, когда попадаешь в человека — у него нет плоских поверхностей.

Босх постучал ручкой по блокноту. Он не очень понимал, что эти факты ему дают.

— Не нужно проявлять нетерпение, Гарри. Давай перейдем к нижним конечностям. Меня заботит подошва ботинка на правой ноге.

Босх переместился так, чтобы у него появилась возможность разглядеть подошву. Сначала ему показалось, что с ней все в порядке, но потом он заметил легкий отблеск. Он наклонился ниже и посмотрел внимательнее. И снова увидел отблеск.

— Что это?

— Стекло, детектив. Полагаю, один из множества осколков у двери.

Босх посмотрел на битое стекло у двустворчатых дверей.

— Он прошел по стеклу… — сказал Босх.

— Совершенно верно.

Босх еще раз оглядел тело и встал. Оба его колена щелкнули, и ему пришлось сделать полшага назад, чтобы сохранить равновесие.

Дойл знаком показал своему помощнику, что требуется помощь. Тот сразу принес костыли и помог ему встать. Дойл посмотрел на Босха и слегка повернул голову, словно хотел получше что-то разглядеть.

— Что? — спросил Босх.

— Я не стал бы считать это обычным симптомом старения, — тихо сказал Дойл.

— О чем ты?

— У тебя ДППГ, детектив.

— Неужели? И что такое ДППГ?

— Доброкачественное позиционное пароксизмальное головокружение. Ты теряешь равновесие, когда присаживаешься на корточки и когда встаешь. Как давно ты от него страдаешь?

У Босха вызвало раздражение столь прямое вмешательство в его личную жизнь.

— Понятия не имею. Послушай, мне шестьдесят лет, и мое чувство равновесия уже не то, что раньше…

— Я повторяю, это не обычный симптом старения. Обычно ДППГ обусловлено инфекцией внутреннего уха. Тебя оба раза повело вправо, поэтому я полагаю, что проблема с правым ухом. Хочешь, я на него взгляну? У меня есть с собой отоскоп.

— Та самая штука, которую ты засовываешь в уши мертвецов? Нет, благодарю.

— Тогда тебе следует обратиться к своему врачу. И не тяни с этим делом.

— Ладно, ладно, я так и сделаю. А теперь мы можем вернуться к работе?

— Конечно.

Дойл указал своим алюминиевым костылем в сторону двустворчатых дверей, и они направились туда. Затем принялись вдвоем рассматривать осколки стекла, словно прорицатели чайную гущу.

— Итак... — начал Босх. — Ты думаешь, что парень вошел с этой стороны?

— Синяки на костяшках пальцев убеждают нас в том, что он нанес удар по плоской поверхности, — напомнил Дойл.

— Ты хочешь сказать, что он находился снаружи и сначала попытался разбить стекло ударом левой руки.

— Именно так. А потом камнем.

Правым ботинком Дойл указал на камень.

— Бить кулаком по стеклу — не самый умный поступок, — заметил Босх.

— Если бы он его разбил, то рассек бы руку до локтя, — заметил Дойл.

— Он плохо соображал, — сказал Босх.

— Он вообще не соображал, — уточнил Дойл.

— Коньяк, — сказал Босх.

— Вероятно, он был очень пьян, — добавил Дойл.

— И в ярости — здесь находился человек, который его изрядно разозлил, — сказал Босх.

— Человек, который запер дверь, чтобы сбежать от него, — отметил Дойл.

— Он не смог взломать входную дверь, поэтому вошел через двор, — сказал Босх. — Он думал, что сможет разбить стекло.

— А оно с усиленной защитой, — сказал Дойл. — И он разбил руку.

— Тогда он поднял камень, — предположил Босх.

— И разбил стекло.

— Просунул в отверстие руку и открыл дверь, — продолжал Босх.

— И вошел, — сказал Дойл.

Они быстро обменивались репликами, объединив усилия и стараясь воссоздать события прошедшего вечера.

Босх вернулся от двери к телу и посмотрел вниз на Джеймса Барклая. Его глаза были открыты, и в них застыло удивление.

— Убийца уже поджидал мистера Барклая, — сказал Босх.

— Именно, — кивнул Дойл.

— Вероятно, она выключила свет, — сказал Босх. — И ударила его кочергой, когда он вошел в комнату.

— Она? — спросил Дойл.

— Статистика, — ответил Босх. — Большинство домашних убийств есть результат семейных ссор.

— Элементарно, — сказал Дойл.

— Только не надо этого дерьма, — проворчал Босх и огляделся по сторонам, но не обнаружил ничего подозрительного.

— Остается лишь найти кочергу, — сказал он. — Она оставила его здесь на целую ночь. За это время доедешь до Тихого океана и обратно.

— Но кочерга могла все это время оставаться в доме, — заявил Дойл.

Босх посмотрел на него. Да, Дойл наверняка что-то знает — или сумел догадаться.

— Что? — нетерпеливо сказал он. — Говори.

По губам Дойла скользнула быстрая улыбка, и он выставил резиновый наконечник своего костыля в сторону полки, пока тот не коснулся царапины на полу — дуги в четверть окружности.

— Какой вывод можно сделать, глядя на такую отметку? — спросил Дойл.

Босх подошел и внимательно оглядел царапину.

— Я не знаю, — признался он. — И какой же?

Дойл потянул еще пять секунд, но потом решил не играть с огнем.

— Быть может, это дверь? — сказал он.

Тогда Босх понял и посмотрел на полки. Секция была заполнена томами в кожаных переплетах, такими же старыми, как Дойл. Босх подошел ближе и принялся изучать рамы полок. Однако ему не удалось разглядеть ничего подозрительного. Из-за его спины заговорил Дойл:

— На дверь, которая открывается наружу, часто следует надавить.

Босх положил руку на вертикальную планку секции длиной в три фута, перед которой он стоял, затем надавил на, казалось бы, неподвижную конструкцию, и она сдвинулась на дюйм. Сработало устройство на пружине: он отпустил планку, и вся секция отошла вперед на несколько дюймов, после чего Босх сумел повернуть нечто вроде двери в фут толщиной. Когда дверь перемещалась, он услышал, как она негромко царапает пол. Четверть дуги окружности.

Свет включился автоматически, и они увидели потайную комнату, находившуюся по другую сторону полок. Босх шагнул вперед и обнаружил, что это маленькое помещение — едва ли больше, чем комната для допросов или одиночная камера в центральной городской тюрьме. В комнате оказалось очень много коробок. Некоторые оставались открытыми, так что можно было увидеть книги — либо от них собирались избавиться, либо, наоборот, расставить по полкам. Кроме того, здесь стояло несколько деревянных ящиков с наклейками — в них перевозили вино.

— Ну? — спросил сзади Дойл.

Босх вошел. Воздух в комнатке был затхлым.

— Похоже, просто кладовая.

Гарри заметил на белой стене над стопкой из пяти коробок черное пятно, похожее на запекшуюся кровь. Он приподнял верхнюю коробку, чтобы получше разглядеть пятно, и тут же услышал, как что-то тяжелое упало на пол. Он наклонился вперед и начал быстро снимать коробки и ставить их рядом. Убрав последнюю, Босх увидел каминную кочергу, лежавшую возле стены.

— Нашел, — сказал он.

Босх вышел из кладовой и попросил фотографа заснять кочергу в том положении, в котором она лежала на полу. После этого он вернулся, взял железную кочергу за середину, чтобы не касаться рукояти или конца, покрытого чем-то похожим на запекшуюся кровь и волосы. Затем перешел из потайной комнаты в библиотеку, где криминалисты закрыли пластиковыми пакетами рукоять и конец кочерги и тщательно перевязали их.

— Итак, детектив, — осведомился Дойл, — вы получили то, что хотели?

Босх на мгновение задумался, а потом кивнул.

— Думаю, да, — сказал он.

— Это убийство? — спросил Дойл.

Босх вновь немного помедлил с ответом.

— Мне кажется, она могла бы свести дело к самообороне. Однако она должна изложить свою версию событий. Если адвокат хорош, он позволит ей со мной поговорить. Тогда мы сможем все завершить здесь и сейчас.

— Удачи тебе, — сказал Дойл.

Босх поблагодарил его и направился к двери.

— И не забудь, детектив Босх, — сказал ему вслед Дойл.

Босх обернулся.

— О чем?

— Сходить к врачу и проверить ухо.

Дойл улыбнулся, и Босх улыбнулся в ответ.

— Так и сделаю, — обещал детектив.

У двери в библиотеку Босх остановился, словно ему пришла в голову какая-то мысль. В конце концов он решил, что желание узнать ответ перевешивает желание не потакать Дойлу.

— Ладно, и как ты узнал? — спросил он.

Дойл сделал вид, что он не понимает, о чем речь.

— Что узнал? — спросил он.

— Что сегодня утром я оставил женщину в своей постели.

— О, это просто. Когда ты присел на корточки возле тела, детектив, у тебя слегка задрались брюки. И я увидел, что один из твоих носков черный, а другой — синий.

Босх с трудом удержался от того, чтобы проверить слова Дойла — ему ужасно хотелось взглянуть на свои носки.

— И что с того? — спросил Босх.

— Элементарно, — ответил Дойл. — Это лишь подтвердило, что ты рано встал и одевался до рассвета. Ты допустил ошибку — значит, не стал включать свет. А так мужчина может поступить, только если не хочет разбудить спящую подругу.

Босх кивнул, но потом ему в голову пришла еще одна мысль.

— Ты сказал, что в моей постели осталась женщина. Откуда ты знал, что не мужчина?

Тут Босх довольно улыбнулся — он поймал Дойла.

Однако тот не утратил присутствия духа.

— Детектив, ты отец и был женат на существе женского пола. А я способен улавливать не только запах коньяка. Когда ты вошел, я сразу уловил аромат белого мускуса. И понял, что ты провел ночь с женщиной. А носки лишь подтвердили предположение.

По губам Дойла пробежала самодовольная улыбка.

— Еще вопросы, детектив? — спросил он. — Нам пора отвезти мистера Барклая в морг.

— Нет, я вполне удовлетворен, — сказал Босх. — У меня больше нет вопросов.

— Тогда удачи тебе с вдовой.

— Спасибо, Шерлок.

Босх повернулся и наконец вышел из библиотеки.

Странное происшествие с итальянским торговцем картинами

Сара Парецки

Мою жену призвали к постели гувернантки, которая была для нее почти как мать, и я уехал на несколько недель на Бейкер-стрит, где жил прежде. Отъезд жены в Эксетер совпал с моим собственным желанием провести время со старым другом и бывшим соседом по квартире, мистером Шерлоком Холмсом. Недавно нам удалось пригласить его к себе на обед, и я увидел, что Холмс впал в состояние нервного раздражения, которое возникало всякий раз, когда его разум оставался без интеллектуальной пищи.

Как всегда в подобных случаях, он долгими часами играл на скрипке. Звуки вызывали у меня некоторое чувство дискомфорта, а соседи из квартиры на следующем этаже грозились обратиться в суд, если он не перестанет шуметь между двумя и шестью часами после полуночи.

— Нам известно, что мистер Холмс настоящий гений и что однажды он спас нашего короля от серьезных затруднений, но мы просим дать окружающим хотя бы какое-то время для отдыха, — объяснил адвокат.

Тогда Шерлок вернулся к своему прежнему пристрастию — кокаину.

Как друг и как врач, я просил его прекратить, но тщетно — Холмс, сгорбившись, сидел в своем кресле и бормотал, что не навязывал мне свое общество, я явился к нему без приглашения и вполне мог составить компанию своей любимой Мэри в Эксетере. В такие моменты он не скрывал своей ревности к моей жене или к тому, что я предпочитал ее компанию. Ведь он ужасно обиделся на нас, когда после женитьбы мы отказались снять квартиру на соседней лестничной площадке...

Чтобы вывести Холмса из ступора, я попытался привлечь его внимание к преступлениям, о которых писала бульварная пресса. Ножевое ранение извозчика на Флит-стрит он назвал «невыносимо банальным» и заявил, что в краже изумрудной тиары графини Гуверинг «наверняка виновата горничная». Когда же следующие выпуски показали, что он ошибся в обоих случаях — самый юный Гуверинг, которому надоело положение младшего сына, продал тиару, чтобы финансировать путешествие в Монте-Карло, имевшее катастрофические последствия, а извозчик оказался русским шпионом, пытавшимся выведать тайны габсбургского дипломата, — Холмс лишь еще сильнее погрузился в состояние наркотического бреда.

Я не мог бросить собственную практику, точнее, других пациентов, которые обычно куда охотнее прислушивались к моим советам, чем мой блистательный, но капризный друг. В начале третьей недели на Бейкер-стрит меня пригласили в отель «Глостер», чтобы оказать медицинскую помощь мужчине, на которого напали накануне вечером.

Управляющего отеля, мистера Грайса, больше всего беспокоила возможность сохранить мой визит в тайне, чем благополучие пострадавшего посетителя.

— Среди наших гостей итальянский принц и французская графиня, — сказал он, когда повел меня по лестнице для слуг на второй этаж. — Любой скандал или страх перед вероятностью нападения нанесут «Глостеру» невосполнимый ущерб.

Я повернулся на середине лестницы.

— Надеюсь, у ваших гостей будут основания считать, что забота об их благополучии заставляет вас уважать врача, которого вы пригласили оказать помощь одному из них. В противном случае, я вернусь в свой кабинет, где меня, вне всяких сомнений, ждут пациенты.

Мистер Грайс поспешно попросил прощения и повел меня по коридору, устланному красной дорожкой, к главной лестнице. Нам навстречу спускались леди, спешившие на улицу, чтобы пройтись по магазинам или провести время с друзьями за чашечкой кофе. Пострадавший гость занимал номер на втором этаже, рядом с северо-восточным углом отеля, в уединенной части здания, из которой открывался далеко не лучший вид: многоквартирные дома на Кассовери-роуд загораживали все, кроме самых высоких деревьев Гайд-парка. Вторая лестница вела из этого крыла во двор отеля.

Мой пациент оказался молодым человеком примерно двадцати пяти лет. Несмотря на итальянское имя — Фрэнсис Фонтана из Буффало, штат Нью-Йорк, — он был блондином, и если бы не бинты, можно было бы сказать, что он обладает привлекательной внешностью.

Несчастного сильно ударили в лицо. Кроме того, пострадали кончики его пальцев. Я не понял, как он мог получить такие ранения, да и рассказ его показался мне странным. Фонтана сообщил, что крепко спал, когда около трех часов ночи его разбудил свет зажженного газового светильника у входа в номер.

— Я выбрался из постели и сразу спросил, кто там. Ответа не последовало, а человек в маске быстро пересек комнату, ударил меня в лицо и спросил: «Где она?» Я изо всех сил врезал ему в ответ, но он был в костюме, а я лишь в ночной рубашке; он наступил мне на ногу, продолжая требовать «ее». В конце концов человек объяснил, что ему нужна маленькая картина, которую я привез из Америки. Семейная легенда гласит, что это Тициан, и я хотел получить заключение эксперта из галереи «Каррера» на Бонд-стрит. Грабитель принялся рыться в моем багаже в поисках картины и вскоре обнаружил ее в потайном отделении чемодана. Мы стали бороться, но грабитель оказался сильнее. Как только он ушел, я побежал на первый этаж, где все решили, что я спятил. Но после того как они увидели мои раны, ночной портье их промыл и перевязал... Естественно, я подал жалобу. Вор мог попасть в мой номер, только отперев замок. Значит, кто-то дал ему ключ.

Мистер Грайс укоризненно посмотрел на Фонтану.

— Мы этого не делали, мистер Фонтана. Вы знаете, что вместе с ночным портье и ночным управляющим мы провели тщательное расследование и выяснили, что никто не просил ключ от вашего номера. Возможно, вы сами по рассеянности забыли запереть дверь.

Фонтана принялся сердито протестовать, но я заставил его замолчать, начав снимать бинты и выпудив сесть, чтобы я мог его осмотреть. Самым серьезным оказалось повреждение на правой скуле: складывалось впечатление, что его ударили чем-то тяжелым, возможно, дубинкой. Я промыл раны перекисью, положил мазь, содержащую опиаты, чтобы смягчить боль, и занялся его пальцами.

— Каким образом вы повредили пальцы? Я нашел в одном из них осколок стекла, и у меня сложилось впечатление, что все они порезаны. Сначала я подумал, что вы схватили бритву, зажатую в руке грабителя.

— Какая разница? Неужели вы так же лишены сострадания, как Грайс? Неужели будете допрашивать меня, вместо того чтобы оказать медицинскую помощь?.. Я полагаю, во время схватки с грабителем разбилось стекло, защищавшее картину. Это весьма вероятно.

Я воздержался от споров и тщательно изучил каждый палец при помощи лупы, чтобы убедиться, что извлек все осколки. Затем я наложил на пальцы такую же мазь, что и на лицо, и сообщил, что уже на следующий день он сможет есть и самостоятельно одеваться, не испытывая боли, но в течение ближайших двадцати четырех часов руками ничего делать не следует.

Как мне показалось, он действительно принял мои указания к сведению и сказал, что его слуга, который поселился в другом крыле, о нем позаботится. Отель предоставит слуге раскладную койку, чтобы Фонтана мог не опасаться нового вторжения.

— И предупреждаю вас: моя сестра не должна ничего узнать, — добавил он, когда я начал укладывать инструменты в чемоданчик.

— Ваша сестра? — спросил я. — Мисс Фонтана также остановилась в этом отеле?

— Нет. Она поселилась с друзьями в Кенсингтоне. Но весьма вероятно, что она позвонит, и мне придется сказать, будто я на несколько дней уехал за город. Если сестра узнает, что на меня напали, она будет очень встревожена.

Мы с мистером Грайсом обещали, что ничего не расскажем его сестре, если она услышит о консультации врача.

— Никаких осложнений не предвижу, — сказал я, забирая шляпу и пальто, — но в случае надобности вы можете прислать за мной к мистеру Шерлоку Холмсу, чьим гостем я в данный момент являюсь.

Как я и рассчитывал, имя Холмса произвело сильное впечатление на Фонтану. Однако он промолчал, и я не стал ему ничего навязывать.

Когда мы с Грайсом направились к двери, я оглядел номер и увидел следы борьбы: ящики из шкафа были выдвинуты, подушки на диване в беспорядке разбросаны, а потайное отделение чемодана разломано на куски. Грайс прочитал в моем взгляде порицание и поспешно обещал прислать горничную навести порядок.

В тот вечер я вернулся на Бейкер-стрит изрядно уставшим. День выдался тяжелым — мне пришлось ассистировать при трудных родах, и я едва не потерпел поражение в схватке с Ангелом Смерти. Так что я практически забыл об американском пациенте и был изрядно удивлен, когда увидел его возле входа в нашу квартиру, где он о чем-то спорил с нищенкой.

— А вот и вы, доктор. Эта злополучная женщина преследует меня. Клянусь небом, она шла за мной от самого Гайд-парка. Исчезни, старая карга, или я пошлю за констеблем.

— О, да вы настоящий хитрец, мистер! Хотите лишить несчастную вдову ее доли? Вам нет нужды звать полицейских. Я не причиню вам вреда, сэр.

Я подошел поближе, хотел было попросить женщину уйти, но запах ее многочисленных шалей и юбок был таким же сильным, как и ее деревенский акцент... Я просто взял Фонтану за руку и подтолкнул к лестнице.

Пока мы поднимались, я спросил, почему он проявил такую опрометчивость и покинул постель. Он сказал, что имя Холмса побудило его немедленно обратиться за помощью к знаменитому сыщику.

— Полиция прислала мистера Уичера, но на меня он не произвел никакого впечатления. Мне показалось, он самого меня обвиняет в том, что я стал жертвой преступления.

Знаменитый детектив, одетый в грязный халат, апатично развалился в кресле и располагал к себе не больше, чем нищенка у порога. Вдобавок в комнате витали столь же отвратительные запахи, только здесь они исходили от химикатов, с которыми целый день развлекался Холмс. Когда он увидел, что я привел к нему гостя, в его тусклом взгляде загорелся гнев.

Однако Фонтана воспринял внешний вид сыщика как должное — возможно, его предупредили о чрезвычайной эксцентричности гения. Он без приглашения уселся на стул и принялся рассказывать о своих злоключениях. Пока Фонтана говорил, глаза моего друга закрылись, но вовсе не из-за впадения в прострацию — я заметил, как детектив соединил кончики пальцев — верный знак того, что он слушает очень внимательно.

Когда Фонтана закончил, Холмс, не открывая глаз, пробормотал:

— А кому было известно, что вы привезли картину в Англию?

— Никому, — ответил Фонтана.

— Даже вашей сестре? — уточнил Холмс.

— О! Беатриче. Да, конечно, она знала.

— Ваш отец был специалистом по литературе эпохи Возрождения, не так ли? — сказал Холмс.

— Мой отец банкир, сэр, во всяком случае, был банкиром, пока не потерял ряд своих способностей после удара, который случился год назад. Но моя мать очень любила итальянскую классику. А почему вы посчитали это важным и как узнали?

— Вас назвали в честь одного из величайших поэтов эпохи Возрождения, ваша сестра получила имя возлюбленной другого, — апатично сказал Холмс, все еще не открывая глаз. — Но меня удивляет ваш акцент: вы говорите как выпускник колледжа в Винчестере, а не как американец.

Фонтана поджал губы, но постарался говорить так, чтобы его ответ прозвучал небрежно. Его мать, чья семья родом из Гилфорда, настояла на том, чтобы он получил образование в Винчестере.

— Да, я так и подумал, — сказал Холмс. — Мне довелось написать монографию по акцентам различных английских муниципальных колледжей, и я редко ошибаюсь. Но давайте вернемся к интересующему нас вопросу. Вы успели обратиться в «Каррера»?

— Я заходил в галерею вчера утром, но сеньор Каррера отсутствовал, а я не хотел обсуждать столь важный вопрос с его помощниками. Я оставил визитку и адрес отеля и попросил, чтобы он мне позвонил, но несмотря на то что я пролежал в своем номере весь день, следуя инструкциям доктора Уотсона, он так и не связался со мной. — В голосе Фонтаны появилось недовольство. — Англичане славятся своими манерами, но те немногие люди, с которыми мне пришлось иметь дело, производят странное впечатление — будь то полицейские, управляющий отеля или владелец галереи, который должен быть заинтересован в крупных комиссионных.

Холмс заметил, что сам сеньор Каррера не англичанин.

— Возможно, именно он забрался к вам ночью, — добавил Холмс. — Если он сумел забрать у вас картину, то нужда в том, чтобы вам звонить и осматривать ее, отпала.

От слов Холмса взгляд Фонтаны просветлел, плечи расслабились, лихорадочный блеск в глазах потускнел.

— А ваша сестра, Беатриче, согласилась с тем, чтобы сделать оценку картине?

Фонтана смущенно заерзал.

— Она считает, что нам не следует привлекать к ней внимание. Возникнут проблемы, если она окажется очень ценной, а если нет, родители будут огорчены, узнав, что картина не принадлежит кисти великого Тициана.

— Так вы сказали, она остановилась у друзей в Кенсингтоне? Ваша сестра вместе с вами пересекла Атлантику?

— Да, именно ее путешествие заставило меня принять решение составить ей компанию. Наша мать посчитала, что миссис Сом — ее старая подруга — представит мою сестру в обществе. Сама она не может оставить больного отца.

Затем Фонтана повторил свою просьбу о том, чтобы его сестре ничего не рассказывали; она и так тревожится из-за болезни отца. Ей незачем знать, что брат подвергся нападению, а ценная картина украдена.

Холмс слегка расправил плечи и посмотрел на меня.

— Мой дорогой друг, я вижу, сегодня у вас был трудный день, но раз уж ваш пациент пришел сюда, следует еще раз осмотреть его раны и сделать перевязку.

Интересно, как он догадался о моих сегодняшних трудах? Впрочем, я хорошо знал Холмса — наверняка он обратил внимание на какие-то детали моего костюма, как всегда бывало в подобных случаях. Я развязал бинты Фонтаны и с удовлетворением отметил, что его раны начали заживать — судя по изменившемуся цвету кожи вокруг и появлению корочек. Холмс даже снизошел до того, что поднялся из своего кресла и бросил хмурый взгляд на ранения Фонтаны, пока я промывал их, накладывал новую порцию мази и делал перевязку. Когда я закончил, Холмс вышел, и я услышал, как в ванну наливается вода — знак, которого я давно ждал!

Я проводил Фонтану на улицу. Нам далеко не сразу удалось найти кеб, но в конце концов я посадил моего пациента в экипаж. Мне показалось, что нищенка, которая приставала к Фонтане, наблюдает за нами с противоположной стороны улицы. Но близость к Паддингтонскому вокзалу делала Бейкер-стрит популярным местом для женщин ее профессии, так что полной уверенности у меня не было.

Когда я вернулся в квартиру, Холмс закончил принимать ванну. В первый раз за долгое время он переоделся в свежую рубашку и костюм. Миссис Хадсон ставила перед ним тарелку с жареными почками, картофелем и салатом — нечто среднее между завтраком и обедом. Для меня она приготовила бифштекс.

Мой друг ел с аппетитом человека, который голодал несколько недель.

— Очень интересная задача, Уотсон, очень интересная.

— И какой вывод вы сделали из его истории? — спросил я.

— Меня интересует картина, — сказал Холмс. — И тот факт, что он сам нанес себе ранения.

— Сам? — повторил я. — Удар в челюсть едва не сломал ему кость.

— Фонтана левша, как я заметил, когда он открывал визитницу, — продолжал Холмс. — Естественно, вы обратили внимание на то, что удар, нанесенный по правой щеке, получился более сильным, чем по левой, однако следы симметричны.

Он взял носок, набитый тряпьем, протянул его мне и предложил ударить себя по лицу. С некоторой неохотой я повиновался, и в обоих случаях след оставался под глазом. Я правша, поэтому удар по левой скуле получился более сильным, чем по правой, и мне пришлось согласиться с Холмсом.

— А стекло на кончиках пальцев? Эти ранения он также нанес себе сам?

— Очень интересный вопрос. Нам нужно сделать два визита: один в галерею «Каррера» на Бонд-стрит, а другой в дом миссис Алисии Сомерингфорт в Кадоган-гарденс в Кенсингтоне.

Увидев на моем лице недоумение, Холмс взял справочник Лондона и пригородов.

— В Кенсингтоне семнадцать домов, фамилии владельцев которых начинаются с «Сом», но только в одном из них достаточно комнат, чтобы устроить дебют молодой девушки. К тому же мистер Нейл Сомерингфорт занимает солидную должность в Министерстве иностранных дел — он заместитель госсекретаря по проблемам Востока. Сейчас он в Каире, а его жена посещает балы и вечера музыки и танца.

Теперь, когда Холмс вновь обрел присутствие духа и поел, он был готов действовать. Сначала он собирался посетить Бонд-стрит, а потом отправиться в дом Сомерингфортов в Кадоган-гарденс.

Я посетовал на то, что галерея в такой час закрыта и мало кто может позволить себе роскошь спать днем, полагая, что весь мир готов заниматься делами по ночам.

— Мой дорогой друг, вы несколько недель побуждали меня встать и проявить какую-то активность, так что не надо сейчас укладывать меня в постель. Кроме того, сегодня четверг, то есть вечер, когда в галереях Бонд-стрит открываются новые выставки. Каррера будет там с вином и закусками и с радостью примет гостей. Но, если у вас действительно был трудный день, вы можете прилечь отдохнуть, я сам справлюсь с этим делом.

Конечно, больше я не возражал, лишь переоделся и приготовился выйти вместе с Холмсом. На Бонд-стрит все было так, как и предсказывал Холмс: открылась большая выставка картин из Франции — работы импрессионистов, которые сейчас были в моде. На меня не произвели большого впечатления ни размытая невнятица, в которую некий Моне превратил вокзал

Ватерлоо, ни картины леди Моризо, но Холмс изучал их полотна очень внимательно, пока к нам не подошел владелец галереи.

Каррера оказался высоким мускулистым мужчиной. Казалось, ему место на стадионе, а не в картинной галерее, однако он свободно рассуждал о владении мадмуазель Моризо красками и передаче света.

— Работы импрессионистов вызывают у меня тревогу, — признался я. — Картина, изображающая Ватерлоо... Поезда кажутся столь же иллюзорными, как и дым, поднимающийся над ними.

— Должен признаться, — вмешался Холмс, — моего клиента, профессора Саммлунга, больше интересует искусство Возрождения. Нам рассказали, что у вас недавно появился портрет кисти Тициана, и нам бы очень хотелось на него взглянуть.

Я попытался сделать вид, что и в самом деле являюсь немецким интеллектуалом, интересующимся портретами эпохи Возрождения.

— Тициан? — Каррера со смехом поднял руки вверх. — Я редко торгую старыми полотнами. Они вне моего опыта и финансовых возможностей.

— Ach, aber Herr* Фонтана, — сказал я, — говорил мне о своем Тициане, которого хотел вам продать. Вы не посещали его, чтобы осмотреть картину, господин Каррера?

Каррера, прищурившись, посмотрел на меня, а потом довольно резко сказал, что не знает человека по имени Фонтана и что сейчас ему нужно отойти к другим клиентам, которые интересуются современным искусством.

Женщина среднего возраста, одетая в дорогое шелковое платье, сшитое, впрочем, с полным пренебрежением к моде, остановилась рядом с нами возле картины Моризо.

* Да, но господин (*нем.*).

— Мне нравится, — заявила она, и ее американский акцент был столь же очевидным, как и одежда. — Она прекрасно понимает жизнь женщины — вы со мной согласны? Это чувство усталости… Полагаю, вы, джентльмены, не имели возможности посмотреть на ведение домашнего хозяйства с женской точки зрения.

Холмс и я в ответ пробормотали что-то невнятное, и женщина с улыбкой кивнула.

— Да, я знаю, назойливая женщина среднего возраста — просто дьявол во плоти, не так ли? Однако должна признаться: меня удивило заявление о том, что вы немецкий коллекционер — глядя на ваш жилет и карманные часы, я бы предположила, что вы врач.

— Ну, что же, — мадам, — сказал Холмс, — врач, собирающий произведения искусства, не такая уж большая редкость. Мой дорогой Саммлунг, перед обедом нам предстоит посетить еще одну галерею.

Он слегка поклонился женщине, я щелкнул каблуками, и мы поспешно отступили.

А уже в кебе грустно посмеялись над своими злоключениями.

— Очень наблюдательная женщина, — задумчиво сказал Холмс, — и это очень большая редкость. Не хотел бы я иметь такого противника. Однако владелец галереи что-то скрывает. Как только вы упомянули имя Фонтаны, герр Саммлунг, он мгновенно нас покинул.

— Она знает, что я не немец, — сказал я немного нервно. — В следующий раз, когда вы соберетесь определить мне абсурдную роль, предупреждайте заранее, чтобы мне не пришлось внезапно переключаться со свободного английского на запинающийся немецкий!

В ответ Холмс лишь сказал, что приставит одного из своих уличных мальчишек следить за передвижениями Карреры.

— Он не должен был встретиться с другими клиентами — Каррера сразу направился в маленький офис в конце галереи. Думаю, теперь он обязательно посетит Фонтану. А мне нужно найти Чарли до поездки в Кенсингтон.

Мы свернули к реке, к докам, где обитали мальчишки, помощью которых Холмс часто пользовался. Они пытались найти на берегу что-нибудь ценное — Темза постоянно что-то сюда выбрасывала. Холмс заливисто свистнул, вскоре послышался ответный свист, и появился один из его уличных оборвышей — представитель нерегулярной полиции Холмса с Бейкер-стрит. Кебмен неохотно согласился подождать нас в столь сомнительном месте, пока Холмс давал указания мальчишке. Наконец, Шерлок вручил ему шиллинг.

К большому облегчению кебмена, Холмс направил его на Кадоган-гарденс, гораздо более приличное место. Мы вышли на углу, на пересечении с Павилион-роуд. Холмс расплачивался с кебменом, и тут его, к моему удивлению, нанял наш клиент.

— Мистер Фонтана! — воскликнул Холмс. — А я был уверен, что вы в своем номере. После того что выпало на вашу долю, вам следует воздержаться от лишних нагрузок.

Фонтана сердито посмотрел на нас.

— Вас в конце-то концов мои дела не касаются. Однако я всего-навсего навещал сестру.

— А мне казалось, вы не хотели, чтобы ваша сестра узнала о происшедшем, — заметил я.

— Так и было, — ответил он. — Однако в вечерних газетах написали о происшествии в «Глостере». Наверное, им сообщил этот бездельник Грайс, хотя я был уверен, что он не заинтересован в том, чтобы стало известно о нападении на гостя его отеля посреди ночи, да еще прямо в номере.

Он сел в кеб и попросил отвезти его в «Глостер».

Холмс рассмеялся.

— В газеты сообщил не Грайс, а я — телеграфировал в колонку последних новостей в вечерние газеты, «Таймс» и «Экзаминер» его напечатали.

— Но зачем? — спросил я.

— Если Фонтана сам нанес себе ранения, значит, он скрывает что-то постыдное. Или защищает чужую тайну. Я рассчитывал, что сумею подтолкнуть его к действиям.

Когда мы подходили к дому номер 26 на Кадоган-гарденс, то заметили горничную, которая беседовала с плохо одетой женщиной. Я показал на них Холмсу, подумав, что это нищенка, пристававшая к Фонтане возле Бейкер-стрит, когда он пришел к Холмсу.

— Мне говорили, что ты здесь работала, — услышали мы, когда поднимались по узким ступенькам крыльца. — И я получила хорошие рекомендации, конечно. Вымыла лестницы, выбросила мусор из урн, ничего для меня необычного.

Я вспомнил об американке, которую мы встретили у Карреры, и ее рассуждениях о картине француженки, на которой нарисована женщина, уставшая от домашней работы. И подумал, доводилось ли мне обращать внимание на усталость моей милой Мэри, старавшейся обеспечить мне комфорт, и эти мысли настолько вывели меня из равновесия, что я обрадовался, когда нам открыл двери слуга.

Мой друг протянул ему визитку.

— Пожалуйста, передайте миссис Сомерингфорт, что мистер Шерлок Холмс хочет поговорить с мисс Фонтана.

Слуга с сомнением посмотрел на нас.

— Миссис Сомерингфорт одевается, а мисс Фонтана нездорова.

— О, какое печальное известие, — сказал Холмс. — Однако нас нанял мистер Фонтана. Доктор Уотсон — его врач, и, если нездоровье мисс Фонтана связано с недавним визитом ее брата, доктор Уотсон с радостью окажет ей медицинскую помощь.

Я протянул свою визитку и поклонился, чувствуя облегчение, что мне не придется изображать русского крестьянина или суфия, ходящего по раскаленным углям, чтобы удовлетворить прихоти моего друга.

Слуга слегка поклонился и оставил нас у порога, а сам отправился просить совета у хозяйки. Он даже не пригласил двух джентльменов войти, и это вызвало у меня раздражение, Холмс же поморщился.

— В доме чем-то встревожены. Возможно, им не хватает служанки, если делать выводы из слов горничной. Или у мисс Фонтана случился истерический приступ.

Однако нам не пришлось долго ждать. Вскоре нас пригласили в гостиную первого этажа. Мы поднялись на один пролет лестницы, застеленной ковром, и оказались в небольшой комнате, где новая горничная поспешно разжигала камин.

— Значит, Фонтана сразу прошел в комнату сестры, его не стали принимать как обычного гостя, — заметил Холмс.

Слуга проследил за горничной, убедился, что она вычистила камин от остатков пепла, после чего поспешно увел ее прочь. Вскоре появилась миссис Сомерингфорт, одетая для театра в золотистое шелковое платье с глубоким вырезом. Бриллиантовые сережки у нее в ушах сверкали едва ли не ярче ее темных глаз; она протянула обе руки Холмсу и с очаровательной улыбкой попросила прощения за то, что нам пришлось ждать.

— Моя горничная простудилась, а женщина, которую мы пригласили на замену, так боится сделать ошибку, что тратит в два раза больше времени на то, чтобы сделать женщину средних лет вдвое моложе ее возраста.

— И если ей удалось добиться таких впечатляющих результатов, то лишь потому, что у нее был превосходный материал для работы. — Мой друг склонился к ее руке. — Мы пришли навестить вашу гостью и просим вас не отвлекаться на нас и не портить себе вечер.

— О, бедная Беатриче! — воскликнула миссис Сомерингфорт. — Боюсь, моя горничная заразилась от нее; вчера вечером она помогала Беатриче одеваться, когда бедная девушка уже была больна. Мне не следовало везти ее на бал к леди Дарнли, но я решила, что она просто устала. Только после нашего возвращения я поняла, что у нее сильный жар.

— Она приняла брата, когда он к вам заехал?

Миссис Сомерингфорт энергично покачала головой, и бриллиантовые сережки стали раскачиваться, как маятники.

— Я ему не позволила. Он очень возбудимый молодой человек, а у нее такой сильный жар... Его визит лишь ухудшил бы ее состояние — ведь у него ужасный вид, все эти бинты...

— Но, если она серьезно больна, а мой друг доктор Уотсон уже здесь, будет разумно позволить ему...

— О, пожалуйста, мистер Холмс, не считайте меня бессердечной из-за того, что я собираюсь в театр и готова оставить Беатриче без присмотра! Сегодня утром ее посетил мой врач. Он приготовил лекарства для нее и для горничной и позднее навестит их снова. А теперь позвольте мне вас больше не задерживать.

Она позвонила в колокольчик; очевидно, слуга находился рядом — он появился практически сразу и проводил нас к лестнице, протянув наши плащи и шляпы. Все произошло так быстро, что мы едва успели их надеть, когда он распахнул перед нами дверь на улицу.

— Они ждут другого посетителя, — последовал комментарий моего друга. — Или хотят что-то от нас скрыть.

Мы отошли на Павилион-роуд, где Холмс остановил кеб и попросил кучера немного подождать. Пока мы наблюдали за домом номер двадцать шесть по Кадоган-гарденс, женщина, заменявшая горничную, вышла через заднюю дверь. Она посмотрела на кеб с некоторым недоумением, и мы отодвинулись внутрь так, чтобы она не смогла нас заметить. Женщина быстро зашагала по Павилион-роуд в сторону Гайд-парка.

Через несколько минут к дому подъехал экипаж миссис Сомерингфорт; слуга помог ей сесть, и экипаж покатил мимо нас на север. Холмс велел кучеру следовать за ним. Мы доехали до Стрэнда, где остановились возле Сиддонс-театра. Холмс предложил нам направиться туда вслед за ней, но я пожаловался на усталость после длинного дня и попросил кучера отвезти меня на Бейкер-стрит.

Вернувшись в свою прежнюю комнату, я сразу погрузился в глубокий сон, но в час ночи меня разбудило появление Чарли, парнишки, которому Холмс поручил следить за Каррерой. Он так стучал во входную дверь, что разбудил миссис Хадсон, и она была возмущена столь поздним визитом.

— Маленький паршивец проскользнул в дом мимо меня. — Миссис Хадсон задыхалась после неудачных попыток поймать мальчишку, прежде чем тот успеет добраться до двери Холмса.

— Не нужно об этом, хозяйка, — сказал Чарли. — Мистер Холмс здесь? Произошел ужасный несчастный случай с тем франтом, за которым он приказал мне следить. Его поколотили по дороге от его дома в то место, куда он отправлялся.

Тут я проснулся окончательно.

— И что с ним? Где он сейчас?

— Я свистнул, прибежали мои парни и привели на помощь констебля, что было совсем непросто… «Если вы решили надо мной посмеяться, мало вам не покажется», — сказал он Фрэдди, и Фрэдди пришлось обещать свою душу дьяволу, если он соврал, и только после этого констебль согласился прийти. Я оставался поблизости, пока того франта не отнесли в дом какой-то леди, а потом побежал сюда, чтобы доложить мистеру Холмсу.

Я уже собрался сказать, что Холмс еще не вернулся, когда мы услышали его приближающиеся шаги. Миссис Хадсон вновь принялась жаловаться на поздний визит, но Холмс прервал ее и потребовал от Чарли полного отчета.

— Сколько человек на него напало?

— Всего два, но они были сильными и принесли с собой какие-то дубинки. Они замахнулись на меня, когда я попытался им помешать, но я свистнул своих парней, и тогда они пустились наутек. Мы послали Фрэдди за констеблем, а Оливер пошел за доктором, который отказался идти с «уличными оборванцами», и у нас бы ничего не вышло, если бы не появилась леди. Она сказала констеблю, чтобы тот помог ей посадить франта в ее экипаж, и я понял, что теперь он получит хороший уход.

Я пораженно посмотрел на Холмса.

— Боже мой! Неужели это была миссис Сомерингфорт?

— Нет, — ответил Холмс. — Я устроился в соседней ложе; она досидела до конца спектакля, а потом поехала на прием в Стоггет-хаус.

— В городской дом герцога Гуверинга, — сказал я, пытаясь вспомнить, где слышал это имя.

— Да. Ее светлость дает грандиозный бал, один из самых важных в лондонском сезоне. Я сумел попасть туда через вход для слуг, назвавшись лакеем леди Несби, и провел весь вечер, наблюдая за ней. В какой-то момент она исчезла, спустившись по задней лестнице, но уже через несколько минут вернулась. Она не могла быть той леди, которая увезла сеньора Карреру. Чарли, тебе известно, куда они уехали?

— Конечно, командир, я поступил как вы меня научили — прицепился к экипажу сзади и доехал на нем до реки, за Челси. На Энн-лейн.

— Превосходно. — Холмс дал Чарли шиллинг лично для него и кучу шестипенсовиков для его «команды».

Мальчишка покинул дом, стремительно скатившись вниз по лестничной перегородке под разгневанным взглядом миссис Хадсон.

— Вы напрасно даете ему деньги, мистер Холмс, — сердито заявила она. — Так вы только поощряете его на новые безобразия.

— Вы совершенно правы, миссис Хадсон, — заявил мой друг и принялся расхаживать взад и вперед по гостиной.

— Кто мог увезти Карреру? Добрая самаритянка или сообщница? Сейчас больше двух часов ночи, та женщина живет близко к реке; она может моментально переправить его на другую сторону вместе с картиной.

Холмс принялся листать расписание приливов.

— Да, смена прилива будет с четырех до девяти утра. Пожалуй, мне следует немедленно отправиться в Челси.

— Но она спасла его от вооруженных грабителей, Холмс, — запротестовал я.

Мне совсем не хотелось покидать постель после всего четырех часов сна.

— Она появилась очень быстро — кем бы она ни была. А если незнакомка наняла грабителей, чтобы, прикинувшись доброй самаритянкой, увести у него Тициана? Должно быть, это очень ценная картина. — Холмс потер свои тонкие руки перед каминной решеткой. — Нет, я должен поехать на Энн-лейн.

Я вернулся в свою комнату переодеться и уже начинал сожалеть, что мой друг вышел из своего долгого оцепенения: за месяцы нашей разлуки я забыл, как трудно следовать за лихорадочным ритмом его жизни.

Мы быстро добрались до Энн-лейн, поскольку в это время суток улицы оставались практически пустыми, вышли из кеба на Чейни-Уок, и я был рад, что согласился сопровождать Шерлока. Здесь уже появились обитатели побережья — крысы и самые разные человеческие отбросы, которые запросто могли напасть на одинокого пешехода.

Дом, в который, по словам Чарли, отвезли сеньора Карреру, находился в ряду элегантных строений. Довольно легко Холмс обнаружил, что в нем три квартиры, и мы решили, что Каррера должен быть на первом этаже, потому что только там в окнах до сих пор горел свет.

Пока мы с Холмсом стояли перед дверью и тихонько обсуждали, как выбрать лучшее место для наблюдения за основным и задним входом, к нашему удивлению, входная дверь внезапно распахнулась. Холмс тут же опустил руку в карман, но на крыльце стояла женщина с лампой в руках.

— Не нужно в меня стрелять, мистер Холмс, и вам не следует вести наблюдение снаружи — вы можете войти и сами посмотреть на избитого сеньора.

Это была американка, которую мы встретили в галерее «Каррера». Меня ужасно поразила встреча с ней, но когда я искоса посмотрел на Холмса, то не заметил на его лице удивления. Однако когда мы последовали за леди в дом, я обратил внимание, что на виске у него пульсирует жилка.

Мы поднялись по лестнице и оказались в гостиной, окна которой выходили на Энн-лейн. Ставни на одном из окон были слегка приоткрыты, и хозяйка дома отошла, чтобы их поправить. Она отвязала черную нить, которая уходила через приоткрытое окно на улицу.

— Я опасалась, что кто-то может застать меня врасплох, мистер Холмс. Поэтому привязала шелковую нитку между перилами и ставнями. Всякий, кто прошел бы между ними, разорвал бы нитку, ставни захлопнулись, и я бы получила предупреждение.

Она быстро смотала нитку и положила в корзинку для шитья.

— Мадам, — заговорил Холмс, — вы находитесь в более выгодном положении. Я действительно Шерлок Холмс, а это доктор Уотсон, но…

— О, простите меня, мистер Холмс. День получился таким напряженным, что я забыла о хороших манерах. Я Амелия Баттерворт из Буффало, штат Нью-Йорк. И то, как я связана с вашим расследованием, — это долгая история. Могу я предложить вам чай или вы предпочитаете виски? Я полагаю, что у моей подруги, хозяйки квартиры, есть пара графинчиков, хотя сама я от крепких напитков воздержусь.

— Я бы не отказался от чая, — признался я, и Холмс, которому хотелось поскорее получить объяснения, бросил на меня раздраженный взгляд.

Мисс Баттерворт подошла к двери, и почти сразу появилась молодая вышколенная служанка. Она сообщила, что мистер Каррера крепко спит, и сочла возможным покинуть его на пять минут, чтобы приготовить нам чай.

— А теперь, вы, вероятно, хотите знать, кто я такая и как здесь оказалась.

Амелия Баттерворт подошла к фортепиано и открыла толстый том с надписью на корешке: «Кольцо нибелунга, для голоса и фортепиано». Однако внутри оказалась не партитура — книга была полой, и там лежал женский портрет: золотисто-каштановые волосы парили над лебединой шеей и казались такими реальными, что их хотелось потрогать.

Служанка вернулась с подносом, который мисс Баттерворт поставила на низкий столик.

— Да, это Тициан, во всяком случае, мы все так считаем, — сказала она и разлила чай в чашки мне и себе. — Беатриче Фонтана — дочь моей доброй подруги Элис Эллерби, которая вышла замуж за мистера Фонтану. Я не знаю, что человек, называющий себя Фрэнсисом Фонтаной, вам сказал, но мистер Фонтана банкир. Его дела в Буффало шли весьма успешно, однако кризис последнего времени поставил всех в трудное положение. Картина оставалась в семье Фонтана несколько столетий; они говорят, что леди, изображенная на ней, прапрабабушка его прапрабабушки и была любовницей одного из дожей Венеции. Но мистер Фонтана хотел получить доказательства подлинности картины, ведь если она принадлежит кисти Тициана, ее продажа обеспечит хорошее приданое Беатриче и позволит достойно существовать самой миссис Фонтана. Вот почему, когда мы узнали, что сеньор Каррера является ведущим экспертом по художникам эпохи Возрождения, мистер Фонтана решил, что он должен приехать сюда и показать ему картину, узнать его мнение и получить оценку. Однако сам он не мог покинуть Буффало в такой трудный для его бизнеса момент, поэтому юная Беатриче решила взять дело в свои руки. А я люблю путешествовать, так что составила крестнице компанию. У меня есть старая подруга, которая в молодости была очень красивой. Она вышла замуж за английского джентльмена, и именно за ее дочерью вы следовали сегодня ночью. Ее зовут Хлоя Сомерингфорт. Хлоя немного старше Беатриче, может быть, на десять лет, и уже побывала на разных приемах. Когда она узнала от миссис Фонтана, что Беатриче собирается сюда приехать, она предложила принять ее у себя и ввести в общество. Это вполне устроило Элис, мать Беатриче. Еще одна моя старая подруга покинула Лондон на зиму и предложила мне остановиться в ее удобной квартире.

Холмсу быстро наскучила болтовня о том, кто на ком женат и кто кому приходится подругой.

— Как картина Тициана оказалась у вас? — холодно спросил он.

— Ну, мистер Холмс, сейчас я вам расскажу, и это не самая приятная история. Моя крестница устроилась у Хлои Сомерингфорт, но, когда я отправилась ее навестить, оказалось, что она расстроена. Пока мистер Сомерингфорт служит своей стране в Египте, его жена развлекает молодого джентльмена из семьи Гуверингов. Не приходилось сомневаться, что Хлоя преподнесет мужу сюрприз по его возвращении.

Я так удивился, что уронил чашку с чаем и наклонился, чтобы привести пол в порядок, но мисс Баттерворт остановила меня: она сама все сделает после того, как мы уйдем.

— Я способна вымыть лестницу и выбросить мусор, ничего для меня необычного, — заявила она.

Заметив наше недоумение, она рассмеялась.

— Да, именно я была той служанкой, которая искала работу у Сомерингфортов вчера вечером, и мне нужно в самое ближайшее время вернуться туда, чтобы разжечь камин и попытаться вытащить мою бедную Беатриче из их когтей, так что это совсем не смешно. И я охотно воспользуюсь вашей помощью, мистер Холмс, можете не сомневаться. Итак, Хлоя Сомерингфорт встречается с молодым лордом, который украл ювелирные украшения матери и проиграл все деньги. А когда он узнал, что моя юная Беатриче привезла с собой ценную картину, стоимость которой в два или три раза превосходит стоимость изумрудов его матери, он попытался ее очаровать, а потом ограбить. Похоже, Хлоя вместе со своей разговорчивой горничной ему помогла — во всяком случае, я сделала именно такой вывод, поговорив с другими слугами вчера вечером. Беатриче сумела вырвать картину из рук молодого лорда и выбежала на улицу. Каким-то образом ей удалось добраться до Бонд-стрит и передать картину сеньору Каррере. Она вышла из галереи и добралась до Оксфорд-стрит, где попыталась остановить кеб, когда ее отыскала Хлоя. Беатриче позвала на помощь, но Хлоя использовала все свое очарование, чтобы внушить толпе: Беатриче просто очень, очень расстроена.

— Но как вы можете все это знать, если вас там не было? — резко спросил я.

— Кое-что мне рассказал сеньор Каррера, остальное я сообразила сама, сопоставив слова служанок, пока вчера наводила порядок в квартире Сомерингфортов. Горничная Хлои поведала мне, что из-за лихорадки у Беатриче начался бред и что Хлоя нашла ее на Бонд-стрит, где у той случилась истерика. Надо сказать, они едва справлялись с работой, потому что первая горничная обслуживала Хлою, а другая сторожила Беатриче, чтобы та не вышла из своей комнаты, так что они рассказали мне всю историю, ничего не скрывая. Они признались, что не верят в то, что горничная Хлои больна, потому что относили ей поднос с ужином, и она выглядела вполне здоровой. Это разозлило их еще сильнее. А затем появился надменный тип, исполняющий обязанности дворецкого, и предупредил их, что им лучше не распространять сплетни, если они хотят получить хоть какие-то деньги за работу, так что я полагаю, он тоже участник заговора. Ну а остальное мог бы сообразить любой — слуги всегда сплетничают о своих хозяевах, как вам хорошо известно, мистер Холмс, ведь вы и сами склонны к переодеваниям.

Мой друг сидел совершенно неподвижно, охваченный яростью из-за снисходительного комплимента мисс Баттерворт.

— Между тем лорд Фрэнсис Гуверинг сильно порезался стеклом, покрывавшим портрет. Он поселился в отеле «Глостер» под вымышленным именем: я нашла его окровавленные перчатки в канаве перед тем, как улицу убрали. Он зашел в свою комнату, нанес себе несколько ударов по лицу и обвинил во всем грабителя в маске.

— Но зачем ему скрываться под чужим именем?

— Он был в курсе, что Беатриче собиралась отнести картину в галерею — она обмолвилась об этом, когда еще не поняла, какими злодеями являются он и Хлоя, — и не мог допустить, чтобы сеньор Каррера или кто-то другой его узнал. А это было бы невозможно, скрой его лицо бинты. Я с самого утра отправилась в галерею, но сеньор Каррера был начеку: Беатриче предупредила, что кто-то может попытаться украсть картину, а он видел меня в первый раз. Так что мне ничего не оставалось, как следить за всеми. Сначала я переоделась в вонючую нищенку и последовала за молодым лордом, а потом вернулась в галерею, выяснить, кто придет туда на открытие выставки. Затем я поехала к Хлое, чтобы узнать, как дела у моей бедной Беатриче. Я поняла, что мне не удастся добраться до нее — на страже у спальни стоял слуга. Тогда я вернулась в галерею понаблюдать за сеньором Каррерой. Оказалось, что он намеревался забрать картину к себе домой и спрятать ее в сейфе, когда на него напали нанятые грабители. Сеньор спрятал картину под рубашкой, но прежде чем грабители успели ее найти, появились мальчишки, нанятые мистером Холмсом, и спугнули мерзавцев. Мне повезло, что я оказалась рядом и смогла забрать сеньора к себе. Он наконец понял, что я не хотела причинить ему никакого вреда. А теперь, мистер Холмс, вам пора перестать хмуриться. Даже Шекспир не всегда писал идеальные пьесы, и даже вы способны быть правым только в девятистах девяноста девяти случаях из тысячи. Если вы и доктор Уотсон составите мне компанию, мы сможем легко освободить Беатриче.

Мы выполнили просьбу мисс Баттерворт. Пока она переодевалась в костюм горничной, я осмотрел злополучного владельца галереи. Он крепко спал — вызванный к нему врач тщательно обработал все его раны и дал снотворное.

Закончив осмотр, я присоединился к мисс Баттерворт и Холмсу, переодевшемуся в угольщика. Ну а я выступал в роли врача, который пришел, чтобы осмотреть молодую леди, страдающую от опасного нервного возбуждения.

Мы довольно быстро ее освободили — и очень вовремя. Беатриче была связана, и веревки препятствовали нормальной циркуляции крови, начала сказываться нехватка пищи и воды. Мисс Баттерворт и я проводили Беатриче в квартиру, где поселилась американка, и там девушка понемногу пришла в себя. Сеньору Каррере также стало лучше. Он радостно подтвердил, что картина действительно принадлежит кисти Тициана.

Между тем Холмс отправился в Министерство иностранных дел, откуда отправил в Каир телеграмму для мистера Сомерингфорта с неприятным известием о предательстве жены. Вернувшись на Бейкер-стрит, я обнаружил, что он снова взялся за скрипку. Когда я начал ему рассказывать, что сеньор Каррера подтвердил авторство Тициана, Холмс меня прервал:

— Мне пора уходить на покой, Уотсон. Больше я не гожусь для такой работы. Если бы я последовал вашему совету и взялся за расследование кражи тиары герцогини Гуверинг, эти события не произошли бы. И меня бы не поставила в смешное положение американка средних лет, не имеющая никакой специальной подготовки.

Не успел я пробормотать несколько невнятных фраз, как появилась взволнованная миссис Хадсон, которая объявила о прибытии герцога и герцогини Гуверингов. Благородная пара провела у нас совсем немного времени: они пришли, чтобы выразить сожаление о поведении своего младшего сына, опозорившего родителей и страну.

— Мы отправляем его в Кению, на нашу кофейную плантацию, в надежде, что работа заставит его с уважением относиться к деньгам, которые не всегда даются легко, — сказала Ее светлость. — Ну а вам мы хотим предложить одну деликатную миссию в Будапеште, мистер Холмс. Как вы, вероятно, знаете, моя сестра является одной из фрейлин императрицы Елизаветы Баварской. Она опасается, что кто-то пытается отравить Ее Величество, но ей самой не по силам провести такое расследование.

Холмс поклонился и сказал, что он готов выполнить любое пожелание Ее светлости.

Моя жена прислала телеграмму, сообщавшую о скором возвращении в Лондон, поэтому я остался на Бейкер-стрит только для того, чтобы помочь другу собрать чемодан. Затем я проводил его на вокзал Ватерлоо, на ночной поезд, отбывающий в Париж, а сам вернулся домой. Вы понимаете, что я с радостью выбросил из головы неприятное дело о лорде Фрэнсисе Гуверинге и Хлое Сомерингфорт, хотя меня порадовало, что слабость моего друга к особам королевской крови заставила его отложить скрипку и вернуться к работе. Однако меня немного смутила замотанная в несколько шалей нищенка, садившаяся в вагон третьего класса поезда, отбывавшего в Париж. «Нет, — думал я, поспешно возвращаясь к себе домой, — мисс Баттерворт не могла оставить свою юную протеже одну в Лондоне».

Примечание: Амелия Баттерворт — детектив-любитель, плод воображения американской писательницы Анны Кэтрин Грин (1846–1935). Мисс Баттерворт помогала, а иногда и затмевала детектива Эбенезера Грайса, чьи методы расследования были похожи на методы Холмса. Дебютный роман Грин «Дело Ливенуорта» опубликован почти на десять лет раньше, чем первые рассказы о Шерлоке Холмсе. В разгар популярности романы Грин продавались миллионами экземпляров; она была любимым автором Вудро Вильсона, пишущим в жанре развлекательной литературы.

СЕРЕБРЯНЫЙ

Майкл Симс

Не скоро забуду ту ужасную ночь на вересковых пустошах…

Я был счастлив в Кингс-Пайленде. Мне шел пятый год, и я уже стал знаменитой скаковой лошадью, но в глубине души оставался романтичным жеребенком Северного Дартмура, диким и свободным. Нет, полковник Росс не разрешал мне скакать по пустошам, ведь я представлял большую ценность. Но от восхода до заката я дышал воздухом вересковых пустошей, вселяющим дерзость и отвагу. Я любил неровные холмы, высокие скалистые вершины и туманы, которые часто окутывали их на долгие часы, пока солнце не заставляло их исчезнуть.

Моя мать учила меня, что джентльмену не следует хвалиться, поэтому я в затруднении. Надеюсь, что упоминание этого факта не сделает меня хвастуном; возможно, вы находились на континенте и не знаете о жеребце Серебряном. (У меня белый лоб, но больше белого нет, если не считать пятнистой передней ноги.) Моей матерью была Отрада, отцом — Самоцвет. Да, тот самый, что в 1878 году выиграл скачки в Ньюмаркете, а на следующий год — Золотой кубок Аскота и Манчестер-плейт, а на следующий год еще раз взял Аскот. Такое наследие могло бы лишить равновесия даже самого уверенного в себе жеребенка, но я считаю, что не уронил своего достоинства. Я родился в 1885 году. Без особых усилий выиграл «Две тысячи гиней» для трехлеток. В Аскоте без труда победил в скачках «Сент-Джеймского дворца». Во времена, о которых я рассказываю, меня считали фаворитом кубка Уэссекса, и ставки принимались три к одному.

Местность возле конюшен в Девоншире открытая и продувается всеми ветрами. В полумиле к северу есть несколько коттеджей, которые используются как конюшни для хромых и уставших людей. Я видел, как они сидят в креслах на лужайке, и выражения их лиц напомнили мне Черного Саймона, сломавшего переднюю ногу на скачках «Сент-Леджер» — он думал только о том, когда за ним придут… В двух милях от пустошей находится Кейплтон, которым заправляет хитрый тренер Сайлес Браун, работающий на лорда Бэкуотера. А двумя милями западнее — единственный очаг цивилизации: посреди папоротника и дрока стоит деревушка Тависток.

Во всех направлениях раскинулись топи, населенные лишь несколькими семьями цыган, от которых чудесно пахнет едким дымом, но чей домашний скот далек от совершенства.

Наш конюх, мистер Стрэкер, был маленьким человеком, который двигался быстро и легко. В течение пяти лет он работал жокеем полковника. Но нельзя всегда оставаться жеребенком — мистер Стрэкер набрал вес и больше управлять лошадьми не мог. Тогда он и стал тренером и целых семь лет им оставался. В нем появилась горечь, которую он старался спрятать от полковника Росса. Судя по всему, ему это удавалось. Уверенный в правильности своего восприятия мира, полковник многое принимал без объяснений и, как собаки, слишком долго творившие в псарне все, что им захочется, никогда свои действия под сомнение не ставил. А еще эти аккуратные усы и нервная настороженность — в общем, старый полковник и вправду похож на терьера в гетрах и фраке…

Скромный домик мистера Стрэкера, где он жил вместе с женой и единственной изнуренной служанкой, находился в двухстах ярдах от моей конюшни. Под присмотром мистера Стрэкера работали трое молодых парней — ухаживали за мной и тремя моими друзьями. Двое спали на сеновале над помещением для упряжи, а третий — внизу, с лошадьми. Парни нравились мне больше, чем мистер Стрэкер, который обращался с нами нежно только в присутствии полковника Росса.

Наш тренер был жестким и мрачным человеком. Что-то с ним было не так. Однажды поздно ночью я видел его в загоне, где он при помощи жуткого кривого ножа искалечил пару овец. Крики животных разбили бы его сердце — если бы оно у него имелось.

Помню, был конец сентября, и пологие склоны холмов запестрели красновато-коричневыми пятнами папоротника и куманики. В тот роковой вечер, в девять часов, заперли конюшни. Двое парней отправились в дом ужинать, а Нэд Хантер остался дежурить и сейчас чистил нас скребницей. Нэд был добрым и верным, рядом с ним я чувствовал себя в безопасности. В конюшне находились Баярд, еще один жеребец-победитель, самодовольный, но отважный, и две лошади, Плим и Миви, кузины, купленные у майора Игнатия в Уидеком-инте-Мур. И стареющий Шарп, охотничий пес с лаем старшего сержанта, но сердцем лакея.

Вскоре на узкой тропинке, ведущей от дома, с раскачивающимся фонарем в руке появилась служанка Эдит Бакстер. Она несла Нэду ужин. По запаху я определил, что это баранина под чесночным соусом, которую здесь часто готовили. Эдит не взяла с собой пива — парням разрешали пить только воду, которую они набирали из крана в конюшне.

Нэд завел меня недавно, после вечерней прогулки, и предложил ведро с водой, но я выпил совсем немного — вода была слишком холодной и отдавала жестью. Я стоял возле маленького открытого окна, через которое наблюдал за Эдит, и увидел, что со стороны пустошей к ней направляется какой-то мужчина. В этот момент Шарп проснулся и начал лаять.

Судя по всему, Эдит не видела и не слышала незнакомца. Она находилась почти в сотне ярдов от конюшни, поэтому я еще не улавливал ее аромат — от девушки всегда пахло мылом, потом и лавандой, — когда мужчина подошел ближе и попросил ее подождать. Голоса здесь разносятся очень далеко.

Наша Эдит родилась на пустошах, но обладала многими достоинствами. С легким беспокойством, однако без страха она подняла фонарь. В круге света я смог разглядеть бледного нервного типа, одетого, как джентльмен, в кепи и серый твид. От грязи и желтых цветов дрока, которым поросли все впадины между камнями в пустошах, его ноги защищали гетры. Мужчину украшал привлекающий внимание красно-черный шелковый галстук. Ему было немного за тридцать; в руке — тяжелая трость с массивным набалдашником. Я слышал, что такие называют «палка для наказаний», и сразу понял — с таким человеком надо держать ухо востро.

— Вы не скажете мне, где я нахожусь? — спросил он у служанки.

Эдит посмотрела на него с сомнением.

— Я уж решил, что придется ночевать в поле, — продолжал он с не слишком искренним дружелюбием, — и вдруг увидел свет вашего фонаря.

— Вы в Кингс-Пайленде, возле конюшни полковника Роса, — после паузы ответила Эдит.

— Неужели? — воскликнул незнакомец. — Какая удача! — Он точно был не самым хорошим актером. Посмотрев на тарелку в ее руках, он сказал: — Один из конюхов, кажется, всегда ночует в конюшне, да? А вы, наверное, несете ему ужин? Вы ведь не такая гордая, правда? И не откажетесь от нового платья?

Не обращая внимания на неприветливое выражение лица Эдит, он засунул руку во внутренний карман твидового пальто и вытащил сложенный лист бумаги.

— Передайте это сейчас конюху, и у вас будет самое нарядное платье, какое только можно купить за деньги.

Эдит не была дурой. Она молча проскочила мимо мужчины и побежала к окну конюшни — дверь была заперта. (Обычно именно через окно она передавала Нэду ужин.) Ее внезапное появление заставило Шарпа снова залаять. Нэд тут же подошел к стене, Эдит сунула ему в руки поднос и принялась рассказывать о встрече с незнакомцем.

Казалось, они не замечали, как человек крался в темноте к окну, а под его ногами едва слышно хрустел гравий. От него пахло шерстью и трубочным табаком. Наконец он приблизился вплотную и застал их врасплох. В руке мужчина держал единственную банкноту. Шарп низко рычал, и мужчина с тревогой посмотрел в его сторону.

И сразу же дружелюбно кивнул Нэду.

— Добрый вечер. У меня к вам дело.

Я услышал, как он прислонил тяжелую трость к стене конюшни.

Отважный Нэд был не из тех, кто станет прятаться.

— Какое у вас ко мне может быть дело? — резко спросил он.

— Дело, от которого и вам может кое-что перепасть, — угодливым голосом продолжал мужчина. — Две ваши лошади, Серебряный и Баярд, участвуют в скачках на кубок Уэссекса. Ответьте мне на несколько вопросов, и я не останусь в долгу. Правда, что вес, который несет Баярд, позволяет ему обойти Серебряного на сто ярдов в забеге на пять фарлонгов* и что вы сами ставите на него?

Я не хочу унизить молодого Баярда, от копыт до гривы составляющего лишь две трети жеребца, которым он себя считает, но не стану утаивать истину.

— Ах, вот вы кто!.. — воскликнул Нэд.

Боюсь, работа на конюшне неблагоприятно сказывается на чистоте выражений, которые употребляют конюхи — в этом смысле Нэт не составлял исключения… Но, как часто повторяла моя мать, скакун должен оставаться джентльменом или леди, как бы слуги себя ни вели.

— Сейчас я покажу вам, как мы встречаем шпионов!

Нэд вскочил и быстро пересек конюшню, чтобы выпустить Шарпа, который разразился возмущенным лаем. Эдит уже бежала к дому.

Когда Нэд отпер дверь, Шарп выскочил наружу.

— Я уже засыпал! Как ты смел меня разбудить? Да я ем незнакомцев на ужин!

Конечно, Шарп склонен к преувеличениям, но его мощный лай производил впечатление.

Нэд запер за собой дверь и умчался в темноту. Довольно скоро, задыхаясь, он вернулся обратно. Позднее я слышал, как он рассказывал остальным парням, что в конце концов потерял незнакомца из виду.

---

* Мера длины, 201,17 метра.

В ту ночь шел сильный дождь. Ветра не было, и капли падали почти вертикально, заполняя водой пустоши и двор конюшни. В середине ночи я услышал, как кто-то звучно шагает по грязи со стороны дома Стрэкера, и почти сразу уловил запах табака Кавендиша. Желтые зубы Стрэкера неизменно сжимали черенок трубки из корня вереска.

Стрэкер тихо отпер дверь и почти беззвучно вошел; с его непромокаемого макинтоша на солому капала вода. Шарп поднял голову, завилял хвостом, но не залаял.

Нэд храпел на своем стуле. После баранины он погрузился в такой глубокий сон, что уронил чашку с водой, и она лежала на полу. Я представлял, как заснувший Нэд сползет на землю и сильно удивится, проснувшись. Однако он спал очень крепко, и даже появление в конюшне тренера его не разбудило. Стрэкер с минуту внимательно за ним наблюдал, а затем повернулся ко мне. Он снова застыл на месте, когда один из парней на сеновале зашевелился, но вскоре я понял, что ни один из них не проснулся, несмотря на грозу.

К моему удивлению — и, должен признать, тревоге, — Стрэкер подошел ко мне без всяких лживых ласк, к которым прибегал при полковнике Россе. В одно мгновение он надел на меня уздечку и вставил удила. Я заржал. Он ударил меня по морде, собрал поводья в левой руке у меня под подбородком, и я прикусил язык. Именно в этот момент мне следовало оказать сопротивление, но воспитание и манеры замедлили мою реакцию. Шарп с тревогой наблюдал за нами со своей соломенной подстилки, он не махал хвостом и внимательно следил за каждым нашим движением.

Стрэкер медленно открыл дверь конюшни и заставил меня выйти на грязь и дождь. Затем он повернулся в сторону пустошей. Когда Шарп поднялся, чтобы последовать за нами,

Стрэкер быстро запер дверь. И мы стали уходить все дальше в ночь. Дождь был холодным. Язык ныл. Со стыдом признаюсь: я поджидал подходящего момента, чтобы отомстить.

На тропе Стрэкер нашел черно-красный шелковый галстук незнакомца, подходившего вчера к конюшне. Теперь галстук совершенно промок и пропитался грязью, но Стрэкер поднял его и взял с собой. Он отвел меня примерно на четверть мили от дома в овраг под холмом, с вершины которого при свете дня можно разглядеть соседние пустоши. Там он снял свой макинтош — ветер тут же принялся его яростно трепать — и повесил на куст дрока. Затем сложил ладони, чтобы прикрыть пламя, и трижды попытался зажечь свечу. Однако всякий раз терпел неудачу и со злобной руганью отбрасывал спички в темноту.

И тут я заметил мужчину, одиноко стоявшего под дождем и наблюдавшего за нами. Стрэкер повел меня к нему, потом остановился и грубо помахал ему рукой. В ответ тот поднял руку, но не стал подходить ближе. Как и любая другая лошадь, даже те, которых запрягают в экипажи — они, возможно, в первую очередь, — я привык следить за руками людей. И, несмотря на дождь и темноту, я увидел, как Стрэкер достал из кармана маленький нож с ручкой из слоновой кости и жестким, но тонким лезвием, жуткое острие которого скрывал лишь легкий футляр. Как только я увидел нож, то стал храпеть и закидывать голову. Я знал Стрэкера и знал этот нож. Я видел, что он делал с овцами.

Было понятно, что Стрэкер собрался со мной сотворить. Но я не зря провел всю свою жизнь на ипподромах и паддоках и многое успел усвоить. Стрэкер принялся шептать мне фальшивые успокаивающие слова — впрочем, дождь почти полностью их заглушал — и одновременно начал обходить, похлопывая по крупу, пока не остановился возле хвоста. Черно-красный платок он скрутил в жгут.

Затем, как кузнец, наклонился, чтобы сжать мою левую заднюю ногу и поднять копыто. Однако я дернулся и изо всех сил его ударил. К моему удивлению, я почувствовал, как поддается его череп. Отскочив в сторону, я резко повернулся и увидел, что его рука с жутким маленьким ножом ударила не в мою ногу, а в его собственную. Я уловил запах крови, и тут меня охватил настоящий страх. Стрэкер без единого стона повалился на землю, а я поскакал прочь.

Другой мужчина хотел меня догнать, но очень скоро отстал и исчез за пеленой дождя и тумана.

Нас всегда учили принимать страдания, которым мы подвергались со стороны наших слуг — ведь слуги часто оказывались невежественными. Наверное, мать сказала бы, что мне не следовало лягать моего предателя-тренера. Но все меняется. Она появилась на свет в другие времена. Я нанес ответный удар и не стану говорить, что жалею об этом. Когда я убегал, то подумал, что мистер Стрэкер больше не станет мучить других овец и лошадей, но сердце мое отчаянно колотилось — я понял, как близок был к тому, чтобы никогда не увидеть еще один осенний день в Дартмуре. Наконец я остановился под дождем и подождал, пока дыхание восстановится, а бока перестанут болеть.

Затем я увидел того самого свидетеля. Он приближался ко мне издалека. Я настороженно наблюдал. Его силуэт и манера двигаться показались мне знакомыми, и вскоре я сообразил, что это Сайлес Браун, черноглазый старик с бровями терьера, который управлял конюшней лорда Бэкуотера в Кейплтоне. Браун отвечал за Беспечного, о котором без всяких на то оснований ходили слухи, что он может равняться со мной скоростью и выносливостью. Два или три раза, когда Стрэкер выводил меня в пустоши для тренировок, он тайно встречался с Брауном. Пока мы с Беспечным обменивались общепринятыми любезностями, Стрэкер жаловался на долги, и Браун рассказал ему, как с ними покончить — предать полковника Росса. Теперь я понял, что они давно спланировали сегодняшние безобразия.

Я устал и замерз, а потому почувствовал облегчение, когда понял, что это всего лишь Сайлес Браун. Конечно, я мог убежать, но куда? Я не лань. Я лошадь. Скаковая лошадь. И по ночам привык спать в конюшне.

— Иди сюда, мой мальчик, — сказал Браун, стараясь меня успокоить. — Не нужно бояться.

Я повернулся и посмотрел на него.

— Планы меняются, — продолжал он, бросив на меня оценивающий взгляд, и остановился, когда я повернулся к нему. — А ты свирепый скакун, мистер Серебряный? Ну, старый Сайлес совсем непрост. Даже не думай, что это не так. Мы будем вести себя спокойно, мой мальчик. Я не причиню тебе вреда. И все же, — тут он рассмеялся, — не стану подходить сзади. — Он быстро осмотрелся по сторонам. — Сегодня я готов обменять любого превосходного скакуна на экипаж со старой клячей, а то и на накидку от дождя...

Он снова рассмеялся. Казалось, его ничуть не обеспокоила смерть сообщника.

Я с огорчением вспоминаю легкость, с которой позволил грубому болвану завладеть поводьями и отвести себя в конюшни в Кейплтоне. Я наслаждался теплом и уютом, зерном и водой. Я обрадовался, когда меня вытерли и причесали. Но затем, прежде чем я сообразил, что произойдет дальше, меня стреножили и тянули повод. Тогда Браун открыл какие-то бутылки и кувшины и слил их содержимое в ведро… Он принялся перекрашивать мою красивую черную шкуру — простите мое тщеславие — в скучный бурый цвет.

Несколько дней спустя, на закате, я стоял у окна конюшни рядом с Беспечным, моим соперником и новым приятелем, и поглядывал на дорогу, идущую от ворот Кейплтона. Тут я и заметил двух мужчин, которые шли через вересковую пустошь.

Более высокий был лидером; он решительно шагал вперед, и его взгляд быстро перемещался от травы к дороге, от конюшни к воротам. Он производил впечатление, в нем чувствовалась уверенность в себе, и я сразу обратил внимание на сильные руки и высокий лоб. Второй мужчина показался мне похожим на бывшего военного. Крепкий и широкоплечий, он не отставал от своего компаньона, но я сразу понял, что не он здесь главный.

Даусон, немолодой и робкий слуга Брауна, выбежал из конюшни и преградил им дорогу.

— Идите отсюда! Нечего вам тут делать.

Высокий, засунув указательный палец в карман жилета, надменно посмотрел на слугу.

— Позвольте только задать вам один вопрос, — лениво проговорил он. — Если я приду завтра в пять часов утра повидать вашего хозяина мистера Сайлсса Брауна, это будет не слишком рано?

Он перевел взгляд на окно, через которое, как я позже понял, видел меня.

Наши глаза встретились.

— Скажете тоже «рано», сэр… — сказал Даусон, переходя на доброжелательный тон в ответ на уверенность мужчины. — Мой хозяин подымается ни свет ни заря.

Он оглянулся через плечо с беспокойством, которое, как я уже знал, никогда его не покидало.

— Да вот и он сам, поговорите с ним.

Высокий мужчина протянул монету, но Даусон пробормотал:

— Нет-нет, сэр, он прогонит меня, если увидит, что я беру у вас деньги. Лучше потом.

Мужчина спрятал монету и продолжал спокойно наблюдать, как к ним решительно направляется Браун, стуча сапогами по асфальтовой дорожке и угрожающе размахивая хлыстом.

— Это что такое, Даусон? Сплетничаете, да? У вас дела, что ли, нет? — Он повернулся к незнакомцам: — А вы какого черта здесь шляетесь?

— Чтобы побеседовать с вами, дорогой мой сэр. Всего десять минут, — спокойно ответил высокий мужчина, не обращая ни малейшего внимания на хлыст.

— Некогда мне беседовать со всякими проходимцами! — резко ответил Браун. — Здесь не место посторонним! Убирайтесь, а то я сейчас спущу на вас собаку.

Мужчина хладнокровно наклонился вперед и что-то прошептал Брауну на ухо.

Щеки Брауна моментально покраснели.

— Ложь! — прорычал он. — Гнусная, наглая ложь!

— Отлично! Ну что же, будем обсуждать это прямо здесь, при всех, или вы предпочитаете пройти в дом?

От угроз Брауна не осталось и следа, точно от дождя, прошедшего над пустошами.

— Ладно, идемте, если хотите.

Мужчина улыбнулся.

— Я вернусь через пять минут, Уотсон, — сказал он своему спутнику. — К вашим услугам, мистер Браун.

Браун сделал глубокий вдох, но ему не удалось восстановить прежней важности, и он молча, почти смиренно, повернул голову в сторону конюшни. Человек по имени Уотсон задержался во дворе, а я отвернулся от окна, чтобы понаблюдать за высоким и Брауном, которые оказались совсем рядом с моим стойлом. От тревоги мое сердце отчаянно колотилось. А Беспечный, казалось, скучал.

— Меня зовут Шерлок Холмс, — сказал высокий мужчина. — Возможно, вы слышали мое имя.

Браун покачал головой.

Мистер Холмс приподнял брови.

— Сожалею, что оставил Уотсона снаружи, ему бы это понравилось… Мистер Браун, я пришел к вам, чтобы рассказать небольшую историю.

— Меня не интересуют ваши истории.

— И все же, уверяю, она покажется вам любопытной. Быть может, присядем? Нет? Хорошо. Как вы сказали констеблю и инспектору Грегори, однажды ранним утром вы побывали на вересковых пустошах. И на вас тогда были эти самые сапоги с квадратными носами.

Браун посмотрел на свои грязные сапоги.

— Однако вы никому не сообщили, что следили за одинокой лошадью, которая бродила по полям. Вы подобрались к ней поближе и, к своему удивлению, обнаружили у нее на лбу большую серебряную звездочку. Это оказался главный соперник вашего Беспечного — Серебряный.

— Я не понимаю, о чем вы.

— Давайте не будем тратить время попусту. Вы заметили Серебряного, но он был один. Рядом не оказалось ни Джона Стрэкера, ни Нэда Хантера, ни полковника Росса. Тогда вы не могли знать, что Стрэкер уже нашел свою смерть в пустошах.

Выражение лица Брауна не изменилось. То был один из тех редких моментов, когда я мечтал о способности говорить как человек.

— Некоторое время вы не могли прийти в себя от удивления, а потом решили вернуться в Кейплтон. Но не сделали этого сразу, а стали ходить кругами и размышлять.

Браун больше не мог сохранять хладнокровие:

— Дьявол, где вы прятались, сэр?

— Вы взяли поводья Серебряного и несколько минут водили его по пустоши, затем двинулись в сторону Кингс-Пайленда.

Браун смотрел на мистера Холмса.

— И тут вы поняли, что судьба дала вам в руки шанс, о котором вы мечтали всю свою жалкую жизнь. Под прикрытием утреннего тумана вы решили отвести Серебряного сюда, в Кейплтон.

Браун рассмеялся — так, словно копил энергию для последних возражений.

— И где же он сейчас, сэр?

Мистер Холмс вздохнул и, не поворачиваясь, махнул рукой в мою сторону.

— Я не вижу звездочки на этом гнедом жеребце, — заявил Браун в последнем приступе бравады.

— Мистер Браун, мы не дети. И это не игра. В моих силах уничтожить вас, что я сделаю без малейших колебаний, если вы в точности не выполните все мои инструкции.

Браун попытался встретить взгляд мистера Холмса, но не сумел. Он посмотрел в пол, устланный соломой, и вздохнул. На лбу и на верхней губе у него выступил пот.

— Серебряный останется здесь.

Брови Брауна поползли вверх.

— И вы не станете мыть его.

— Что?

— Это не обсуждается. Вот мои инструкции. Вы подготовите его к скачкам на кубок Уэссекса в Винчестере, которые состоятся через четыре дня, и сами туда доставите. Вы ничего не скажете лорду Бэкуотеру. И все это время будете продолжать тщательно ухаживать за обеими лошадьми и давать им возможность тренироваться. — Здесь голос мистера Холмса зазвучал мрачно: — Если Серебряный пострадает — хотя бы в малейшей степени, — я лично позабочусь о том, чтобы вы оказались под судом за кражу скаковой лошади и влияние на исход скачек. Ко всему прочему я добавлю сюда еще и подозрения в убийстве.

— Убийство! Но я не...

— Не имеет никакого значения, в чем вы замешаны, а в чем — нет. — Мистер Холмс направился к двери. — Я пришлю вам телеграмму с дальнейшими указаниями. — Он вышел из конюшни.

Я зачарованно наблюдал за этим спектаклем — мистер Холмс одержал победу над Брауном, хотя и не нанес ни одного удара. Затем я выглянул в окно.

Браун сломался окончательно и бросился за мистером Холмсом, который вернулся к своему спутнику.

— Я все сделаю как вы сказали, сэр. Все ваши указания будут выполнены.

— Вы знаете, чем грозит ослушание, — сказал мистер Холмс, пристально посмотрев на Брауна.

Человек по имени Уотсон внимательно наблюдал.

Браун уловил угрозу в глазах Холмса и сглотнул.

— Что вы, что вы, сэр! Доставлю к сроку. Сделать все как было раньше?

Мистер Холмс немного подумал и рассмеялся.

— Не надо, оставьте как есть. Я вам напишу. И смотрите, без плутовства, иначе…

— О, верьте мне, сэр, верьте! Можете на меня положиться, сэр!

И, к моему удивлению, мистер Браун протянул мистеру Холмсу дрожащую руку.

Однако мистер Холмс ее проигнорировал — что мне, конечно, понравилось — и бросил через плечо:

— Думаю, что могу. Завтра получите от меня указания.

Браун вернулся в конюшню, стараясь сохранять уверенность, но, оказавшись у стены, прислонился к ней и стал сползать на пол. Его взгляд был устремлен к окну, к двум джентльменам, уходившим через пустоши к Кингс-Пайленду. Браун тяжело вздохнул, и я уловил запах застарелого сигарного дыма и виски.

Внезапно он повернулся и лягнул ногой дверь в мое стойло. Я заржал и повернулся, готовясь к схватке, однако он выбежал из конюшни, точно испуганная крыса.

В Винчестере мне удалась хорошая скачка. Моя выкрашенная шкура чесалась, и меня смущало то, что люди не узнавали меня издалека. А лошади понимали, что я Серебряный, только после того, как оказывались достаточно близко, чтобы уловить мой запах.

Я люблю ревущую толпу. Меня вырастили для этого мира, как и моего отца. Крики, взвивающиеся в воздух шляпы и шарфы, блеск биноклей, в которые зрители наблюдали за нашим бегом, — все это я очень любил. Но, как всегда, не обращал внимания на крики вроде: «Пять к четырем против Серебряного! Пятнадцать к пяти против Беспечного!»

Чтобы победить, нужно думать только о скачке.

Другие лошади были достойными соперниками, а с Беспечным я несколько дней провел рядом. Он вел себя так, словно мы с ним сообщники — но перед стартом заржал.

— Не нужно особенно напрягаться, мой дорогой Серебряный. Ты не сможешь продержаться до конца.

— Сэр! — Я был шокирован. — Пусть победит достойный.

— В самом деле?

Остальные лошади не были столь грубы. Я не видел Хрусталь, которая представляла герцога Балморала, почти год, и с восхищением обнаружил, что ее бока так же стройны, как и прежде. Я уже соревновался с Боксером, знаменитым чалым жеребцом полковника Уордлоу, и мы относились друг к другу с большим уважением. Мне не доводилось встречаться с гнедым скакуном лорда Синглфорда — Озорником, смотревшим на мир горделивым взором. Негр, крупный черный жеребец Хита Ньютона, был мне также незнаком — и должен признать, что он выглядел очень эффектно вместе с жокеем в курточке цвета корицы и красном шлеме.

Наконец — я никогда не чувствовал такого нетерпения — раздался выстрел, и гонка началась. В течение долгих первых минут мы мчались плечом к плечу, и я слышал лишь удары копыт и собственного сердца. Однако вскоре Озорник, Негр и Боксер стали отставать. С минуту Хрусталь и Беспечный бежали со мной бок о бок. Но красивая Хрусталь уже полностью выложилась и оказалась на почетном третьем месте.

Тогда Беспечный начал поносить меня ужасными словами, которые я не намерен повторять, и стал отставать, задыхаясь от пыли, поднимавшейся из-под моих копыт. Сначала на полкорпуса, на корпус, а потом еще больше. Когда я пересек финишную линию, Беспечный оказался позади меня на шесть корпусов.

После всего, что случилось со мной за последние недели, я чувствовал себя настоящим победителем.

— Вот он, — сказал мистер Холмс, входя в паддок, куда допускали только хозяев лошадей.

Пока я пил воду из ведра, Нэд Хантер уже начал меня чистить. Нэд снял свою шапочку, мистер Холмс и доктор Уотсон кивнули в ответ. Сердитый полковник Росс лишь бросил на них мрачный взгляд.

От мистера Холмса все еще пахло крепким табаком. Он указал на меня.

— Стоит лишь протереть ему лоб и бабку спиртом — и вы узнаете Серебряного.

— Что?! — воскликнул полковник.

— Ваша лошадь попала в руки мошенника, я нашел ее и взял на себя смелость выпустить на поле в том виде, как ее сюда доставили.

— Дорогой сэр, вы совершили чудо! — Полковник обошел меня, оглядел от гривы до копыт и похлопал по боку. — Лошадь в великолепной форме. Никогда в жизни она не шла так хорошо, как сегодня. Приношу вам тысячи извинений за то, что усомнился в вас. Вы оказали мне величайшую услугу, вернув жеребца. Еще большую услугу вы мне окажете, если найдете убийцу Джона Стрэкера.

— Я его нашел, — спокойно сказал мистер Холмс.

— Нашли убийцу! Так где же он?

— Он здесь.

— Здесь? Где же?!

— В настоящую минуту я имею честь находиться в его обществе.

Полковник Росс ощетинился, как обиженный пес.

— Я понимаю, мистер Холмс, что многим обязан вам, — холодно сказал он, и его пальцы сжались на рукояти хлыста, — но эти слова я могу воспринять только как чрезвычайно неудачную шутку или как оскорбление.

— Ну что вы, полковник, у меня и в мыслях не было, что вы причастны к преступлению! — сказал мистер Холмс с усмешкой, которой загорелись его глаза. — Убийца собственной персоной стоит у вас за спиной.

Он обошел полковника и с удивительной нежностью для такого сильного человека положил руку мне на шею. В первый раз меня коснулся человек, который спас мою жизнь. Тогда я узнал, что благодарность и уважение могут превратиться в любовь.

— Убийца — лошадь?! — воскликнули доктор Уотсон и полковник Росс.

— Да, лошадь.

Мистер Холмс сочувственно посмотрел на меня, а я высоко поднял голову. Не люблю, когда меня жалеют.

— Но вину Серебряного смягчает то, что он совершил убийство из самозащиты и что Джон Стрэкер был совершенно недостоин вашего доверия. Но я слышу звонок. Отложим подробный рассказ до более подходящего момента. В следующем забеге я надеюсь немного выиграть.

Тут я сообразил, что мистер Холмс, зная о моем участии в скачках — ведь он отдал соответствующий приказ жалкому трусу Сайлесу Брауну, — поставил на мою победу. Конечно, я был польщен, однако такие ставки, основанные на тайной информации, на ипподроме незаконны.

Тем не менее никто не стал возражать.

На следующий день Нэд Хантер отвез меня домой. Ломовые лошади тащили мой фургон, а я гордо смотрел по сторонам, как и положено победителю. У дороги я заметил грязного и жалкого Сайлеса Брауна, который посмотрел на меня, когда фургон проезжал мимо. Я ответил ему непроницаемым взглядом.

А когда на него взглянул полковник Росс, хитрый, старый и трусливый конюх уважительно стянул свое кепи. Нэд щелкнул кнутом, и мы поехали дальше.

Журнал Доктора Уотсона

Эндрю Грант

доктор Джон Уотсон

Доктор Джеймс Мортимер посетил **Бейкер-стрит, 221-б, Лондон.**

👍 **Шерлоку Холмсу** это нравится.

Шерлок Холмс Судьбоносный момент! Я слышу шаги на лестнице, но не знаю, добрая это весть или нет...

Доктор Джеймс Мортимер

Столкнувшись с исключительно серьезной и необычной проблемой, я понимаю, что нуждаюсь в помощи второго по мастерству эксперта в Европе...

👎 **Шерлоку Холмсу** это не нравится.

Доктор Джеймс Мортимер

Этот **Шерлок Холмс** довольно нервный! Однако он действительно обладает невероятно острым умом. Как бы я хотел прикоснуться к его теменной области! Интересно, позволит ли он мне сделать слепок? Ведь оригинал в настоящее время недоступен... В любом случае должен сказать, что я невероятно счастлив получить назад трость, которую забыл у его двери, когда безуспешно пытался с ним встретиться.

👍 **Спаниелю доктора Мортимера** это нравится.

👎 **Доктору Уотсону** это не нравится.

Доктор Уотсон Откуда мне было знать, что он так молод? Мне казалось совершенно естественным, что доктор Мортимер пожилой человек. В конце концов я видел только его трость.

Шерлок Холмс Смею возразить: совершенно очевидно, что Мортимеру под тридцать и что он любезен, нечестолюбив и рассеян. Детали, по которым я заключил все это, видны и невооруженным глазом.

Миссис Хадсон Мне интересно, что он сможет увидеть, если я не буду так старательно чистить кофейник, в котором он наблюдает отражение доктора Уотсона?

Доктор Джеймс Мортимер поделился ссылкой **Предание рода Баскервилей**.

👎 **Шерлоку Холмсу** это не нравится.

Шерлок Холмс Только дурак станет верить в эту сказку! Сверхъестественная собака? Полная чушь.

Доктор Джеймс Мортимер У нас имеется множество свидетельств того, что люди видели собаку, которая просто не могла быть ни одним животным, известным науке. Огромный пес со светящейся шерстью, жуткий, призрачный — полностью в соответствии с легендой.

Шерлок Холмс Суеверная болтовня слабоумных, вне всякого сомнения. Совершенно здоровые люди умирают от страха? Нет, сэр. Должно существовать научное объяснение происходящему.

Доктор Джеймс Мортимер Возможно. Но сэр Чарльз Баскервиль верил в легенду — и посмотрите, что с ним произошло!

Доктор Джеймс Мортимер поделился ссылкой **Статья из «Девонширских хроник».**

👍 **Шерлоку Холмсу** это нравится.

Шерлок Холмс Значительно лучше! Краткий отчет о недавней кончине сэра Чарльза Баскервиля, главы семьи. Обстоятельства смерти, возможно, не удалось до конца прояснить — ведь там не было меня, чтобы их расследовать, — но, вне всякого сомнения, нет никаких причин подозревать сверхъестественные силы. Насколько мне известно, сэр Чарльз страдал от болезни сердца.

Доктор Джеймс Мортимер Да, это так. И прозаические находки следователей должны бы окончательно развеять романтические слухи, которые могут смутить наследника сэра Чарльза и заставить отказаться от переезда в Баскервиль-Холл, чтобы продолжить его модернизацию.

👍 **Ассоциации строительных компаний Девоншира** это нравится.

Шерлок Холмс
Чем больше фактов данного дела я узнаю, тем сильнее оно захватывает. Я смутно помню, что читал о нем, но был слишком занят в Италии и не обратил особого внимания.

👍 **Папе римскому** это нравится.

Доктор Джеймс Мортимер
Боюсь, я невольно ввел в заблуждение бедного **Холмса**! Я не собирался нанимать его расследовать это дело. Мне лишь требуется совет на предмет того, насколько безопасно наследнику сэра Чарльза — сэру **Генри Баскервилю**, который должен через семьдесят пять минут прибыть в Лондон из Америки — поселиться в его родовом гнезде.

Шерлок Холмс Дело несколько более сложное, чем наш новый друг представляет себе на данный момент. Мне понадобится немного времени на размышления...

Шерлок Холмс пригласил **доктора Джеймса Мортимера**, **сэра Генри Баскервиля** и **доктора Джона Уотсона** на мероприятие. Завтрак у меня (завтра в 10.00).

Пойдут: **доктор Джеймс Мортимер, доктор Джон Уотсон.**
Возможно, пойдут: **сэр Генри Баскервиль.**

Доктор Джон Уотсон посетил **клуб «Диоген».**
Всегда лучше оставить Холмса в одиночестве, когда ему требуется подумать...

👍 **Продавцу табачной лавки на Бейкер-стрит** это нравится.
👍 **Местным кофейням** это нравится.

Доктор Джон Уотсон посетил **Бейкер-стрит 221-б, Лондон,** в 9.00.
Если я без промедления открою окно, еще остается шанс, что Холмс не задохнется.

👎 **Шерлоку Холмсу** это не нравится.

Шерлок Холмс На сегодня хватит размышлений. Пришло время скрипки.

👍 **Доктору Джону Уотсону** это нравится.

Сэр Генри Баскервиль, доктор Джеймс Мортимер и **доктор Джон Уотсон** посетили **Бейкер-стрит 221-б, Лондон.**

Сэр Генри Баскервиль Уже 10.00, а этот **Холмс** все еще в халате? Очень странное поведение.

👎 **Ассоциации джентльменов Джермин-стрит** это не нравится.

Сэр Генри Баскервиль Я бы, наверное, все равно пришел к этому типу даже без совета **доктора Джеймса Мортимера** из-за довольно странного письма, которое сегодня утром пришло в отель. Всего одна строчка из букв, вырезанных из газеты, с предупреждением, чтобы я держался подальше от торфяных болот!

👍 **Шерлоку Холмсу** это нравится.

Шерлок Холмс Если я не ошибаюсь, джентльмены, буквы вырезаны из передовой статьи вчерашней «Таймс»…

👍 **Сэру Генри Баскервилю** и **доктору Джеймсу Мортимеру** это нравится.

Сэр Генри Баскервиль

Учитывая разговоры о жутких собаках и насильственных смертях, я не уверен, чья мне требуется помощь: священника или полицейского! Похоже, я получил наследство, отягощенное местью. Полагаю, мне нужно время, чтобы все это переварить…

Сэр Генри Баскервиль пригласил **Шерлока Холмса, доктора Уотсона** и **доктора Джеймса Мортимера** на встречу **Ланч в моем** отеле в 14.00.

Пойдут: **Шерлок Холмс**, **доктор Джон Уотсон**, **доктор Джеймс Мортимер**.

Сэр Генри Баскервиль Как я хотел бы пригласить их в более приличное место! Отель просто кошмарный. Прибежище воров. У меня уже украли один башмак… а я их только что купил! Обувь была абсолютно новая, я даже не надевал ни разу.

Доктор Джон Уотсон
Что мне больше всего нравится в работе с **Шерлоком Холмсом**? То, как быстро он может передумать и принять новое решение. Даже если речь идет об одежде! Вот мы с гостями сидим в его столовой и пьем с гостями кофе, а в следующее мгновение энергично, но незаметно идем за ними по Риджент-стрит, несмотря на то, что за нами наблюдает загадочный бородатый джентльмен, который сидит в двухколесном экипаже…

👎 **Шерлоку Холмсу** это не нравится.

Шерлок Холмс И почему никогда не оказывается свободного экипажа, когда он нужен? Хитрый дьявол, который следил за **сэром Генри Баскервилем**, понял, что мы его заметили, и сбежал. То, что мы позволили ему от нас улизнуть, большая неудача — и лично мой промах.

Шерлок Холмс и **доктор Джон Уотсон** посетили **Районную рассыльную контору**.

Доктор Джон Уотсон Нельзя знать заранее, когда тебе отплатят за добро. Шерлок Холмс некоторое время назад помог начальнику конторы, и теперь тот с радостью предоставил нам в помощники одного из своих самых сообразительных мальчишек — **Картрайта**.

👍 **Картрайту** это нравится.

Картрайт Работать на **Шерлока Холмса** гораздо интереснее, чем разносить письма. Надеюсь, мне удастся найти газету, из которой, по его словам, были вырезаны буквы. Он велел мне проверить местные отели. До тех пор, пока я не потеряю деньги на взятки, что он мне дал…

Сэр Генри Баскервиль, Шерлок Холмс, доктор Джеймс Мортимер и **доктор Джон Уотсон** были на встрече **Ланч в отеле «Нортумберленд».**

Доктор Джон Уотсон Я полагал, что ланч с баронетом будет более приятным событием, но он стал жертвой кражи второго башмака, и это меньше чем за один день…

👎 **Сэру Генри Баскервилю** это не нравится.

Доктор Джон Уотсон

Сэр Генри Баскервиль спокойно отнесся к известию, что за ним кто-то следил, учитывая сложившиеся обстоятельства. А тот факт, что лакей из Баскервиль-Холла **Бэрримор** носит бороду, показался нам интересным. Идея же **Холмса** с фальшивой телеграммой, отправленной в поместье с целью выяснить, там ли он сейчас находится, была просто блестящей!

👍 **Шерлоку Холмсу** это нравится.

Доктор Джон Уотсон

Современные технологии, вне всякого сомнения, ускоряют процесс дедукции, даже если удовлетворение от полученных ответов не соответствуют быстроте их появления. Мы узнали, что **Бэрримор** находился в **Баскервиль-Холле** в то время, когда шпион разгуливал по улицам Лондона, а юный Картрайт не сумел отыскать следы разрезанной «Таймс».

👍 **Шерлоку Холмсу** это нравится.

Шерлок Холмс Ничто не стимулирует мыслительный процесс так, как дело, в котором все против тебя!

Доктор Джон Уотсон

Шерлок Холмс отправил меня в Девоншир вместе с **сэром Генри Баскервилем**, а сам занялся письмом с угрозами. Похоже, он обо мне более высокого мнения, чем я полагал!

👍 **Доктору Джону Уотсону** это нравится.

👎 **Шерлоку Холмсу** это не нравится.

Шерлок Холмс Я буду очень рад, когда мой друг **Уотсон** вернется на **Бейкер-стрит** в целости и сохранности. Новые факты касательно того, как бородатый шпион обошелся с извозчиком, указывают, что он очень опасная личность. По правде говоря, я чувствую, что здесь действует ум такой же быстрый и острый, как мой собственный...

Доктор Джон Уотсон
Нет ничего лучше путешествия первым классом! Особенно с хорошим собеседником, великолепными пейзажами за окном и славной собакой.

👍 **Сэру Генри Баскервилю** это нравится.

Сэр Генри Баскервиль Я обожаю Девоншир! Он у меня в крови. Но, знаете, несмотря на то, что я преодолел тысячи миль и побывал в дюжинах стран, я ни разу не был в **Баскервилль-Холле**...

Доктор Джон Уотсон
Солдаты придают определенный колорит девонширским пейзажам! Очевидно, из соседней тюрьмы сбежал заключенный.

👍 **Миссис Бэрримор** это нравится.

Сэр Генри Баскервиль
Баскервиль-Холл великолепен, но старушка могла бы включать побольше света...

👍 **Электрической компании Девоншир** это нравится.

Доктор Джон Уотсон
Портреты — не самая лучшая компания за обедом! Елизаветинские, времен Регентства или между эпохами — их молчаливое общество немного нервирует.

👍 **Сэру Генри Баскервилю** это нравится.

Сэр Генри Баскервиль Неудивительно, что мой дядя был таким пугливым!

Доктор Джон Уотсон вышел из группы **Врачи, которым нравятся необычные загородные дома.**

Доктор Джон Уотсон снова вступил в группу **Врачи, которым нравятся необычные загородные дома.**

Доктор Джон Уотсон Это правда! При дневном свете все кажется совсем другим...

Доктор Джон Уотсон вступил в группу **Врачи, которые озадачены последними событиями.**

Доктор Джон Уотсон Ночью плакала женщина. Возможно, это сон, а может быть, и нет. **Бэрримор** говорит, что ничего не знает, но у **миссис Бэрримор** утром красные и заплаканные глаза... Еще этот почтальон, который не уверен, отдал ли он проверочную телеграмму **Шерлока Холмса** в руки **Бэрримора**... Кто-нибудь — помогите!

Доктор Джон Уотсон

Как бы я хотел, чтобы **Шерлок Холмс** был здесь! Меня наполняет уверенность, что вокруг молодого баронета кто-то плетет невидимую и страшную сеть, и, боюсь, мне не хватит умения самому разобраться с заговором.

👎 **Доктору Джону Уотсону** это не нравится.

Доктор Джон Уотсон

У **сэра Генри Баскервиля** не так много соседей, но те, что есть, представляются мне людьми интересными! Сегодня я познакомился со **Стэплтоном.** Он изучает насекомых и утверждает, что знает торфяные болота лучше всех в округе. Разумеется, я намерен послушаться его и держаться подальше от **Гримпенской трясины**! В тот момент, когда Стэплтон говорил о ней, мы услышали жуткий, пробирающий до мозга костей визг пони, утонувшего в предательском болоте. Поверьте, я это еще долго не забуду.

👎 **Мисс Бэрил Стэплтон** это не нравится.

Мисс Бэрил Стэплтон Сэр Генри Баскервиль должен немедленно вернуться в Лондон! Здесь ему угрожает опасность.

👎 **Стэплтону** это не нравится.

Доктор Джон Уотсон

Должен признаться, что уделяю недостаточно внимания своей физической форме, но что-то, видимо, делал правильно — **мисс Бэрил Стэплтон** приняла меня за баронета!

👎 **Стэплтону** и **мисс Бэрил Стэплтон** это не нравится.

Доктор Джон Уотсон

Шерлок Холмс, разумеется, обладает выдающимися дедуктивными способностями, но мне хочется думать, что в процессе расследования есть место для добрых, старомодных расспросов — в разумном виде, конечно. Вот, например, возьмем сегодняшний день. Мне удалось узнать, что весьма образованный человек, коим является **мистер Стэплтон**, и его красавица сестра оказались в этой глуши из-за трагедии, случившейся в школе в Йоркшире, где они работали. Три мальчика были убиты, и в результате Стэплтоны лишились большей части своего капитала.

👎 **Мисс Бэрил Стэплтон** это не нравится.

Стэплтон Не стоит нас жалеть. Учительская профессия слишком скучное и в определенном смысле механическое занятие для человека моего темперамента.

Стэплтон пригласил **сэра Генри Баскервиля, доктора Джона Уотсона** и **мисс Бэрил Стэплтон** на встречу **Прогулка по местам, где родилось предание семьи Баскервилей.**

Пойдут: **Стэплтон, сэр Генри Баскервиль, доктор Джон Уотсон, мисс Бэрил Стэплтон.**

Доктор Джон Уотсон Это место показалось мне невероятно мрачным — в полном соответствии с демонической темой легенды — но в нашей прогулке все-таки было и кое-что приятное. Начало дружбы, а возможно, больше чем дружбы, между **сэром Джоном Баскервилем** и **мисс Бэрил Стэплтон.**

👍 **Сэру Генри Баскервилю** это нравится.

👎 **Стэплтону** это не нравится.

Доктор Джон Уотсон

Возможно ли, что время, проведенное мною в обществе **Шерлока Холмса**, по крайней мере, в некотором смысле, оказало неблагоприятное влияние на мое отношение к обычным людям, с которыми мне приходится иметь дело? **Шерлок Холмс** посвящает все свои невероятные способности служению другим, поэтому, когда я встречаю — как, например, сегодня, другого соседа **сэра Генри Баскервиля**, **Френкленда**, отвратительного, склочного и сующего всюду свой нос, — людей, занимающихся очернением всех вокруг, я испытываю ни с чем не сравнимое разочарование.

👎 **Френкленду** это не нравится.

👍 **Адвокатской компании «Бэттлс, Браун и Роудс»** это нравится.

Доктор Джон Уотсон

Послушайте, спать в наполненном самыми разными звуками старом особняке довольно трудно даже в лучшие времена, когда твои мысли не заняты собаками-призраками, плачущими женщинами и утонувшим в трясине пони... Но то, что вы с топотом ходите по коридору мимо моей комнаты посреди ночи, — уже слишком! Да, я о вас, **Бэрримор**.

Кстати, вы разбудили и **сэра Генри Баскервиля**.

Единственная польза от всего этого состоит в том, что нам удалось решить одну небольшую загадку! Я видел, как вы пробрались в пустую спальню и оттуда подавали кому-то сигналы свечой. Потом я услышал, как открылась дверь кухни. Если прибавить сюда слезы **миссис Бэрримор**, напрашивается только одно объяснение. Любовная интрижка! Вы обманываете свою жену.

👎 **Бэрримору** и **миссис Бэрримор** это не нравится.

Сэр Генри Баскервиль Ночью нам нужно дождаться, когда мерзавец подаст сигнал, и проследить за ним...

Доктор Джон Уотсон
Касательно любовного свидания... Я следовал указаниям **Шерлока Холмса** ни на минуту не оставлять баронета одного и без присмотра, чтобы он не подвергался опасности. Мне не хотелось ни за кем подсматривать, но я последовал за **сэром Генри Баскервилем** на тайное свидание, о котором он условился с **мисс Бэрил Стэплтон**...

👎 **Сэру Генри Баскервилю** это не нравится.

Сэр Генри Баскервиль Меня огорчило вовсе не поведение **Уотсона.** Я прекрасно понимаю, что он действовал из самых лучших побуждений. Просто мое свидание с **мисс Стэплтон** потерпело сокрушительное фиаско. Первым делом она сказала, что я должен покинуть эти места. Затем, когда я уже собрался сделать ей предложение, откуда-то выскочил ее братец с горящими, точно у безумца, глазами и утащил ее прочь. Что со мной не так? Неужели я настолько не гожусь на роль мужа?

Доктор Джон Уотсон Мне очень жаль, друг мой. Я слишком плохо разбираюсь в данном вопросе, чтобы вам помочь...

Шерлок Холмс С вашим опытом общения с женщинами самых разных национальностей, живущими на трех разных континентах? Прекрасный пол — ваша специальность!

Доктор Джон Уотсон

Несмотря на то, что я восхищен силой характера, позволяющей признать собственные ошибки и принести извинения там, где они необходимы, мне было бы гораздо проще выполнять задачу **Шерлока Холмса** и информировать его о том, что здесь происходит, если бы другие оказались настолько любезны, что не стали бы делать это втайне от меня!

Сэр Генри Баскервиль Не сердитесь, старина! Между нами нет тайн. **Стэплтон** объяснил свое странное поведение сильной привязанностью к сестре и попросил меня отложить ухаживания на три месяца, чтобы он мог подготовиться к жизни в одиночестве. В данных обстоятельствах вполне разумная просьба!

Стэплтон пригласил **сэра Генри Баскервиля, доктора Джона Уотсона** и **мисс Бэрил Стэплтон** на встречу **Ужин извинений.**

Пойдут: **сэр Генри Баскервиль, доктор Джон Уотсон, мисс Бэрил Стэплтон.**

Доктор Джон Уотсон

Снимаю шляпу перед **сэром Генри Баскервилем.** Когда он говорит, что сделает что-то, он это делает! Хотя в данном случае — мы ждали, когда **Бэрримор** отправится в одну из своих шумных и подозрительных ночных экспедиций — надежды, к сожалению, перевесили результат, который заключался лишь в том, что мы отсидели себе все места в креслах **сэра Генри**.

Сэр Генри Баскервиль Не волнуйтесь! Мы будем караулить мерзавца до тех пор, пока не поймаем его с поличным...

Бэрримору это не нравится.

Доктор Джон Уотсон

И снова **сэр Генри** сдержал слово. Мы устроились в его комнате, но на сей раз в весьма неудобных условиях спать не пришлось, потому что довольно скоро мы услышали шаги в коридоре. Когда **сэр Генри** с самыми серьезными намерениями заговорил со своим злокозненным лакеем, тот упрямо хранил молчание — даже под угрозой увольнения. Но тут появилась его жена и выступила в его защиту. **Миссис Бэрримор** призналась, что сбежавший заключенный — **Селден** — ее брат, и она с помощью мужа снабжала его едой.

Мы с **сэром Генри** выскочили наружу в надежде схватить беглеца и вернуть его в тюрьму, прежде чем он успеет причинить вред кому-то еще, но, к сожалению, ему удалось скрыться в темноте ночи. Однако я заметил силуэт высокого человека, который возник на фоне неба, когда луна неожиданно выбралась из-за туч и ненадолго пролила на землю свет.

Сэр Генри Баскервиль Я уверен, что это охранник из тюрьмы или полисмен, ищущий беглеца.

Мы поступили правильно, что не стали его преследовать…

Шерлоку Холмсу это не нравится.

Сэр Генри Баскервиль

Привыкнуть к поведению слуг в этой стране оказалось труднее, чем я полагал. Возьмем, к примеру, **Бэрримора**. Ему повезло, что он не попал в тюрьму, не говоря уже о том, чтобы лишиться работы. Но я решил проявить к нему снисхождение. И к чему привело мое благородство? Он стал упрекать нас с **Уотсоном** в том, что мы злоупотребили его доверием, попытавшись схватить брата жены. В конце концов мне пришлось отдать ему одежду, которая мне больше не нужна, чтобы он перестал стенать.

Бэрримору и **Селдену** это нравится.

Доктор Джон Уотсон Возмутительно! Но, надеюсь, мы поступили правильно, согласившись не извещать полицию. И все же, если Селден действительно покинет страну на корабле, как обещал **Бэрримор**, это будет немного выгоднее для английских налогоплательщиков, чем оплата его пребывания в тюрьме…

Бэрримор
Сэр Генри поступил благородно. Я сам не могу позволить себе одежду такого высокого качества, и, хотя она уже вышла из моды, не думаю, что **Селден** станет из-за этого переживать, ведь теперь он не замерзнет на болотах. Моя старушка любит говорить, что за добро следует платить добром, поэтому я считаю, что поступил правильно, когда рассказал **сэру Генри** про письмо — точнее, обрывок сгоревшего письма, — которое его дядя, **сэр Чарльз**, получил от кого-то, кто подписался двумя буквами «Л.Л.». Очень странное письмо, поскольку в нем сэру Чарльзу предложили встретиться как раз в тот день, когда он умер...

👍 **Сэру Генри Баскервилю** и **доктору Джону Уотсону** это нравится.

👎 **Миссис Лоре Лайонс** это не нравится.

Доктор Джон Уотсон
С огромным сожалением должен сообщить о еще одной трагедии. Спаниель **доктора Мортимера** потерялся в торфяных болотах, и доктор уверен, что он его больше никогда не увидит.

👍 **Собаке Баскервилей** это нравится.

Доктор Джон Уотсон Несмотря на свое горе, доктор проявил огромную силу духа и, воспользовавшись своим великолепным знанием местного населения, предположил, что «Л.Л.», возможно, инициалы **миссис Лоры Лайонс**, которая живет в Кумб-Треси. **Миссис Лайонс**

является дочерью отвратительного **мистера Френкленда**; ее бросил подлец муж, который был художником, полностью игнорировал человеконенавистник отец, но при поддержке местных жителей она смогла начать свое дело.

Миссис Лора Лайонс открыла **«Лайонс, услуги машинистки» (местный бизнес)**.

👍 **Доктору Джеймсу Мортимеру**, **Стэплтону** и **призраку сэра Чарльза Баскервиля** это нравится.

Доктор Джон Уотсон

Хотя я испытываю определенные угрызения совести из-за того, что воспользовался гибелью такого чудесного существа, как спаниель **доктора Мортимера**, мне представилась бесценная возможность. В то время как **сэр Генри** пытался поднять **Мортимеру** настроение игрой в карты, мне удалось поговорить с **Бэрримором**, причем беседа была более обстоятельной, чем при обычных обстоятельствах, и он проговорился, что его шурин, **Селден**, беглый каторжник, видел еще одного человека, поселившегося на торфяном болоте. Значит, возможно, у нас есть свидетель! Учитывая информацию касательно письма, а также полезные сведения, полученные от Бэрримора, получается, что два…

Доктор Джон Уотсон был в **«Лайонс, услуги машинистки»**, Кумб-Треси. Жизнь постоянно напоминает о том, насколько мне повезло, что я избежал матримониальных проблем, и мой визит к **миссис Лоре Лайонс**, вне всякого сомнения, один из таких случаев. Я испытал глубокую жалость — смешанную с циничным недоверием, — когда она рассказывала о своей ужасной семейной жизни, закончив необычным свиданием с покойным **сэром Чарльзом**, на которое она не пошла. **Миссис Лора Лайонс** сообщила, что собиралась попросить у него денег на развод, а после того, как стало известно о его смерти, постаралась сделать так, чтобы никто не узнал о письме — из опасений, что оно будет неверно истолковано и вызовет скандальные последствия.

👎 **Доктору Джону Уотсону** это не нравится.

Френкленд поделился ссылками **Френкленд против Мортимера** и **Френкленд против Фернворси** в **Королевском суде**.

👍 **Френкленду** это нравится.

👎 **1000 пользователей** это не нравится.

Френкленд Два дела, и оба я выиграл! Я ПОБЕДИЛ!!! Следующий иск я подам против полицейского участка. Его я тоже выиграю! Но, если бы полиция вела себя со мной уважительно, как я того заслуживаю, я бы им помог, а не стал бы с ними воевать. Я бы рассказал, где искать беглого заключенного. И посоветовал проследить за мальчишкой, который каждый день относит на болота еду. Но они вели себя плохо, а значит, и я им ничего не скажу. Ха!

👍 **Лавке по продаже подзорных труб** это нравится.

Доктор Джон Уотсон посетил **Пещеру периода неолита.**

👍 **Шерлоку Холмсу** это нравится.

Доктор Джон Уотсон Я пошел по тропинке, по которой загадочный мальчик доставляет еду, и нашел дорогу к хижине. Там никого нет, но видны следы человека — одежда, постель, остатки еды — плюс отчет о МОИХ действиях! Кто-то за мной следит! Но кто? Враг с дурными намерениями? Или ангел-хранитель? Есть только один способ узнать. Я подожду здесь.

Шерлок Холмс посетил **Пещеру эпохи неолита.**

👎 **Доктору Джону Уотсону** это не нравится.

Доктор Джон Уотсон Неужели **Холмс** все это время находился на болотах? И не было никакого дела о шантаже, требовавшего его присутствия в Лондоне? Он мне солгал. Получается, что он мне не доверял. И я зря потратил время, посылая ему отчеты.

Шерлок Холмс Ничего подобного! Ваши отчеты имели огромное, жизненно важное значение. Я распорядился, чтобы их отправляли в Кумб-Треси. И теперь они у меня в кармане. Смотрите — все прочитаны. Я действовал инкогнито лишь затем, чтобы не насторожить наших врагов…

👍 **Доктору Джону Уотсону** это нравится.

Доктор Джон Уотсон

Работать с **Шерлоком Холмсом** — все равно что взбираться на самую высокую гору: всякий раз, когда тебе кажется, что вершина совсем близко, в последнюю минуту ты видишь за ней другой пик, выше первого.

👍 **Шерлоку Холмсу** это нравится.

Шерлок Холмс Когда вы встретились с **миссис Лайонс**, полагаю, вы обнаружили, что она близка со **Стэплтоном**?

Доктор Джон Уотсон Это зависит от того, что вы имеете в виду под словом «близка»...

Шерлок Холмс Они пишут друг другу письма, встречаются и тому подобное. И, разумеется, вам известно, что **Бэрил** на самом деле не сестра **Стэплтона**?

Доктор Джон Уотсон Не сестра?

Шерлок Холмс Нет! Она его жена. Видимо, он решил, что наличие «сестры» даст ему значительные преимущества. Например, могу побиться об заклад, что, выставив себя одиноким мужчиной, он сумел убедить **миссис Лайонс** обратиться к **сэру Чарльзу** с просьбой одолжить ей денег на развод, чтобы она могла выйти за **Стэплтона** замуж, таким способом выманив осторожного пожилого джентльмена в место, где он будет уязвим, — да еще и в удобное для него, Стэплтона, время.

Доктор Джон Уотсон Но зачем? Почему **Стэплтон** решил убить **сэра Чарльза**? И как он это сделал?

Шерлок Холмс Скоро я смогу ответить на оба ваших вопроса.

Доктор Джон Уотсон В том экипаже в Лондоне сидел **Стэплтон**?

Шерлок Холмс: Полагаю, мы можем предположить, что это так, хотя неоспоримых доказательств у меня нет.

Доктор Джон Уотсон Что станет делать **миссис Лайонс**, когда узнает, что **Стэплтон** женат? И что он использовал ее, сделав соучастницей убийства **сэра Чарльза**, о чем она ни в малейшей степени не подозревала?.. Если, конечно, ваша гипотеза верна.

Шерлок Холмс Отличный вопрос, дорогой **Уотсон**!

Доктор Джон Уотсон Как же я ошибался, **Холмс**! И только сейчас увидел, какой терпеливый и хитрый человек **Стэплтон**. У него теплая улыбка, но сердце убийцы...

Шерлок Холмс пригласил **доктора Джона Уотсона** на встречу **Ярость оскорбленной женщины в «Лайонс, услуги машинистки»**.

Пойдут: **Шерлок Холмс** и **доктор Джон Уотсон**.

Возможно, пойдут: **миссис Лора Лайонс**.

Шерлок Холмс пригласил **доктора Джона Уотсона** на встречу **Обеспечение безопасности сэра Генри Баскервиля в Баскервиль-Холле.**

Пойдут: **доктор Джон Уотсон.**

Возможно, пойдут: **сэр Генри Баскервиль.**

Шерлок Холмс отменил встречу **Обеспечение безопасности сэра Генри Баскервиля в Баскервиль-Холле.**

👎 **Шерлоку Холмсу** и **доктору Джону Уотсону** это не нравится.

Шерлок Холмс пригласил **доктора Джона Уотсона** на встречу **Доставка с торфяных болот в Баскервиль-Холл трупа сэра Генри Баскервиля.**

Пойдут: **Шерлок Холмс** и **доктор Джон Уотсон.**

Возможно, пойдут: **сэр Генри Баскервиль.**

👎 **Шерлоку Холмсу, доктору Джону Уотсону** и **сэру Генри Баскервилю** это не нравится.

Шерлок Холмс Ужасно! Полностью моя вина и самый серьезный провал во всей моей карьере. Клянусь, я сделаю все, чтобы преступник предстал перед судом!

Доктор Джон Уотсон Почему **сэр Генри** отправился на болота один? Он же знал, что там опасно.

Шерлок Холмс изменил последнюю встречу, которая теперь называется **Вынос тела Селдена (беглого преступника) с торфяных болот.**

Пойдут: **Шерлок Холмс** и **доктор Джон Уотсон**.

Возможно, пойдут: **Селден.**

👎 **Селдену** и **миссис Бэрримор** это не нравится.

Доктор Джон Уотсон Он был в одежде сэра Генри! Вот почему мы не сразу его узнали!

Шерлок Холмс И по этой же причине он мертв. На одежде сэра Генри остался его запах. Вот почему были украдены его башмаки в Лондоне.

Стэплтон был на **Месте гибели Селдена на торфяных болотах.**

👎 **Шерлоку Холмсу** и **доктору Джону Уотсону** это не нравится.

Стэплтон О господи! **Сэр Генри** мертв?

Доктор Джон Уотсон Нет. Погиб другой человек, который по непонятной причине был в его одежде. Бедняга, видимо, упал со скалы, боясь быть замеченным.

👍 **Стэплтону** это нравится.

Шерлок Холмс Не знаю, как вы, друзья, но я этим делом сыт по горло. Завтра утром возвращаюсь в Лондон.

👍👍👍 **Стэплтону** это ОЧЕНЬ нравится.

Шерлок Холмс и **доктор Джон Уотсон** были на **Ужине в Баскервиль-Холле.**

👍 **Сэру Генри Баскервилю** это нравится.

Шерлок Холмс Кто-нибудь из вас заметил, что, если не обращать внимания на прическу, Стэплтон как две капли воды похож на портрет мерзавца **сэра Хьюго Баскервиля**, виновника проклятья?

Сэр Генри Баскервиль Боже праведный, **Холмс**, а вы правы!

👎 **Доктору Джону Уотсону** это не нравится.

Доктор Джон Уотсон Всякий раз, когда я сюда заходил, здесь царил кромешный мрак. И я устал! Как я мог понять...

Шерлок Холмс Это может объяснять еще одну деталь головоломки, джентльмены! Уверен, тщательное расследование покажет, что опозоривший себя брат **сэра Чарльза, Роджер**, умер в Южной Америке, оставив после себя наследника...

Стэплтон вступил в группу **Неудобные наследники, о которых никто не знал — до настоящего момента!**

Шерлок Холмс и **доктор Джон Уотсон** были на **вокзале Кумб-Треси.**

👎 **Сэру Генри Баскервилю** это не нравится.

Доктор Джон Уотсон не пойдет на встречу **Ужин извинений Стэплтона.**

👍 **Стэплтону** это нравится.

👎 **Сэру Генри Баскервилю** это не нравится.

Инспектор Лестрейд был на **вокзале Кумб-Треси.**

👍 **Шерлоку Холмсу** и **доктору Джону Уотсону** это нравится.

Инспектор Лестрейд Пришла пора призвать кое-кого к ответу…

Сэр Генри Баскервиль был на **Ужине извинений Стэплтона.**

👍 **Стэплтону** и **Собаке Баскервилей** это нравится.

Сэр Генри Баскервиль К счастью, еда была сносной, но меня огорчило отсутствие **мисс Стэплтон.** Интересно, где она? И почему **Стэплтон** постоянно отлучается в сарай? И что означают странные скребущие звуки, которые оттуда доносятся?

Шерлок Холмс, доктор Джон Уотсон и **инспектор Лестрейд** посетили **Позицию в скалах на торфяном болоте.**

👎 **Инспектору Лестрейду** это не нравится.

Инспектор Лестрейд Какое мрачное место…

Доктор Джон Уотсон поделился ссылкой **Лондонская метеорологическая служба** — Возможность сильного тумана: 90%.

👍 **Собаке Баскервилей** это нравится.

👎 **Шерлоку Холмсу** это не нравится.

Сэр Генри Баскервиль

Не слишком приятная ночь, чтобы идти пешком домой от **Стэплтона**. Надеюсь, я не заблужусь по дороге...

👍 **Стэплтону** и **Собаке Баскервилей** это нравится.

Собака Баскервилей была на встрече **Вцепиться зубами в горло сэра Генри Баскервиля.**

👍 **Стэплтону** и **Собаке Баскервилей** это нравится.

👎 **Сэру Генри Баскервилю, Шерлоку Холмсу, доктору Джону Уотсону** и **инспектору Лестрейду** это не нравится.

Доктор Джон Уотсон

Я считаю, что бегаю быстро, но здесь **Шерлок Холмс** обогнал меня ровно настолько, насколько я обогнал **инспектора Лестрейда.** Я промчался сквозь густой туман и увидел, как **Холмс** выпустил пять пуль из своего револьвера в бок **Собаки Баскервилей**, и та, издав последний, исполненный боли вой, злобно щелкнула зубами, упала на спину и, наконец, разжала свои чудовищные челюсти.

👍 **Сэру Генри Баскервилю, Шерлоку Холмсу, доктору Джону Уотсону** и **инспектору Лестрейду** это нравится.

👎 **Стэплтону, Британской компании по производству фосфора** и **Девонширской и Корнуоллской компании кормов для животных** это не нравится.

Стэплтон вступил в группу **Энтомологи, которые знают опасные трясины не так хорошо, как они думали.**

👍 **Бэрил Стэплтон** это нравится.

Сэр Генри Баскервиль вступил в группу **Пережившие нападение собаки счастливчики, которые нуждаются в хорошей порции бурбона.**

👍 **Всем** это нравится.

СМЕЮЩИЙСЯ РЫБАК

Джеффри Дивер

Иногда эта ноша становится невыносимой — понимание того, что человек, которым ты восхищаешься, не настоящий.

Подкрадывается депрессия, с которой ты боролся всю жизнь, подкрадывается тревога. Мир сжимается, и ты начинаешь задыхаться.

Пол Уинслоу, стройный молодой человек двадцати восьми лет, вошел в аккуратный, скромный кабинет своего терапевта, доктора Левина (Верхний Уэст-Сайд, Манхэттен).

— Здравствуйте, Пол, заходите. Присаживайтесь.

Доктор Левин был из тех мозгоправов, которые предлагают пациентам обычные кресла, а не кушетки. Он часто говорил во время сеансов, не боялся дать совет и спрашивал: «Что вы по этому поводу чувствуете?», только когда чувства пациента действительно имели значение. Что случалось редко.

Доктор Левин никогда не использовал слово «осмотреть».

Пол читал «Психопатологию обыденной жизни» Фрейда (неплохо, хотя и несколько однообразно), работы Юнга, Хорни и некоторых других крупных специалистов. Он знал, что мозгоправы часто говорят ерунду. Но доктор Левин был хорошим человеком.

— Я сделал все, что мог, — объяснял ему Пол. — Все шло неплохо, даже хорошо, но в последние месяцы стало хуже, и я не могу с этим справиться. Ну, с унынием. Думаю, меня нужно подрегулировать, — добавил он с печальной улыбкой. Даже в самые тяжелые периоды ему удавалось сохранять чувство юмора.

Чисто выбритый, опрятный врач, носивший на работе слаксы и рубашку, усмехнулся. У него были очки в немодной проволочной оправе, которая, однако, сочеталась с небрежной манерой одеваться и дружелюбием доктора Левина.

Пол не был здесь почти восемь месяцев, и врач пролистал карту пациента, чтобы освежить память. Карта была толстой. Пол посещал Левина — время от времени — последние пять лет, а до этого ходил к другим мозгоправам. У него в юности диагностировали биполярное расстройство и тревожный невроз, и он напряженно трудился, чтобы держать болезнь под контролем. Он не увлекался самолечением, запрещенными препаратами и алкоголем. Посещал терапевтов, ходил на семинары и принимал лекарства — обычные антидепрессанты, которые в Нью-Йорке потребляют тоннами. Он ни разу не попадал в больницу, никогда не терял связи с реальностью. Но болезнь — от которой также страдала и его мать — мешала Полу жить. Он плохо ладил с людьми, был нетерпеливым, не уважал власть, проявлял язвительность и не стеснялся оскорбить предвзятого или глупого человека.

Пол обладал блистательным умом и очень высоким коэффициентом интеллекта. Университет он окончил за три года, аспирантуру — за один. А потом столкнулся с кирпичной стеной: реальным миром. С преподаванием в муниципальных колледжах не сложилось (ты не обязан ладить с коллегами, но должен проявлять хоть немного терпимости к слабостям своих студентов). Работа редактором в научных изданиях обернулась катастрофой (старая проблема с начальством и авторами). Недавно Пол стал фрилансером, занялся литературным редактированием для одного из бывших работодателей, и это уединенное занятие его более-менее устраивало. Пока.

Не то чтобы деньги имели для Пола значение — его родители, преуспевающие банкиры, сочувствовали болезни сына и создали для него доверительный фонд, который обеспечивал ему неплохую финансовую поддержку. Благодаря фонду Пол мог вести простую, лишенную стрессов жизнь: работать неполный день, играть в шахматы в клубе в Виллидже, иногда ходить на свидания (без особого энтузиазма) и заниматься любимым делом: чтением.

Пол Уинслоу недолюбливал реальных людей, но обожал вымышленных персонажей. С самого детства.

Лу Форд и Анна Вульф, Сэм Спейд и Клайд Гриффитс, Фрэнк Чемберс и Майк Хаммер, Пьер Безухов, Гек Финн*... и сотни других вошли в круг близких знакомых Пола. Гарри Поттер был хорошим приятелем; Фродо Бэггинс — лучшим другом.

Что же до вампиров и зомби... нет, лучше Пола не заводить.

---

* Герои романов «Убийца внутри меня» Джима Томпсона (1952), «Золотая тетрадь» Дорис Лессинг (1962), «Мальтийский сокол» Дэшила Хэммета (1930), «Американская трагедия» Теодора Драйзера (1925), «Почтальон всегда звонит дважды» Джеймса Кейна (1934), цикла произведений Микки Спиллейна (1947–1996), романа «Война и мир» Льва Толстого (1863–1869) и цикла о приключениях Тома Сойера и Гекльберри Финна Марка Твена (1876–1896) соответственно.

Но ни одно произведение, высокоинтеллектуальное или развлекательное, не захватывало его так, как рассказы и романы Артура Конана Дойла, создателя Шерлока Холмса.

Впервые взявшись за его творчество несколько лет назад, Пол сразу понял, что нашел своего героя — человека с таким же темпераментом, внешностью, душой.

Его страсть вышла за пределы печатных страниц. Он собирал викторианские памятные вещицы и произведения искусства. На стене в его гостиной висела очень качественная репродукция рисунка Сидни Пэджета, изображавшего заклятых врагов, Холмса и профессора Мориарти, которые сцепились в схватке на узком выступе над Рейхенбахским водопадом. Это была сцена из короткого рассказа «Последнее дело Холмса», в котором Мориарти гибнет — и Холмс якобы тоже. Пол приобрел все киноверсии приключений Холмса, хотя считал удачными только старые «Приключения Шерлока Холмса» «Гранады», где главную роль сыграл Джереми Бретт.

Но в последние месяцы Пол почувствовал, что уют мира печатных страниц слабеет. Очарование книг поблекло, обнаружив депрессию и тревогу.

Теперь, сидя в светлом кабинете доктора Левина — модерновой мозгоправне, как однажды выразился Пол, — он запустил руку в непослушные курчавые черные волосы, которые часто забывал расчесать. И рассказывал, как воодушевление, подпитываемое чтением книг, заметно ослабело.

— Сегодня я осознал, что это, ну, ненормально, совершенно ненормально, когда твой герой — вымышленный. Я был, ну, не знаю, за обложками книг как за стеной и пропустил… все. — Он медленно выдохнул сквозь надутые щеки. — И я подумал, что, может, уже слишком поздно. Лучшая часть моей жизни закончилась.

Улыбка врача не вызвала у Пола негативных эмоций.

— Пол, вы молоды. И стремительно развиваетесь. У вас вся жизнь впереди.

Глаза Пола на исхудалом узком лице на мгновение закрылись. Затем распахнулись.

— Но это так глупо — восхищаться придуманным героем. Я хочу сказать, это всего лишь книги.

— Не стоит недооценивать вполне логичное эмоциональное притяжение между читателями и литературой, Пол. Вы знали, что десятки тысяч викторианцев были безутешны, когда умер один из персонажей книги Диккенса?

— Кто именно?

— Маленькая Нелл.

— А, «Лавка древностей». Я об этом не знал.

— По всему миру люди рыдали, выходили на улицы, говорили об этом.

Пол кивнул.

— А когда все решили, что в «Последнем деле» Холмс умер, Дойла так затравили, что он был вынужден написать продолжение и воскресить его.

— Именно. Люди любят своих персонажей. Но если оставить в стороне важную роль, которую играет в нашей жизни беллетристика, я считаю, что в вашем случае затухание реакции на истории о Шерлоке Холмсе — огромный шаг вперед.

Доктор выглядел необычно взволнованным.

— Правда?

— Это знак, что вы хотите — и *готовы* — перейти из вымышленного мира в реальный.

Интригующе. Пол почувствовал, как его сердце забилось быстрее.

— Целью, ради которой вы приходите ко мне — а в прошлом приходили к другим доктором, — всегда была менее одинокая, более социализированная жизнь. Найти работу, партнера, возможно, завести семью. И теперь перед вами превосходная возможность.

— То есть?

— Истории о Шерлоке Холмсе нашли у вас такой отклик по нескольким причинам. Я считаю, что в первую очередь по причине ваших талантов: вашего интеллекта, врожденных способностей к анализу, склонности к дедукции. Дело в этом.

— Мой ум действительно так работает.

— Я помню ваш первый визит ко мне, — сказал доктор Левин. — Вы спросили про мою жену и сына — как у него дела в детском саду? Однако я не носил обручального кольца и не держал в кабинете семейных фотографий. Я ни разу не упомянул о своей семье и не выкладывал личную информацию в Интернет. Тогда я решил, что вы просто сделали предположение — и, кстати, правильное, — но теперь подозреваю, что вы вычислили эти факты. Верно?

Пол наклонил голову.

— Верно.

— Каким образом?

— Ну, что касается наличия у вас ребенка и его возраста, сбоку на ваших саксах был маленький отпечаток пальца, измазанного желе или джемом, — там, куда дотянется четырехлетний или пятилетний малыш, обнимая отца за завтраком. И вы не принимаете пациентов раньше одиннадцати утра, что свидетельствует о том, что вы, вероятно, отвозите ребенка в детский сад. Если бы он ходил в школу, вы бы отвозили его намного раньше и могли принимать пациентов в девять или десять. Я предположил, что вы отвечаете за детский сад, поскольку работаете на себя и у вас более гибкое расписание, чем у вашей жены. Я не сомневался, что она занята полный рабочий день. На Манхэттене без двух доходов не обойтись… Почему сын? Я подумал, что девочки в таком возрасте более аккуратны и вытерли бы руки, прежде чем обнять вас. Почему один ребенок? Знаете, ваш кабинет и это здание — весьма скромные. Я предположил, что вы не миллионер. Этот факт и ваш возраст подсказали мне: скорее всего, у вас один ребенок. Что касается вашей жены, я решил, что даже если бы у вас возникли проблемы с браком, вы, как терапевт, постарались бы сохранить его, поэтому вероятность развода невелика. Также оставалась возможность вашего вдовства, но не слишком вероятная.

Доктор Левин со смехом покачал головой.

— Шерлок Холмс гордился бы вами, Пол. Скажите, для вас это естественно?

— Абсолютно естественно. Вроде игры. Хобби. Выходя из дома, я строю предположения о людях.

— Полагаю, вам следует задуматься о том, чтобы использовать ваши таланты в реальном мире.

— Что вы имеете в виду?

— Я всегда считал, что вам не место в науке и издательском деле. Думаю, вы должны найти работу, в которой можно применить ваши навыки.

— Например?

— Возможно, юриспруденция. Или… Вот что: вы ведь изучали математику и естественные науки.

— Верно.

— Может, вам стоит заняться криминалистикой?

— Я об этом думал, — неуверенно сказал Пол. — Вы считаете, я готов? Правда готов к реальному миру?

— Вне всяких сомнений, — без колебаний ответил доктор.

***

Несколько дней спустя Пол занимался тем же, что и обычно делал в десять утра по будням: пил кофе в «Старбакс» рядом со своей квартирой в Верхнем Уэст-Сайде и читал. Однако сегодня его интересовала не художественная литература, а местные газеты.

Он размышлял о словах доктора Левина и пытался отыскать способ применить свои таланты на практике. Без особого успеха. Иногда он поднимал голову и строил предположения о сидевших рядом людях — женщине, которая рассталась с бойфрендом, мужчине, который занимался живописью, другом мужчине, скорее всего — мелком преступнике.

Да, это определенно был талант.

Но как ему найти применение?

Думая об этом, Пол услышал, как одна из посетительниц, взглянув на экран своего «Мака», повернулась к подруге и сказала:

— О боже. Нашли еще одну!

— Что? — переспросила подруга.

— Еще одну зарезанную жертву. В парке. Прошлой ночью. Тело только что обнаружили. — Девушка показала на экран. — Об этом пишут в «Таймс».

— Господи. Кто она?

— Не говорят, то есть не пишут имени. — Блондинка с волосами, забранными в конский хвост, прочитала: — Двадцать девять лет, финансовый консультант. Зря они пишут, чем она занималась, но не называют имя. Теперь встревожатся все, у кого есть похожие знакомые.

Пол понял, что речь идет о мужчине — *определенно* мужчине, согласно типичному криминальному профилю, — которого окрестили Истсайдским Убийцей. За несколько месяцев он убил двух — теперь уже трех — женщин. Убийца забирал трофеи. У первых двух жертв он отрезал левый указательный палец. Уже после того, как вскрыл яремные вены. Очевидная сексуальная подоплека отсутствовала. Полиция мотивов найти не смогла.

— Где? — спросил Пол блондинку.

— Что? — Нахмурившись, она повернулась.

— Где нашли тело? — нетерпеливо повторил он.

Блондинка казалась обескураженной, даже оскорбленной.

Пол поднял брови.

— Когда кричишь о чем-то на всю округу, не удивляйся, если тебя услышат. Итак. *Где* тело?

— Рядом с Черепашьим прудом.

— Насколько близко? — не отставал Пол.

— Не написано. — Блондинка раздраженно отвернулась.

Пол вскочил на ноги, чувствуя, как ускоряется пульс. Он выбросил недопитый кофе и направился к двери. И тихо усмехнулся, подумав: «Игра началась».

***

— Сэр, что вы делаете?

Сидевший на корточках Пол поднял глаза на плотного мужчину, бледного, белокожего, с зализанными назад редеющими волосами. Затем медленно поднялся.

— Простите?

— Могу я взглянуть на ваше удостоверение личности?

— Разумеется. А я на ваше? — Пол спокойно встретил взгляд мужчины.

Тот хладнокровно продемонстрировал удостоверение детектива полиции города Нью-Йорка. Его звали Альберт Каррера.

Пол показал ему водительские права.

— Вы живете поблизости?

— Это указано в правах.

— Возможно, это не соответствует действительности, — ответил детектив, возвращая документ.

Пол продлил права два месяца назад.

— Соответствует, — сказал он. — Западная восемьдесят вторая. Возле Бродвея.

Они стояли чуть севернее поперечной дорожки в Центральном парке, рядом с прудом, где, как сказала женщина из «Старбакс», нашли тело. Деревья, кусты и скальные породы. Лужайки, исчерченные дорожками с небольшими грязевыми обочинами — именно их изучал Пол. Желтая полицейская лента трепетала на ветру, но тела и самих полицейских уже не было.

Поблизости болтались зеваки, фотографировали мобильными или просто таращились, возможно, в надежде увидеть какое-нибудь хитрое криминалистическое приспособление. Однако вуайеризмом страдали не все. Две няни толкали детские коляски и болтали. Рабочий в комбинезоне отдыхал, потягивая кофе и читая спортивные новости. Пара девушек каталась на роликах. Они не подозревали о трагедии, случившейся всего в пятидесяти футах от них.

— Как давно вы здесь, мистер Уинслоу? — спросил детектив.

— Я услышал об убийстве около получаса назад и пришел сюда. Никогда раньше не видел места преступления. Мне было любопытно.

— Вы не были в парке в районе полуночи?

— Это время смерти?

— Сэр? В полночь? — настаивал детектив.

— Нет.

— Видели ли вы недавно в парке человека в куртке «Янкиз» и красных туфлях?

— Так был одет убийца прошлой ночью?.. Простите, нет, не видел. Но так был одет убийца?

Детектив поразмыслил.

— Свидетель, уличный уборщик, сообщил, что видел, как кто-то вышел из тех кустов около половины первого, в куртке «Янкиз» и красных туфлях.

Пол прищурился.

— Из тех?

Детектив вздохнул.

— Да, из тех.

— А свидетель находился в своем уборочном грузовике?

— Верно.

— Значит, он ошибся, — уверенно сказал Пол.

— Простите?

— Смотрите. — Кивнув, Пол направился к дорожке. — Его грузовик был там, правильно?

Детектив присоединился к нему.

— Да. И что?

— Этот фонарь должен был светить ему прямо в лицо, и я бы очень удивился, если бы он смог прочитать надпись на куртке. Что до туфель, полагаю, они были синие, а не красные.

— Что?

— Уборщик мог видеть их секунду или две, когда проезжал мимо. В следующее мгновение его сознание зарегистрировало, что туфли красные — из-за остаточного изображения. Что означает, что на самом деле они были синие. И, кстати, это были не туфли. Он надел чехлы. Бахилы, какие носят хирурги. Обычно синие или зеленые.

— Бахилы? — Каррера колебался между интересом и раздражением.

— Взгляните сюда. — Пол вернулся к полоске грязи, которую изучал. — Видите отпечатки? Кто-то шел от тела по траве, а затем по грязи. Остановился — это видно — и оставил следы, свидетельствующие о том, что он что-то снял с обуви. Дальше продолжаются отпечатки того же размера, но намного более отчетливые. Так что ваш подозреваемый надел бахилы, чтобы вы не выяснили марку его обуви. Но допустил ошибку. Решил, что можно их снять, отойдя от тела.

Каррера уставился вниз. Потом начал строчить в блокноте.

— Что до марки, полагаю, у вас, криминалистов, есть базы данных, — добавил Пол.

— Да, сэр. Спасибо. Мы проверим.

Детектив сердился, но, похоже, испытывал искреннюю благодарность. Он достал мобильный и набрал номер.

— Да, детектив, — вмешался Пол, — не забудьте, что величина обуви — а это выглядит как двенадцатый размер — не свидетельствует о величине ступни. Намного удобней надеть ботинки на два размера больше, чем на два размера меньше, когда хочешь кого-то одурачить.

Пол решил, что коп как раз собирался сообщить, что подозреваемый — гигант.

Когда Каррера снова вызвал криминалистов и отключился, Пол продолжил:

— Да, еще кое-что. Детектив?

— Да, сэр?

— Видите этот бутон?

— Цветок?

— Точно. Это василек. Сад Шекспира — единственное место в парке, где они растут.

— Откуда вы знаете?

— Я наблюдательный, — отмахнулся Пол. — Итак. В саду есть небольшой скальный выступ. Отличное место для засады. Готов спорить, что именно там он поджидал свою жертву.

— Почему?

— Имеет смысл предположить, что он сбил бутон отворотом брюк, пока сидел на корточках в ожидании жертвы. А когда поднял здесь ногу, чтобы снять бахилы, бутон выпал.

— Но до него две сотни ярдов. До сада.

— То есть вы его не осмотрели.

Каррера напрягся, но признал:

— Нет.

— Как он и рассчитывал. На вашем месте я бы велел обыскать сад на предмет улик — или что там вы, криминалисты, ищете в наши дни. По телевизору столько всего показывают. Никогда не знаешь, правда это или нет.

Закончив писать, Каррера спросил:

— Вы работаете в полиции?

— Нет, просто читаю много детективов про убийства.

— Ага... У вас есть визитка?

— Нет. Но я дам вам свой номер. — Пол написал его на обратной стороне одной из визиток детектива. Посмотрел Каррере в глаза — тот был примерно на шесть дюймов выше Пола. — Уверен, вы думаете, что это подозрительно. Поэтому я также написал название моего шахматного клуба, в Гринвич-Виллидж. Я был там прошлым вечером до полуночи. И, полагаю, камеры видеонаблюдения в подземке — я доехал на первом поезде до Семьдесят второй — также покажут меня, выходящего около половины второго. После чего я направился в магазинчик «Алонзо». Я знаком с продавцом. Он сможет меня опознать.

— Да, сэр. — Каррера попытался сделать вид, будто вовсе не подозревал Пола, но его раскусил бы даже Лестрейд из книг о Шерлоке Холмсе.

Впрочем, сейчас детектив обменялся с Полом теплым рукопожатием.

— Спасибо за помощь, мистер Уинслоу. Нечасто встречаются граждане, настолько открытые к сотрудничеству. И полезные.

— На здоровье.

Каррера натянул перчатки и положил бутон в полиэтиленовый пакет, после чего зашагал в сторону сада.

Пол повернулся, чтобы оглядеться, и тут за его спиной раздался голос:

— Простите?

Пол увидел лысеющего мужчину, плотно сложенного и высокого, в желто-коричневых слаксах, мокасинах и куртке-поло. Он напоминал бизнесмена из Коннектикута, приехавшего в отпуск. Мужчина держал цифровой диктофон.

— Я Франклин Мосс. Репортер из «Дэйли фид».

— Это газета о сельском хозяйстве? — спросил Пол.

Мосс моргнул.

— Блог. Новостная лента. Вроде RSS. О, это была шутка…

Пол промолчал.

— Могу я спросить ваше имя? — продолжил Мосс.

— Даже не знаю. Чего вы хотите?

Пол посмотрел на диктофон. Что-то в жадных глазах мужчины — слишком жадных — заставляло его нервничать.

— Я видел, как вы беседовали с копом, Каррерой. Он не слишком дружелюбен. Надутый болван. Между мной и вами.

«Между нами», — мысленно поправил журналиста Пол.

— Он просто спрашивал меня, не видел ли я чего — ну, имеющего отношение к убийству. Вроде это называется сбором информации.

— А вы видели?

— Нет. Я просто живу неподалеку. Пришел минут сорок пять назад.

Мосс разочарованно огляделся.

— Нет хорошего материала. Все убрали прежде, чем мы об этом услышали.

— Хорошего материала? Вы имеете в виду тело?

— Ну да, я хотел сделать фотки. Но не повезло. — Мосс уставился на тенистое кольцо кустов, в котором умерла женщина. — Он ее изнасиловал? Отрезал что-нибудь, кроме пальца?

— Я не знаю. Детектив...

— Не сказал.

— Именно.

— Вечно они носятся со своей проклятой секретностью. Надутый болван, как я уже говорил. Не возражаете, если я возьму у вас интервью?

— Мне действительно нечего сказать.

— Как и большинству людей. Кому какое дело? Нужно же чем-то заполнять статьи. Если захотите свои пятнадцать минут славы, позвоните мне. Вот моя визитка. — Репортер вручил Полу карточку. Тот взглянул на нее и спрятал в карман. — Я веду колонку о том, что люди думают о подобных убийствах.

Пол наклонил голову.

— Уверен, что большинству они не нравятся.

***

Весь следующий день Пол ходил туда-сюда, посещая места преступлений Истсайдского Убийцы, подбираясь как можно ближе, наблюдая, делая заметки. Потом возвращался и, как сейчас, сидел за компьютером, продолжая расследование и напряженно размышляя над тем, как использовать на практике все то, чему он научился благодаря книгам о Шерлоке Холмсе.

Раздался звонок в дверь.

— Да? — спросил он через домофон.

— Э-э, привет. Пол Уинслоу?

— Да.

— Это детектив Каррера. Мы недавно встречались. В Центральном парке.

Хм.

— Ну разумеется. Поднимайтесь.

Пол нажал кнопку.

Секунду спустя в дверь постучали. Он впустил детектива. Тяжело дыша после подъема на второй этаж — очевидно, Каррера не стал дожидаться лифта, — мужчина осмотрелся. Возможно, полицейская подготовка заставила его воздержаться от слов вроде «симпатичная берлога», однако Пол видел, что небольшое, но элегантное жилище произвело на детектива впечатление.

Доверительный фонд был весьма внушительным.

— Итак, — сказал Пол, — вы меня проверили? Полагаю, что да, потому что наручников не вижу.

Каррера, державший в руках толстую темно-коричневую папку, хотел было что-то возразить, но потом просто рассмеялся.

— Ага. Мы вас особо и не подозревали.

— Однако преступники действительно возвращаются на место преступления.

— Да, но только самые тупые дают копам советы… Причем советы хорошие, как в вашем случае. Мы идентифицировали обувь: «Феррагамо», двенадцатый размер. У вас верный глаз. А наш преступник не бедствует.

— Вы проверили отпечаток?

— Достаточно глубокий. Это был крупный мужчина, и, возможно, размер правильный.

— Насколько изношен ботинок?

— Следов износа распознать не удалось.

— Очень жаль.

— И вы были правы насчет куртки. На самом деле уличный уборщик не разглядел эмблему. Он выдвинул предположение — поскольку куртка была черной и такого же покроя, как та, что носит его сын. Пытался помочь. Со свидетелями это часто случается.

— Не забывайте про контровое освещение. Возможно, куртка была вовсе не черной. А любого темного цвета. Я могу вам что-нибудь предложить?

— Ага, воду. Спасибо.

— Я выпью молока. Люблю молоко. Пью по стакану в день, иногда по два. Хотите молока?

— Лучше воды.

Пол налил себе стакан молока и взял бутылку воды «Данон» для детектива.

Вернувшись, он застал Карреру за разглядыванием полок.

— Надо же, сколько у вас книг. И целая стена отведена документальным расследованиям и криминалистике.

— Думаю когда-нибудь изучить ее. Пойти на курсы. У меня степени по математике и естественным наукам.

— Неплохое начало. Все знакомые мне хорошие криминалисты имеют научное образование. Дайте знать, если понадобится совет, куда пойти, на какие курсы поступить.

— Спасибо.

Каррера повернулся и сказал:

— Мистер Уинслоу?

— Пол.

— Хорошо, а я — Эл. Так вот, Пол, вы слышали, что иногда полиция привлекает к сложным расследованиям гражданских лиц? Вроде медиумов?

— Слышал. Я не верю в медиумов. Я рационалист.

— Это тот, кто не верит в сверхъестественное?

— Именно.

— Ну, я тоже не верю. Тем не менее в прошлом я обращался к консультантам. Специалистам. Например, по компьютерам. Или, скажем, если бы украли произведение искусства, мы позвали бы на помощь кого-то из музея.

— Вы хотите, чтобы я стал консультантом? — спросил Пол, чувствуя, как сильно колотится его сердце.

— Ваши слова в парке меня впечатлили. Я принес некоторые документы из дела об убийствах, совершенных неопознанным подозреваемым два-восемь-семь. Так мы называем преступника.

— Полагаю, полиция не зовет его «Истсайдским Убийцей».

— Это как-то непрофессионально. Итак, Пол. Я бы хотел, чтобы вы взглянули на них и поделились своим мнением.

— Обязательно.

***

Джордж Ласситер был расстроен.

У сорокалетнего манхэттенца, которому пресса дала прозвище Истсайдский Убийца, возникла проблема.

Он планировал свои преступления с крайней тщательностью. На самом деле часть облегчения, которое возникало после преступления, приносило именно планирование. (Само убийство — «казнь», иногда шутилЛасситер — скорее было разочарованием по сравнению с подготовкой, если, например, жертва кричала и сопротивлялась не так активно, как он надеялся.)

Чрезвычайно ответственно подходя к тому, чтобы выбрать правильное место убийства, чтобы оставить минимум улик или запутать следы, чтобы узнать всю доступную информацию о жертве, дабы избежать сюрпризов в момент нападения — именно так он организовывал свои преступления. Но, очевидно, несколько ночей назад, во время последнего убийства в Центральном парке, рядом с Садом Шекспира и Черепашьим прудом, Джордж облажался.

Плотно сложенный мужчина в слаксах и черном свитере стоял напротив квартиры на Восемьдесят второй улице Верхнего Уэст-Сайда. На следующее утро после убийства Ласситер вернулся на место преступления, чтобы посмотреть, как продвигается расследование, — и увидел костлявого молодого человека, беседовавшего с детективом Альбертом Каррерой, который, насколько понял Ласситер, вел расследование. Судя по всему, молодой человек давал Каррере советы, и детектив явно был под впечатлением.

Ничего хорошего.

После того как молодой человек покинул парк, Ласситер проследил за ним до его квартиры. Подождал полчаса, пока кто-нибудь выйдет из здания, и когда по лестнице спустилась пожилая женщина, приблизился к ней с широкой улыбкой. Описал человека и спросил его имя, сообщив, что этот парень напоминает ему старого армейского приятеля. Женщина ответила: это Пол Уинслоу. Ласситер покачал головой и сказал, что ошибся. Поблагодарил и ушел.

Дома он проверил, что известно о Поле Уинслоу, живущем по данному адресу. Почти ничего. Ни аккаунтов на Facebook, Instagram, Myspace, Twitter, Flickr, LinkedIn... ни в одной из социальных сетей. Криминальное прошлое отсутствует. По крайней мере, молодой человек явно не был профессиональным полицейским, просто лез не в свое дело.

Но это не означало, что он не опасен.

Возможно даже, что он видел, как Ласситер вышел из засады в Саду Шекспира, схватил мисс Рейчел Гарнер за шею, придушил, чтобы она потеряла сознание, и отнес в парк. Где поработал ножом.

Или видел, как он ускользнул около полуночи, закончив с делом. Это казалось более вероятным — в конце концов Пол смотрел именно туда, куда выбрался Ласситер, покинув место кровавого убийства.

Почему Уинслоу не позвонил в полицию сразу? Возможно, он провел ночь, взвешивая плюсы и минусы участия в этом деле.

В настоящий момент Ласситер следил за квартирой Уинслоу. Он собирался снова пойти за ним и выяснить, где работает молодой человек, узнать о нем больше.

И кто же постучал в парадную дверь, держа в руках большую, толстую папку?

Детектив Каррера собственной персоной, которому не повредили бы ни загар, ни тренировки в спортзале.

Что же делать, что делать?

Появилось несколько мыслей. Но, как обычно, Ласситер не стал сразу хвататься за какое-то решение.

Думай, планируй. И думай снова.

Только так ты обеспечишь себе безопасность, и твои преступления будут успешными.

***

— Мы действительно кое-что нашли, — говорил Эл Каррера Полу, выкладывая содержимое папки на журнальный столик. — В камнях, где, по вашим словам, ждал преступник. В Саду Шекспира.

— Что именно?

— Отпечатки, соответствующие следам бахил. И маленький кусочек обертки, пищевой. Криминалисты выяснили, что она от энергетического батончика, из тех, что покупают туристы и путешественники. Анализ бумаги и краски позволил установить, что это «Спортс плас» — вес четыре унции, арахисовое масло с изюмом. Судя по остаткам росы, принадлежал преступнику. То есть обертку уронили на землю около полуночи.

— А вы хороши, — сказал Пол.

Он был впечатлен. Вспомнил, что у Шерлока Холмса имелась своя лаборатория. Конан Дойл, человек науки, оказался наделенным даром предвидения в области криминалистики.

Детектив взял конверт размером восемь с половиной на одиннадцать дюймов.

— Это фотографии мест преступления. И жертв. Должен предупредить, весьма откровенные.

— Я никогда не видел фотографий настоящего тела. То есть видел в новостях, но мельком. — Пол посмотрел на конверт, помедлил. Наконец кивнул. — Ладно, давайте.

Каррера разложил фотографии.

Пол с удивлением отметил, что они цветные — и яркие. Вероятно, удивляться не следовало. С чего полицейским фотографам делать черно-белые фото, если сейчас они в прошлом для всех?

Глядя на неотретушированные, кровавые изображения, Пол ощутил тошноту. Однако вспомнил рассказы о Шерлоке Холмсе и велел себе быть таким же отстраненным и профессиональным, как его герой.

Он наклонился вперед и сосредоточился.

И спустя какое-то время заговорил:

— Некоторые наблюдения. Он очень силен. У них на шеях синяки. Он не думал, куда класть руки: просто хватал и давил, а они теряли сознание — но, заметьте, не умирали. Количество крови свидетельствует о том, что их зарезали живыми. Посмотрим, посмотрим... Да, он правша. Левша, притворяющийся правшой, не смог бы сделать столь ровные разрезы в мягкой ткани.

— Хорошо.

— Кроме того, он осмотрителен, крайне насторожен и наблюдателен. Взгляните на его следы в грязи на всех трех сценах. Он постоянно встает, обходит периметр и высматривает опасности. Умен.

Каррера записал.

Пол постучал по фотографии кровавого отпечатка руки преступника на земле, вероятно, оставленного, когда тот поднимался.

— Взгляните на большой палец. Интересно.

— Что?

— Он не слишком далеко отставлен — не так, как можно было бы подумать, если бы преступник использовал руку в качестве опоры, чтобы подняться.

— Вижу.

— Это означает, что он проводит много времени за компьютером.

— Почему?

— Регулярно пользующиеся клавиатурой люди часто поджимают большие пальцы, чтобы нажимать ими клавишу пробела.

Брови Карреры поднялись. Это он тоже записал.

Пол слабо улыбнулся.

— Он рыбак.

— Что?

— Я практически уверен. Видите эти следы на запястьях жертв?

— Странгуляционные борозды.

Прищурившись, Пол перебрал фотографии.

— По толщине они соответствуют рыболовной леске. И обратите внимание на надрезы, которые он сделал, прежде чем отделить палец жертвы. Так чистят рыбу. И да, энергетический батончик. То, что нужно рыбаку, чтобы перекусить.

Пол выпрямился и посмотрел на лихорадочно писавшего Карреру.

— Если он действительно рыбак, в чем я практически уверен, — сказал молодой человек, — вероятно, у него есть дом на озере, где-то на границе трех штатов. Мы знаем, что у него есть деньги. Он не станет рыбачить с местными на Ист-Ривер, а отправится за город на своем «БМВ». Эй, погодите, — быстро добавил Пол с улыбкой, заметив, что Каррера вновь начал писать. — «Бумер» — всего лишь предположение. Но я уверен, что у него хорошая машина. Мы знаем, что он не бедствует. И самонадеянность преступлений свидетельствует о том, что автомобиль у него броский — «Мерседес», «БМВ», «Порше».

Закончив с блокнотом, Каррера спросил:

— Почему он забирает указательный палец?

— О, думаю, это оскорбление, — сказал Пол.

— Оскорбление. Кому?

— Ну, вам. Полиции. Он презирает власти. Говорит, что даже если кто-то ткнет пальцем в убийцу, вы все равно не догадаетесь. Смеется над вами.

Каррера покачал головой.

— Сукин сын.

Пол вновь просмотрел фотографии.

— Смеющийся рыбак, — пробормотал он. Хорошее название для рассказа о Холмсе.

— Смеющийся над нами урод, — рявкнул Каррера.

Тут Пол наклонил голову набок.

— Рыба...

— Что?

Каррера смотрел на сосредоточенное лицо Пола. Молодой человек направился к своему компьютеру и начал печатать. После секундного поиска сказал:

— В Центральном парке ловят рыбу — на озере, на пруду и на Гарлем-Мир. Да! Готов спорить, там-то ваш преступник и рыбачит... цепляет на крючок своих жертв. — Пол бросил на Карреру возбужденный взгляд. — Давайте сходим и посмотрим, может, отыщем еще одну обертку или другую улику. Можно установить наблюдение.

— Нам запрещено брать гражданских лиц на полевые операции.

— Я просто буду держаться рядом. Наблюдать. Высказывать догадки.

Каррера задумался.

— Хорошо. Но если увидите кого-то или что-то подозрительное, будете слушаться меня.

— Идет.

Пол достал куртку и вернулся в гостиную. Одеваясь, нахмурился.

— Мне в голову пришло кое-что еще. Уверен, он знает о вас.

— Обо мне? Лично?

— О вас и других детективах.

— Откуда?

— Думаю, он посещал места преступлений, следил за расследованиями. То есть вам может грозить опасность. Всем вам. Вы должны оповестить всю команду. — И мрачно добавил: — И чем раньше, тем лучше.

Каррера отправил сообщение.

— Это моему напарнику. Он скажет всем быть начеку. Вам тоже следует остерегаться, Пол.

— Мне? Я гражданское лицо. Уж мне-то беспокоиться не о чем.

***

Вскрыть квартиру Пола Уинслоу оказалось до обидного легко.

После того как Пол с детективом Каррерой покинули здание — около двух часов назад, — Джордж Ласситер проскользнул во двор и взломал подвальную дверь. Преодолел несколько лестничных пролетов и оказался перед нужной квартирой. Электрическая отмычка справилась с работой за пять секунд, и Ласситер проник внутрь, с удовольствием отметив: сигнализации нет. Сущий пустяк.

Сейчас он стоял в эркере полутемной гостиной, изучая улицу. На нем были латексные перчатки и спортивная шапочка. Ласситера впечатлило изящество квартиры, богатство было ему на руку. Столько хороших вещей в доме без сигнализации? Отличное место для ограбления. Он решил, что Пол не может стать жертвой Истсайдского Убийцы, поскольку в таком случае

Каррера и другие следователи сразу поймут, что выводы Уинслоу, которые могли привести к Ласситеру, соответствуют действительности. Нет, это будет обычное ограбление, и Уинслоу спугнет грабителя.

Ласситер решил, что если Каррера вернется вместе с Уинслоу, он выберется и подождет следующего случая. Но если молодой человек будет один, Ласситер повалит его на пол и побьет рукоятью пистолета. Ослепит, сломает челюсть. Отправит в больницу на несколько месяцев и не даст ему выступить свидетелем. Убийство значительно повышает вес преступления. А на побои, даже серьезные, полиции, в общем-то, наплевать.

Господи, только взгляните на все эти книги… Ласситер почувствовал себя почти неуютно, когда подумал, что, ослепив его, лишит человека возможности читать.

Но вы сами виноваты, пронырливый мистер Уинслоу.

Полчаса спустя Ласситер напрягся. Со стороны Центрального парка появился Уинслоу. Один. Копа с ним не было. Когда молодой человек зашел в магазин, Ласситер достал пистолет и спрятался за входной дверью, которая открывалась в коридор.

Прошло три минуты, четыре. Он ждал, когда повернется ключ в замке, но вместо этого зажужжал звонок.

Ласситер осторожно выглянул в глазок. Увидел искаженного «рыбьим глазом» разносчика пиццы с коробкой в руке.

Чуть не рассмеялся. Потом задумался. Как это парень вошел в здание, не воспользовавшись домофоном?

Проклятье. Уинслоу дал ему ключ и велел позвонить в дверь, чтобы отвлечь внимание Ласситера. А это означало…

Пистолетное дуло коснулось его затылка. Металл был холодным. До боли.

— Успокойтесь, Ласситер, — спокойно сказал Уинслоу. — Бросьте оружие и заведите руки за спину.

Ласситер вздохнул. Пистолет с громким стуком упал на деревянный пол.

В мгновение ока Уинслоу ловко надел на Ласситера наручники и подобрал пистолет. Ласситер обернулся и поморщился. У молодого человека не было никакого оружия. Он использовал кусок трубы. Уинслоу кивнул на дверь и сказал:

— Я дал ему ключ на улице и попросил войти в дом. Если вам интересно. Хотя вы, наверное, сами догадались.

Звонок зажужжал снова, и Уинслоу уложил Ласситера на пол.

— Не двигайтесь. Хорошо?

Молодой человек проверил пистолет, чтобы убедиться, что он заряжен и готов к выстрелу. Так и было. Уинслоу прицелился Ласситеру в голову.

— Да. Ладно. Не буду.

Пол убрал оружие в карман и включил свет. Подошел к двери, открыл ее.

Взял пиццу и расплатился. Очевидно, дал хорошие чаевые, поскольку разносчик радостно поблагодарил его:

— Спасибо, сэр! Приятного вам вечера. Надо же, спасибо!

***

Пицца Пола не интересовала. Как и любая другая еда. Он сделал заказ, чтобы отвлечь Ласситера и проскользнуть через заднюю дверь. А вот пить ему хотелось.

— Я бы выпил молока. А вы?

— Молока?

— Может, воды? Больше ничего предложить не могу. Алкоголя и газировки у меня нет.

Ласситер не ответил. Пол прошел на кухню и налил себе стакан молока. Вернулся и усадил Ласситера в кресло. Отпил из высокого стакана, отметив, насколько необычно, насколько уверенно себя чувствует. Депрессия и тревожность исчезли без следа.

Спасибо, доктор Левин.

Пол посмотрел на стакан.

— Вы знали, что у молока, как и у вина, тоже есть терруар*? Проанализировав молоко, можно узнать, чем питались коровы в лактационный период: вещества в почве, химический состав, даже активность насекомых. Почему вы заворачиваете в шелк свои трофеи? Пальцы, которые отрезаете у жертв? Этого я не могу понять.

Ласситер ахнул, его расширившиеся глаза впились в Пола, словно луч прожектора.

— Этого не было в новостях. Полиция об этом даже не знает, — сказал Пол. И объяснил: — В одном из мест осталась окровавленная ниточка. Она не могла быть от вашей шелковой одежды. Слишком нарочито и демонстративно для человека, который идет убивать. Шелк используют для теплого белья, однако в такую погоду вы вряд ли стали бы надевать нечто подобное — не следует потеть на месте преступления. Наверное, до изобретения анализа ДНК таким, как вы, жилось проще.

Кажется, Ласситер слабо застонал? Пол не был уверен. Он улыбнулся.

— Меня не слишком волнует шелк. Простое любопытство. К нашим делам здесь это отношения не имеет. Очевидно, на-

---

* Совокупность особенностей почвы, климата и местности, определяющая сортовые характеристики сельскохозяйственной продукции.

много больше вас волнует вопрос, как я вас выследил. Понимаю. Краткий ответ таков: из газетных заметок об убийствах я понял, что вы — организованный преступник. Я предположил, что вы все планируете заранее. Тщательно выбираете места для убийства и прорабатываете пути отступления. Такой человек обязательно захочет знать о людях, которые его ищут. Я решил, что вы появитесь на месте убийства на следующее утро. Я наблюдал за всеми, кто там был. У меня вызвал подозрение человек, пивший кофе и читавший спортивный раздел в «Пост». Я почти не сомневался, что это вы. Я знал, что улика с ботинками «Феррагамо» — фальшивка: зачем снимать бахилы в грязи, когда можно пройти еще три фута и выбраться на асфальт, не оставив следов для полиции? Это означало, что вы вовсе не богаты, а принадлежите к среднему классу. Ботинки предназначались исключительно для полиции. Я знал, что вы сильны и крепко сложены. Все это соответствовало мужчине с «Пост». Уходя, я понял, что вы последовали за мной. Добравшись до квартиры, я схватил шляпу, другую куртку и солнцезащитные очки, после чего вышел через заднюю дверь. И проследил за вами — до вашей квартиры в Куинсе. Небольшой поиск в Интернете — и я установил вашу личность. — Пол с наслаждением отхлебнул молока. — Среднестатистическая корова в Соединенных Штатах дает в год почти двадцать тысяч фунтов молока. Удивительно. — Секунду он смотрел на незадачливого преступника. — Я большой фанат рассказов о Шерлоке Холмсе. — Он кивнул на полки. — Как вы можете видеть.

— Так вот почему здесь нет полиции, — пробормотал пленник. — Хочешь сыграть большого героя, как Холмс, и потрясти копов своим интеллектом… И кому ты меня сдашь? Мэру? Комиссару полиции?

— Вовсе нет, — ответил Пол. — Я собираюсь нанять вас. В качестве помощника.

— Помощника?

— Я хочу, чтобы вы работали на меня. Стали моим подельником… Должен сказать, это слово мне никогда не нравилось.

Ласситер кисло усмехнулся.

— Как все запутано. Ты считаешь себя Шерлоком Холмсом и хочешь, чтобы я стал твоим Уотсоном?

Пол поморщился.

— Нет, нет, нет. Мой любимый герой в книгах, — он махнул в сторону полок, — не *Холмс*. А *Мориарти*. Профессор Джеймс Мориарти.

— Но разве он не был… Как там говорят? Заклятым врагом Холмса?

Пол процитировал по памяти:

«Называя Мориарти преступником, вы с точки зрения закона клевещете — в этом вся соль! Величайший интриган всех времен, организатор всех серьезных преступлений, руководящий мозг уголовного мира, способный возвеличивать или губить государства — вот что представляет собой этот человек!»* — И продолжил: — Да, Холмс был гением, однако не обладал великим замыслом и стремлением. Он был пассивен. Мориарти же, напротив, был воплощением амбиций. Постоянно плел интриги и заговоры. Он стал моим героем, как только я впервые прочел о нем. — Пол любовно посмотрел на книги, содержавшие рассказы с участием Мориарти. — Из-за него я изучал естественные науки и математику. И стал профессором, совсем как мой герой.

Он вспомнил свой недавний визит к доктору Левину:

* А. К. Дойл «Долина страха» — *пер. Д. Вознякевича.*

«Истории о Шерлоке Холмсе нашли у вас такой отклик по нескольким причинам. Я считаю, что в первую очередь по причине ваших талантов: вашего интеллекта, врожденных способностей к анализу, склонности к дедукции. Дело в этом…»

Доктор Левин решил, что Пол восхищается Холмсом, и пациент не стал его поправлять: психотерапевт мог вполне всерьез отнестись к отождествлению себя с преступниками вроде Мориарти — пусть и вымышленными.

— Как персонаж, Мориарти появляется лишь в двух рассказах и упоминается еще в пяти. Однако его злая тень висит над всем циклом, и создается впечатление, будто Холмс ни на миг не забывает, что неподалеку всегда держится негодяй, который умнее и изобретательнее его самого. *Он* мой идол. — Пол улыбнулся, его лицо светилось благоговейным восхищением. — Итак, я решил стать современным Мориарти. А значит, мне, как и моему герою, нужен помощник.

— Вроде Уотсона?

— Нет. Подельником Мориарти был полковник Себастьян Моран, отставной военный, специализировавшийся на убийствах. Именно это мне и нужно. Я думал: кого же выбрать? У меня не слишком обширные связи в криминальных кругах. Поэтому я начал изучать последние преступления в городе и прочел об Истсайдском Убийце. Вы обладали наибольшим потенциалом. Да, вы совершили несколько ошибок, но я подумал, что помогу вам избавиться от недостатков — вроде привычки возвращаться на место преступления, недостаточной проработки фальшивых улик, выбора жертв, которые очень похожи, что создает шаблон, по которому вас проще отследить. И, ради бога, кто же ест энергетические батончики в ожидании жертвы? Я вас умоляю. Вы способны *на большее,* Ласситер.

Ласситер молчал. Его лицо выражало согласие.

— Но сначала мне нужно было спасти вас от полиции. Я помог детективу Каррере составить профиль подозреваемого — очень конкретный, очень правдоподобный… и совершенно не подходящий вам.

— Может, и так, но они ищут меня.

— Неужели? — насмешливо спросил Пол.

— Что ты имеешь в виду?

Уинслоу нашел пульт от кабельного телевидения. Поиграл им.

— Знаете, в былые времена нам пришлось бы ждать следующего часа, чтобы посмотреть новости. А теперь их крутят круглосуточно семь дней в неделю. В целом нагоняет скуку, но иногда приносит пользу.

Телевизор ожил.

Появилась реклама.

— С этим ничего не поделаешь. — Поморщившись, Уинслоу кивнул на экран. — Хотя бывает забавно. Особенно тот ролик с бельчатами.

Секунду спустя на экране возникла ведущая.

— Если вы только что присоединились к нам…

— Что мы и сделали, — вставил Пол.

— Полиция города Нью-Йорка сообщила об аресте так называемого Истсайдского Убийцы, предположительно совершившего убийства трех женщин на Манхэттене, который также подозревается в убийстве детектива Альберта Карреры из полицейского управления города Нью-Йорка. Его личность установлена, это Франклин Мосс, журналист и блогер.

— Господи! Что?

Пол шикнул на Ласситера.

— В районе пяти часов вечера детектива Карреру нашли зарезанным возле рыболовной территории Гарлем-Мир в Центральном парке. Информация из анонимного источника…

— *Moi**, — уточнил Пол.

— …привела полицию в квартиру Мосса в Бруклине, где обнаружились улики, указывающие на то, что именно он совершил убийства детектива Карреры и других жертв. Подозреваемого доставили в камеру предварительного заключения без права выхода под залог.

Пол выключил телевизор.

Обернулся и усмехнулся, увидев лицо Ласситера, которое выражало крайнее изумление.

— Полагаю, это излишне. — Пол встал и открыл наручники. — Но на всякий случай сообщу, что у моего адвоката есть многочисленные доказательства вашей вины, так что не делайте глупостей.

— Не буду.

— Хорошо. Итак, выбрав вас в качестве помощника, я должен был позаботиться о том, чтобы в убийствах обвинили кого-то другого. Кого именно? Мне никогда не нравились репортеры, а Франклин Мосс был особенно назойливым. Поэтому я навел о нем справки. Узнал, что он любит рыбалку, и скормил Каррере чушь насчет того, что это хобби преступника… Я убедил Карреру, что нам следует пойти в Центральный парк, в одно из мест, отведенных для рыбалки, и поискать улики. Когда мы остались одни возле Гарлем-Мир, я перерезал ему горло и отпилил указательный палец. Кстати, непростая задача. Вы не могли выбрать мизинец? Ну да ладно. Потом я отправился в квартиру Мосса и спрятал нож и палец в его

* *Зд.* — Это я (*фр.*).

гараже и машине вместе с некоторыми уликами с других мест преступления, парой «Феррагамо», которую я купил вчера, и упаковкой столь любимых вами энергетических батончиков. Я испачкал порог кровью Карреры, чтобы дать полиции основание для получения ордера.

Пол снова глотнул молока.

— Улики детальные и обстоятельные. Он водит «БМВ» — как я и сказал Каррере, поскольку видел его раньше. Согласно общественным архивам, у него дом в Вестчестере — о чем я тоже говорил. И я предположил, что следы на руках оставлены рыболовной леской, которой полно в гараже и подвале Мосса… Вы использовали звонковый провод, верно?

— Э-э, да.

— Я также скормил детективу чушь насчет того, что убийца, вероятно, проводит много времени за клавиатурой — как, например, блогер, — продолжил Пол. — Так что наш друг Мосс отбывает в дальние края. А вы чисты.

Ласситер нахмурился.

— Но разве Каррера не сообщил другим офицерам, что именно вы составили профиль? Это наводит на вас подозрения.

— Отличный вопрос, Ласситер. Однако я знал, что он им не скажет. Иначе зачем приносить дело ко мне домой, вместо того чтобы пригласить меня в отделение? И зачем приходить одному, без напарника? Нет, он обратился ко мне за советом *частным образом* — чтобы украсть мои идеи и выдать за свои. — Пол взъерошил волосы и застенчиво улыбнулся убийце. — А теперь расскажите мне о договоре — о человеке, который вас нанял. Мне очень интересно.

— Договоре?

Однако притворное изумление не сработало.

— Прошу вас, Ласситер. Вы не серийный убийца. Иначе я бы вас не выбрал — серийные убийцы слишком капризны. Слишком поддаются эмоциям… — Последнее слово Пол произнес с явным отвращением. — Нет, вы запланировали многочисленные убийства, чтобы скрыть реальное преступление. Вас наняли для убийства конкретного человека — одной из трех жертв.

У Ласситера в буквальном смысле отвисла челюсть. Он медленно закрыл рот.

— Это очевидно, — продолжил Пол. — Отсутствует сексуальная составляющая, без которой серийных убийств просто не бывает. И ни один психопатологический архетип не предполагает трофеев в виде отрезанного указательного пальца — вы импровизировали, поскольку решили, что это будет выглядеть устрашающе. Итак, кого из трех женщин вас наняли убить?

Сдавшись, Ласситер пожал плечами.

— Рейчел Гарнер. Последнюю. Она собиралась донести на своего босса. У него хедж-фонд, который по уши увяз в отмывании денег.

— Очевидно, увяз в экскрементах, раз уж требуется отмывание, — не сдержался Пол. — Я подозревал нечто подобное.

— Я познакомился с ним в армии, — сказал Ласситер. — Он знал, что я не боюсь грязных дел, а потому обратился ко мне.

— То есть это была разовая работа?

— Именно.

— Хорошо. Значит, вы можете работать на меня.

Ласситер задумался.

Пол наклонился к нему.

— Кого резать, найдется. На Уолл-стрит полно глупых мужчин и женщин, которых необходимо избавить от части доходов.

Нас ждет незаконная торговля оружием, и лживые политики, которых нужно шантажировать, и люди, которых следует продать, и террористы, чьи взгляды на мир непростительны, но счета в банках достаточно велики, чтобы выписать чек тому, кто способен удовлетворить любой запрос.

Глаза Пола сузились.

— И знаете, Ласситер, иногда следует перерезать одно-два горла просто так, смеха ради.

Ласситер уставился в пол. После долгой паузы прошептал:

— Шелк.

— Да?

— Мать засовывала шелковый платок мне в рот, когда била меня. Чтобы приглушить крики.

— Ясно, — мягко ответил Пол. — Мне жаль. Но могу гарантировать, Ласситер, что вы получите множество возможностей расквитаться за эту трагедию. Итак. Вы хотите работу?

Убийца раздумывал недолго. Он широко улыбнулся.

— Хочу, профессор, определенно хочу.

Они пожали друг другу руки.

АРТИСТИЧНАЯ НАТУРА*

Лора Колдуэлл

Когда репортер из «Пост», молодая женщина с жуткой стрижкой, сделала намек, что Гарго, которого он продал в прошлом месяце, подделка, Декальб подавил отвращение, забрал у нее чашку из костяного фарфора и очень вежливо попросил покинуть кабинет. Его звали Дрю Декальб Ванверден; он предпочитал просто «Декальб». Он не переносил ничьих возражений — и уж тем более не будет терпеть их от «Пост».

Репортерша сумела записаться к нему на прием, сообщив его помощнику, мальчишке по имени Тэд (теперь его придется уволить), что собирается написать о нем статью. Газета имела огромное влияние в мире искусства, а она, судя по всему, сказала что-то вроде: «Это будет продолжение «Артистичной натуры».

Естественно, ее слова подогрели интерес мальчишки. Пару десятков лет назад в «Нью-Йоркере» напечатали статью, в ко-

---

* В оригинале «Артистичность в крови» (Art in the Blood). Автор обыгрывает фразу, сказанную Холмсом в рассказе «Случай с переводчиком»: «Артистичность, когда она в крови, иногда принимает самые удивительные формы».

торой назвали Декальба Шерлоком Холмсом мира искусства — она до сих пор оставалась на его веб-сайте, а сравнение доставляло огромное удовольствие.

Однако репортерша осталась сидеть в его мягком викторианском кресле, которое совсем недавно отреставрировали.

— Послушайте, мистер Ванвреден, — проговорила она.

— Ванверден, — поправил он ее слишком быстро и слишком резко.

«Ванврединой» его называли в Манотоки, штат Пенсильвания, отвратительном городке, где он вырос.

— Да-да, Ванверден, — исправилась она.

Декальб сказал себе, что она дразнит его специально, чтобы добиться какой-то реакции, и сразу успокоился. Решив выяснить, чего она хочет, а потом выставить вон, он уселся за стол и кивнул, разрешив ей продолжить.

— Мы считаем, что полученная нами информация правдива, — сказала она. — И что «Удача вора», картина, которую вы продали за ... — Она замолчала и наклонилась вперед, выставив в его сторону ухо, словно рассчитывала, что он сообщит ей сумму.

Декальб промолчал. Тогда она снова откинулась на спинку кресла и сказала:

— Неважно. В любом случае мы считаем, что это подделка.

Он чудом сдержался, чтобы не рассмеяться ей в лицо, встал, обошел стол так, что ей пришлось повернуться, и, положив одну руку на бедро, а другую — на раму, остановился около одного из окон в форме арки, выходившего на Мэдисон-авеню.

— Вы уже разговаривали с владельцем картины?

Декальб сознательно не произнес вслух имя Барбары Баден-Шор — Би-Би, как ее все называли, — хотя они могли без проблем это выяснить.

— Еще нет. Но мы получили конфиденциальную информацию.

— Понятно. А картину вы видели?

Декальб оглянулся и увидел, что репортерша начала ерзать в кресле.

— Понятно, — повторил он.

И замолчал. Некоторое время они смотрели друг на друга.

— Я из Сан-Франциско, — сообщила она ему.

— И что с того?

— Мы всегда доводим дела до конца.

Декальб вежливо кивнул — так он, по крайней мере, решил, — но по-прежнему продолжал молчать.

Наконец репортерша что-то пробормотала и подняла потрепанную сумочку с пола.

Декальб прошел через кабинет и открыл перед ней дверь.

— Тэд, зайди ко мне, — приказал он.

Неделю спустя, вернувшись после встречи в «Сотбис», Декальб обнаружил на своем кресле конверт из плотной бумаги. Он так и не подобрал себе нового секретаря, поэтому офис оставался пустым; двери же в его отсутствие запирались, однако конверт самым нахальным образом устроился на кресле, там, где Декальб должен был непременно его заметить.

Он узнал почерк Бинни Мориарти и сразу почувствовал раздражение. Нет, больше чем раздражение. Наглость Бинни была ошеломляющей. В какой-то момент Декальбу это нравилось. Именно нахальство выделяло Бинни среди других его секретарей и заставило Декальба нарушить собственное железное правило: никогда не иметь близких отношений со своими помощниками (а также всегда забирать ключи от квартиры). Глупо, да, но ведь любовь может быть глупой до невозможности.

Он открыл письмо серебряным ножом для бумаг, сделанным ювелирной компанией Роберта Жерарда в 1867 году — подарок самому себе в честь первой проданной картины — подарок двадцатилетней давности.

Внутри лежал тонкий листок бумаги отвратительного цвета морской воды, исписанный резким, корявым почерком Бинни.

> *«Дорогой Декальб!*
>
> Гарго у меня.
>
> Это маленькая часть тебя — ты бы, наверное, так сказал, — и то, что я больше всего на свете хотел получить.
>
> *Au revoir,*
> *Бинни»*

Декальб мгновенно разжал пальцы — и уронил письмо, точно это использованная бумажная салфетка. Но вместо того, чтобы исчезнуть с его глаз, оно, кружа, опустилось на инкрустированную поверхность письменного стола из драгоценных пород дерева, прямо на стопку приглашений принять участие в ланчах, вечеринках с коктейлями и открытиях галерей. Без секретаря Декальбу приходилось самому на них отвечать, что нравилось ему примерно как покупка сигарет во вьетнамской лавке. Неожиданно ему пришло в голову, что если Бинни написал правду, он больше не получит ни одного из этих жалких приглашений.

Декальб схватил письмо и с отвращением отметил, как дрожит его рука. Другой рукой он достал сигарету из черной лакированной коробки, стоявшей на столе, и закурил. Сделав несколько глубоких затяжек, он дважды перечитал письмо. Неужели Гарго *действительно* у Бинни? Настоящий? Бинни наверняка лжет — всего лишь детская попытка привлечь его внимание, и не более того. Но как в таком случае объяснить появление репортерши из «Пост»? Совпадение?

Проклятый Бинни.

— Это сокращенно от «Бенджамин», — сказал он в тот день, когда впервые вошел в офис Декальба.

Ему было под тридцать, и он совсем не походил на чистеньких мальчиков и девочек с рюкзачками, приходивших по объявлению. Бинни был в потрепанных черных мокасинах — Декальб сразу понял, что это лишь подделка под «Армани» — и черном шерстяном пиджаке. Дополняли картину черные как смоль вьющиеся волосы, зеленые, точно изумруды, глаза и немного кривой зуб, словно полотно, один угол которого оказался на восьмую часть дюйма ниже другого.

Они пожали руки, и Бинни уселся в викторианское кресло, положив ногу на ногу — мокасин пристроился на колене.

— Вы говорите, что «Бинни» — это сокращение от «Бенджамина», — сказал Декальб. — Но меня заинтересовала ваша фамилия, Мориарти.

После того как «Нью-Йоркер» назвал его Холмсом в вопросах определения подделок и много писал о способности выявлять фальшивки (на тот момент их насчитывалось три), Декальб решил перечитать рассказы о Холмсе. Ему особенно нравились истории про его заклятого врага, профессора Мориарти. Его завораживало, что все считали, будто сыщик погиб, а Мориарти одержал победу, и то, как Холмс снова появился на сцене.

— Да, Мориарти, — улыбнувшись, подтвердил Бинни. — Это ирландское имя.

— Или английское, переделанное на ирландский манер.

— Ну, считается, что мы потомки Вильгельма Завоевателя, — сказал Бинни и ненадолго замолчал. — Но вы же знаете, как это бывает...

— Да уж, все говорят, что они потомки Вильгельма Завоевателя, — произнесли они одновременно, и, хотя это было чистой правдой, получилось довольно странно.

Декальб рассмеялся и тут же поднес руку к губам, чтобы это прекратить — он считал, что смех не для него. Но парнишка был очарователен. Он тоже засмеялся, и Декальб почувствовал, как завертелись колеса веселья и как трудно ему будет их остановить.

Но он справился с собой. Несмотря на то что Мориарти казался ему весьма обаятельным, Декальб считал, что должен контролировать ситуацию. Поэтому он поднял руку и приступил к своей обычной речи о том, с какими уникальными произведениями он имеет дело, как ему нравится работать одному, и что он не похож ни на кого из торговцев произведениями искусства во всем Нью-Йорке.

Бинни, глаза которого сияли, кивал.

— Я не могу подобрать слов, чтобы сказать, как я счастлив с вами познакомиться, — проговорил он, когда Декальб на мгновение замолчал. — Я слежу за вашими сделками с тех самых пор, как вы продали Верне. Это было потрясающе. Вы один из лучших.

К горлу Декальба подступил комок. Верне был его звездным часом, позволившим взойти на новую карьерную ступень, но с тех пор ему ничего подобного совершить не удалось. И дело не в том, что он не продавал картины знаменитых художников или старых мастеров — все это было. Но ничто не могло сравниться с абсолютным, непревзойденным восторгом той сделки — находка, окутанная тайной, потом слухи, которые он распустил с безупречным профессионализмом в безупречно выбранное время, благодаря чему цена достигла заоблачных высот. Декальб не понимал, почему после этого любая удача казалась ему медленным сползанием вниз. Даже выявленные подделки не вызывали такого энтузиазма, той радости, что подарил Верне.

Один из репортеров «Нью-Йоркера» написал, что ходят слухи, будто Шерлок Холмс является потомком Верне, и вот к нему пришел этот странный юноша с именем, будто сошедшим со страниц рассказов Конан Дойла. У Декальба возникло ощущение, что вселенная сделала полный круг и привела его в то состояние восторга, которое он испытывал в самом начале карьеры.

Позже он сообразил, что Бинни не мог следить за его деятельностью со времен продажи Верне. Ведь тогда ему было тринадцать лет, и он жил в Бронксе в жалкой квартирке в доме без лифта, с матерью и выводком грязнуль-сестер, и продажа Верне вряд ли относилась к категории новостей, которые туда доходили.

Но в первый момент он об этом не подумал. Декальб был ослеплен лестью Бинни, его знанием искусства, его яркой, привлекательной внешностью и тем, что мальчишка не вращался в кругах, в которых бывал Декальб в прошлом и настоящем. Все это объединилось, точно выстроившиеся в ряд планеты, и Декальб взял Бинни на работу. И, если уж быть честным до конца, возможно, все это и заставило Декальба увлечься мальчишкой, из-за чего он не заметил исполненную зла силу Бинни. Потому что, как и профессор Мориарти в рассказах о Холмсе, Бинни обладал наследственными склонностями самого дьявольского характера.

— Декальб, как я рада! — вскричала Би-Би, обнимая его с фальшивой сердечностью.

Декальба окутало облако ее духов — какой-то пряный азиатский аромат — такие делали в Таиланде только для нее. Он ненавидел женские духи, особенно духи Би-Би, но считал, что дышать ими — одно из требований, налагаемых на него профессией.

— Спасибо, что согласились меня принять, Би-Би.

Декальб шагнул в холл с отделанным золотом и мрамором полом и потолком, украшенным по периметру изысканными лепными херувимами.

— Давно пора, — сказала она так, будто много лет без всякого результата приглашала его к себе, хотя он буквально умолял ее встретиться за ланчем.

Декальб попытался незаметно стряхнуть влагу с правого ботинка. Перед тем как приехать сюда, он зашел во вьетнамскую лавку, жутко грязное место, где пахло тухлой рыбой, и потратил целую вечность на то, чтобы объяснить, как ему показалось, немому и неграмотному продавцу, что ему нужны французские сигареты. На полке осталась одна пачка, и Декальб боялся, что ее перехватит кто-то другой. А когда она оказалась у него в руках, был так счастлив, что решил закурить сразу на выходе из лавки. Продавец выдал ему спички. Декальб редко ими пользовался и не сразу сумел прикурить, почему-то забыв, что в кармане у него лежит зажигалка. Потом он сошел с тротуара, собираясь остановить такси, и тут его правая нога погрузилась в ямку, заполненную густой жижей. Он до сих пор чувствовал, как мокрая штанина прилипает к икре, и молил всех богов, чтобы Би-Би ничего не заметила.

К счастью, она подняла руку, одновременно худую и на удивление сильную, и обняла его за плечи. Именно такая внешность сейчас считалась идеальной — худоба на грани анорексии с легким намеком на мышцы. Би-Би было по меньшей мере шестьдесят, иными словами, на восемь лет больше, чем Декальбу, но благодаря стройному мускулистому телу, дорогой одежде и симбиозу с пластическим хирургом выглядела она лет на сорок.

Как это ни удивительно, Би-Би напоминала ему мать. Частично из-за светлых волос и глаз с припухшими веками. Конечно, у его матери глаза постоянно были заплывшими благодаря ее дружку, в то время как у Би-Би являлись произведением искусства хирурга, сделавшего ее взгляд невероятно сексуальным. Как у Вероники Лейк. А еще Би-Би, как и его мать, могла быть с ним веселой и игривой, а в следующее мгновение вдруг стать холодной, точно лед.

Она провела его по холлу, увешенному картинами общей стоимостью в несколько миллионов долларов, которые висели так плотно друг к другу, что напоминали дешевые постеры, а не редкие оригиналы. Декальб внимательно смотрел по сторонам в поисках Гарго — ведь из-за него он вынужден был просить Би-Би о встрече за ланчем. Он хотел сам проверить, правду ли сказали Бинни и репортерша из «Пост»: картину стоимостью в два миллиона долларов заменили подделкой.

Декальб время от времени использовал фальшивки для демонстрации, но фальшивого Гарго у него не было… Все его коллеги так поступали, если требовалось показать картину, а риски были слишком высоки. Художники, создававшие подделки, — настоящие мастера своего дела — выдавали безупречные копии, и отличить их от оригинала удавалось только при специальном поиске личного знака фальсификатора: например, крошечной белой точки или едва заметного черного квадратика. Однако, невзирая на высокое качество такой картины, после использования ее сразу уничтожали, чтобы не путать с оригиналом. В мире Декальба продажа подобной копии клиенту считалась абсолютно неприемлемой — и никаких случайностей. Иначе сразу получишь клеймо любителя, а в этом городе любителям места нет.

Декальб ни секунды не сомневался, что сможет определить, подделка ли Гарго. Ему требовалось лишь снова включить свои способности Шерлока Холмса. Однако он понимал, что если Гарго, висящий у Би-Би, — копия, для него это будет означать полнейший крах.

Впрочем, в передней он так и не увидел «Удачи вора», там висели только европейские пейзажи, которые Би-Би обожала, — Эдуард Кортес, парижская улица, залитая дождем, мириады расплывчатых коричневых и голубых мазков, изображавших Лондон начала века, картина, написанная Джеймсом Кеем, и даже сельские пейзажи Сезанна. И хотя Би-Би считала себя стоящей выше всех в городе, если не во всей стране, Декальб уже давно понял, что люди ее типа просто преклоняются перед Европой. Би-Би компенсировала это чувство тем, что скупала картины и буквально забила ими свой дом. При обычных обстоятельствах Декальб испытал бы восторг, глядя на великолепные произведения искусства, — ему всегда хотелось подойти к ним как можно ближе, вдохнуть едва различимый маслянистый, немного пыльный запах старых полотен, — но сегодня он заметил лишь отсутствие Гарго.

— Ты же знаком с Шар и Томми, — сказала Би-Би, когда они вошли в гостиную с обитыми розовым дамасским шелком стенами и другими картинами.

Би-Би махнула рукой в сторону Шарлотты Рэфорд-Дженнингс и Томазины Уинтерз, которые одновременно вскочили с кресел, обтянутых золотой тканью, и по очереди бросились обнимать его в районе живота своими крошечными и крепкими, точно каменными, руками.

— Привет, дамы. Выглядите просто сказочно, — сказал он приторным голоском.

Женщины вроде Би-Би, Шар и Томми обожали иметь друзей геев, которые в отличие от их мужей могли поговорить про тряпки, спа-салоны и прически.

Они болтали об этом во время чаепития (европейская традиция; Би-Би твердила, что это она ее придумала, и ошибочно устраивала перед едой вместо пяти часов дня), а потом весь ланч, состоявший из сибаса и какой-то экзотической зелени. Женщины ничего не ели, но у Би-Би имелся винный погреб, по размерам превышавший квартиру-студию, так что они без конца подливали в бокалы «Совиньон блан» и вскоре прилично захмелели. Обычное дело для подобных ланчей — и как раз то, на что рассчитывал Декальб, поскольку ему требовалось выбрать подходящий момент и поискать в квартире Би-Би Гарго. Он хотел посмотреть на него в одиночестве — и как можно внимательнее.

Ожидание его убивало, и он тоже перебрал с вином. Сказать, сколько он выпил, было невозможно, потому что слуги Би-Би постоянно подливали вино в бокал, стоило ему сделать хотя бы глоток.

Наконец, когда Декальб больше не мог выносить напряжения, он отодвинул стул, встал и слегка поклонился, зная, что Би-Би это понравится.

— Дамы, — сказал он. — Мне нужно прогуляться в комнату для мальчиков.

Би-Би помахала в воздухе рукой, унизанной кольцами.

— Ты знаешь, куда идти, Декальб, чувствуй себя как дома.

Он с трудом заставил себя не бежать по коридору, когда у него за спиной раздался женский смех. Искать картину здесь не имело смысла, потому что Би-Би никогда не повесила бы Гарго в маленьком коридорчике, ведущем в гостевую ванную комнату. Нет, «Удача вора» должна висеть в каком-нибудь более презентабельном месте. Возможно, в большой столовой для приемов или в гостиной над камином. Он не мог спросить у Би-Би, это было совершенно исключено, потому что она не любила говорить о приобретениях, делая вид, будто произведения искусства всегда находились в ее доме.

Декальб заскочил в ванную комнату, собираясь проделать все как можно быстрее, а затем осмотреть дом, пока Би-Би не заметит, что его слишком долго нет, и не пошлет кого-нибудь из слуг на поиски.

Декальб включил свет, увидел в углу какую-то фигуру и почувствовал, как сердце у него в груди на мгновение сжалось — и тут же отчаянно застучало.

— Боже праведный! — вскричал он, прижав к груди руку.

Но уже в следующее мгновение понял, что смотрит на белую мраморную статую ангела высотой шесть футов, и фыркнул. Закрывая дверь, он отчитывал себя за чрезмерную пугливость. Справляя нужду, Декальб разглядывал ангела. Если он не ошибается, работа Бенцони, вероятно, 1852 год или около того. Следовало отдать Би-Би должное, вкус у нее имелся — достать Бенцони такого размера было совсем не просто, — но зато у нее полностью отсутствовало чувство места, и от этого Декальб занервничал еще больше — Гарго мог находиться где угодно.

Покончив с делами, он вышел из ванной комнаты, оставив свет включенным, но закрыв за собой дверь, чтобы сложилось впечатление, будто он внутри, затем на цыпочках прошел по коридору, стараясь минимизировать хлюпающие звуки, которые издавал его мокрый носок, соприкасаясь с ботинком. Декальб повернул направо, в сторону от гостиной, где Би-Би и ее подруги продолжали хихикать, засунул голову в дверь большой желтой комнаты, заставленной комодами, инкрустированными янтарем, увидел французский гарнитур с часами и решил, что Гарго наверняка висит здесь на одной из стен, но обнаружил очередные городские пейзажи. Двигаясь дальше, он заглянул в две спальни, обе гостевые, с кроватями под балдахинами и произведениями искусства, которые Би-Би посчитала второстепенными. Гарго он пока не нашел.

В конце коридора было две двери, одна — открытая. Декальб заглянул внутрь и обнаружил, что это кабинет, отделанный в густых темно-серых тонах и обставленный красной кожаной мебелью. Он решил, что это комната мужа Би-Би. Наверное, единственное место в доме-мавзолее, где бедняга мог расслабиться. Декальб быстро осмотрел стены, потом вышел в коридор и остановился перед последней дверью, которая была закрыта.

Он знал, что не должен этого делать, он и без того перешел все границы. Путешествовать по таким квартирам разрешается, только если тебя пригласят на экскурсию сами хозяева. Пространство и частная жизнь на Манхэттене ценились высоко, и болтаться без разрешения по дому считалось таким же нарушением приличий, как если бы ты стал рыться в ящике с нижним бельем хозяйки.

Декальб на мгновение замер и прислушался, пытаясь понять, продолжают ли женщины веселиться, накачиваясь вином и обещая друг другу провести в два раза больше времени в тренажерном зале, чтобы избавиться от лишних калорий. Он ничего не слышал, но сказал себе, что отошел довольно далеко, и сюда просто не долетают их голоса. Ему же требовалось всего лишь быстро заглянуть за дверь, чтобы проверить, настоящий ли Гарго висит в доме Би-Би.

Когда Декальб повернул золотую ручку, дверь в большую спальню открылась без малейшего звука. Внутри стояла огромная кровать со скамеечками для ног по обеим сторонам. А над ней висела «Удача вора».

Картина изображала пару мужских ботинок у кровати, один лежал на боку, другой под углом, а между ними — блестящая голубая дамская сумочка и белый кружевной лифчик.

Очень сексуальная картина, несмотря на то, что на ней были лишь пара вещей на полу. Глядя на нее, хотелось понять, что же это за мужчина, вор, который сумел уговорить женщину бросить усыпанную драгоценностями сумочку и белье на пол. А еще невольно представлялось, чем же они занимаются на кровати.

Декальб вошел в комнату и остановился у изножья кровати, но она была такой огромной, что со своего места ему не удавалось как следует рассмотреть картину. Он наклонился вперед и навис над мягким желтым покрывалом из похожего на шифон материала лимонного цвета, но все равно находился достаточно далеко, чтобы отыскать интересовавшие его значки. Он обошел кровать сбоку и вытянул вперед шею. Отсюда все выглядело просто замечательно, однако сомнения его не оставляли. А ему требовалась абсолютная уверенность — иначе он не сможет спокойно спать.

Декальб оглянулся через плечо, ничего не услышал, сделал быстрый вдох, забрался на одну из скамеечек и оказался прямо перед картиной. Не теряя времени, он принялся внимательно изучать полотно. Верхний левый квадрат, порядок. Верхний правый, все отлично. Центральная часть, хорошо. Нижний левый квадрат, ничего. Нижний правый…

Вот! Прямо под углом золотисто-коричневой кровати блестела золотистая черточка. Не больше доли дюйма и совсем рядом с нижней частью кровати — никто и не заметит. Но она там была.

Проклятье, проклятье, *проклятье.* Декальб еще больше наклонился над кроватью, чтобы получше рассмотреть находку. Одной рукой он уперся в лимонно-желтую подушку, оставив глубокие вмятины на покрывале, задрав высоко в воздух задницу и буквально уткнувшись носом в картину.

Он почти задыхался, и грудь его вздымалась под кашемировым свитером.

Пальцы свободной руки сжимались и разжимались, и снова сжимались. В следующее мгновение он почувствовал уже знакомый укол в груди и замер, а его рука, как камень, утонула в мягких покрывалах. Он не выполнил своего обещания докторам правильно питаться, не бросил курить, но считал, что контролирует свои проблемы с сердцем.

Видимо, письмо Бинни снова их вызвало. Да и вообще Бинни виноват во *всем.* В первый раз болезненный укол в груди и ощущение, будто его рука охвачена пламенем, он почувствовал год назад, когда положил конец их отношениям. Тогда Бинни сказал, что хочет стать его партнером.

— Не только так, — сказал Бинни и погладил Декальба по плечу, — но и в бизнесе.

К этому моменту они уже много лет работали вместе. Бинни больше не покупал дизайнерских подделок, но экономил каждый пенни или дожидался, когда Декальб расщедрится и принесет домой настоящие вещи — ботинки от «Прада» из тонкой, как шелк, кожи, спортивную куртку от «Гуччи». С дорогой одеждой и работой, открывшей ему доступ в мир искусства, он обрел новую уверенность в себе. Впрочем, Бинни всегда был самоуверенным типом. Как, наверное, и во времена прыщавой юности в трущобах, но, проведя несколько лет с Декальбом, он будто осознал свою значимость и теперь не прятался по углам на вечеринках, а наоборот, врывался в разговоры и с помощью новых знаний и дорогой одежды, которые служили обрамлением его привлекательной внешности, притягивал к себе людей. Вокруг него тут же собирались мужчины и женщины, они улыбались ему, женщины шепотом восхищались тем, как черные локоны падают ему на глаза, а мужчины пытались понять, удастся ли им заманить его к себе хотя бы на одну ночь.

Когда в тот день Бинни заговорил о том, что он многому научился у Декальба, как сильно он его любит и что они могут стать партнерами во всем, включая бизнес, на Декальба впервые снизошло озарение, и он наконец увидел зло, живущее в душе Бинни Мориарти. И, как Холмс в истории с профессором Мориарти, поразился, а затем пришел в ужас. Но на переднем плане было чувство предательства. Поэтому он сидел и смотрел ничего не выражающими глазами на единственного человека в целом мире, который, как ему казалось, любил его во всех проявлениях. Теперь он понял, что ошибся. Бинни его не любил, он играл с ним, пробрался в его жизнь и дом в надежде заполучить бизнес и чековую книжку.

И тогда Декальб впервые почувствовал боль в сердце.

А сейчас она вернулась. Вспыхнуло обжигающее пламя, которое наполнило его грудь и все существо.

Проклятый Бинни... Как он мог?!

Неожиданно он услышал у себя за спиной сухой кашель и испытал такое потрясение, что боль отступила.

— Декальб, — сказала Би-Би, — что ты тут делаешь, черт тебя подери?

Бинни попал в его квартиру с помощью оставшихся у него ключей, ключей, позволивших ему украсть Гарго и превратить бизнес Декальба в хромую лошадь, которую скоро придется пристрелить.

Он позвонил час назад и просто сказал, что хотел бы зайти в гости. Декальб произнес одно слово: «Хорошо».

Би-Би застала его в своей спальне два дня назад. Тогда он пустился в пространные объяснения о том, что хотел еще раз взглянуть на свою любимую картину, однако слухи все равно поползли. Покупатели, которым он звонил, разговаривали странно и неуверенно, оценщик «Кристис» пошутил насчет того, что в доме Баден-Шор он явно перепил, а Шарлотта Рэфорд-Дженнингс призналась: Би-Би не могла держать язык за зубами и шепотом высказывала опасения, что, очень может быть, эмоциональное напряжение полотна привело его к нервному расстройству, и он стоит на грани черной бездонной пропасти.

После телефонного звонка Декальб сидел на балконе, спиной к двери, не обращая внимания на солнце, которое обогнуло угол дома и теперь светило ему прямо в лицо, выдавая его усталость и возраст.

Он снова обдумал все варианты и снова решил, что сделать ничего нельзя. Даже если ему удастся забрать у Бинни оригинал, он не сможет пробраться в дом Би-Би и поменять картины. Только не после того, как его застали в спальне, где он, задрав зад, пялился на картину. Сказать Би-Би, что произошло на самом деле, он тоже не мог — это было равносильно профессиональному самоубийству. Больше никто и никогда ничего у него не купит, боясь получить подделку.

Декальб обдумывал вариант: вернуть полотно назад и спрятать его где-нибудь, чтобы Би-Би ничего не узнала. Но она узнает. Когда она будет разводиться со своим очередным мужем или когда картина ей надоест, она отправится к экспертам, и правда выплывет. Декальб больше не мог жить под дамокловым мечом, поэтому он просто сидел, безвольно сложив руки на коленях.

В замке повернулся ключ, и Декальб услышал тихий шорох мокасин Бинни по деревянному полу.

— Дек? — услышал он у себя за спиной.

Декальб даже не пошевелился.

Когда он почувствовал руки Бинни у себя на плечах, он встал и стряхнул их, резко повернувшись и подняв кулак.

Вид Бинни, чьи зеленые глаза казались потухшими, а улыбка больше не играла на губах, потряс его, но уже в следующее мгновение гнев разгорелся с новой силой, и он поднял второй кулак, встав в стойку боксера.

Бинни хрипло рассмеялся.

— Господи, Дек, у тебя дурацкий вид. — Он потянулся к Декальбу и с силой опустил его руки. — Давай уйдем отсюда, пока у тебя окончательно не сгорел нос.

Бинни повернулся и направился внутрь, оставив Декальба стоять на балконе с безвольно повисшими вдоль тела руками, раздавленного словами Бинни и таким знакомым ему чересчур ласковым тоном.

Он прошел за Бинни в застекленные двери и дальше на кухню. Тот открыл зеленый, под цвет сосны, холодильник, заглянул внутрь с таким видом, будто продолжал здесь жить, достал персиковый сок и наполнил два бокала.

Декальб не стал брать свой.

— Как ты это сделал?

Бинни поморщился, как будто он задал очень глупый вопрос.

— Поздно вечером в пятницу снял с подставки — до того, как ее доставили Шор.

Декальб прокрутил назад события и вспомнил, что Би-Би с мужем организовали доставку Гарго после того, как он уже начал приходить в себя и считал, что Бинни исчез из его жизни.

— А потом?

— Потом я отдал его Шэртону и через два дня поменял картины.

Уильям Шэртон был одним из лучших фальсификаторов в городе и, кроме прочего, славился тем, что работал очень быстро.

Декальб почувствовал, как от ярости кровь начала пульсировать у него в висках. Его потрясло, что Бинни говорит о случившемся так спокойно.

— Назови свою цену, Бинни, и давай покончим с этим.

Обхватив тонкими пальцами маленький бокал из пузырчатого стекла, Бинни неторопливо пил сок. Сейчас они находились друг к другу так близко, как не были уже больше года, и Декальб видел маленькую выемку в форме буквы «U» над его верхней губой, светло-коричневые веснушки под глазами и длинные черные ресницы. Бинни поджал губы и одновременно передернул плечами.

Этот жест оказался для Декальба абсолютно непереносимым.

— Прекрати! — сказал он.

— Что прекратить? — В голосе Бинни прозвучали отчаяние и гнев одновременно.

— Прекрати играть со мной в свои игры!

Голос Декальба зазвучал громче, и он потянулся к Бинни, умудрившись при этом не сдвинуть ноги с места, чувствуя, как его лицо приобретает пурпурный оттенок. Ему было невыносимо видеть Бинни, который сидел у него на кухне с таким видом, будто не имеет ни малейшего отношения к краху Декальба.

— Ты проделал все это не просто так. Проклятье, говори, что тебе нужно.

Бинни снова хрипло рассмеялся.

— Я хочу этого, — ответил он и помахал перед собой бокалом.

Декальб сжал руки в кулаки с такой силой, что ногти впились в ладони, неожиданно радуясь тому, что на них может появиться кровь.

— Мою квартиру? Мебель?

— Тебя, Дек, идиот ты эдакий. — Бинни поставил бокал на стол.

Декальб с трудом сглотнул, не в силах придумать ответ.

— Что?

Бинни посмотрел ему в глаза.

— Помнишь, сколько раз я звонил, после того как тебя выписали из больницы, сколько букетов лилий послал, сколько раз пытался попасть в твой офис?

Конечно же, Декальб помнил. Он старался изгнать Бинни из своего мира, очистить каждую клеточку тела от его присутствия, мечтая забыть о том, что человек, которого он обожал, оказался мошенником, мечтающим захватить его дело.

— Ты меня использовал, — сказал Декальб.

— Я любил тебя. — Холодные зеленые глаза, казалось, буравят его лицо, проникают под кожу… Из-за слегка приоткрытого рта создавалось впечатление, что Бинни задыхается. — Я знаю, ты считаешь, что ты во всем безупречен, Дек, но тут ты все испортил. Я всего лишь хотел, чтобы мы стали ближе и смогли разделить *все*. Мне не нужна была половина твоего бизнеса, всего лишь малая его часть, но ты ведь даже слушать меня не стал. Ты сделал неверные выводы — и все уничтожил.

Декальб почувствовал легкое покалывание в висках, намек на страх, что он ошибся, и нахмурился, чтобы показать Бинни, что он ему не верит, но сомнения не отступали, и он снова отчаянно покраснел.

— Не поступай так со мной.

— Не поступать так с *тобой*? — Бинни отошел от стола, теперь и его лицо раскраснелось. — Это *ты* все испоганил, Дек. Знаешь, где я сейчас работаю? Знаешь, что ты со мной сделал, когда начал распускать обо мне свое вранье?

Декальб не шевелился. И не дышал. Кровь с такой силой стучала у него в висках, что казалось, будто гремит гром.

— Я работаю в сраном Метрополитене, — Бинни уже почти кричал. — Продаю шарфы в магазине сувениров. — Бинни махнул рукой, задел бокал, стоявший на столе — тот опрокинулся, и сок растекся по поверхности. — Ты меня уничтожил, Дек, потому что чувствовал себя слишком неуверенно, чтобы понять, о чем я на самом деле тебя попросил. Я забрал Гарго только для того, чтобы причинить тебе боль, показать, что ты не можешь просто взять и забыть меня.

Декальбу отчаянно хотелось врезать по губам Бинни, которые кривились в улыбке, по губам, когда-то казавшимся ему такими желанными, и глазам, снова сиявшим внутренним огнем.

— Назови свою цену! — выкрикнул Декальб, подчеркивая каждое слово, и собственный пронзительный голос потряс его, потому что раньше он никогда не кричал.

Но ведь сейчас его репутация неуклонно рушилась. Из-за болтовни Би-Би Шор и ее подружек. Из-за Бинни.

— Тысячу, двадцать, сто? Это сделает тебя счастливее? — сказал Бинни, подходя к Декальбу, и тот увидел слезинку в уголке его глаза. Бинни моргнул, и она покатилась по щеке.

Декальб поперхнулся и закашлялся. Неужели Бинни говорит правду? Неужели он предлагал что-то вроде брачных отношений, до конца жизни, профессиональных и личных? «Нет, ты не должен расслабляться», — сказал себе Декальб.

— Этого будет достаточно? — наклонившись над ним, Бинни тоже кричал. — Ты почувствуешь себя спокойнее и в полной безопасности, если выпишешь мне чек и получишь назад Гарго? Тебе хватит этого, Дек? Больше тебе ничего не нужно?

Декальб отвернулся, открыл ящик, где Бинни хранил свои ножи для резьбы по дереву, ящик, в который он больше никогда не заглядывал, потому что тот напоминал о нем, о бесцветных днях после больницы, когда ножи пели свою песнь, рвались на свободу, мечтали вскрыть его плоть от запястий и выше… Серебристая сталь самого большого из них сверкнула, совсем как глаза Бинни, когда он смотрел на него. Ручка была из гладко отполированного дерева, усеянного маленькими медными заклепками. Декальб поднял нож, наслаждаясь прикосновением холодного дерева к своей ладони.

Декальб вышел на свободу через шесть лет, четыре месяца и четырнадцать дней, хотя мог бы выйти и под залог. Он был заключенным, судьба которого больше никого не волновала, человеком, оставшемся в полном одиночестве.

Ему нравилось следить за порядком в своей камере, и это стало чем-то вроде ритуала. Он проводил время за книгами и вел себя тихо, раз в неделю читал лекции по искусству, во время которых часто говорил про Верне, раз в месяц посещал

Клуб любителей литературы, где убеждал других заключенных почитать рассказы о Шерлоке Холмсе. Эти группы обычно собирались в дальнем углу столовой и не пользовались большой популярностью. Но те, кто приходил… Они были хорошими людьми, главным образом потому, что им ничего не стоило быть таковыми раз в неделю или раз в месяц. Декальб постоянно у них учился.

Ему уже было все равно, что нападение на Бинни и последовавшее за ним признание вызвали сенсацию, и история с подделкой Гарго стала всеобщим достоянием. Его не волновало, что все его средства ушли адвокатам, а дом, картины, мебель и коллекции купил акционерный дом в Лондоне. Как и то, что Би-Би Шор больше не пригласит его на ланч.

Единственное, что его действительно интересовало, кроме людей, у которых он учился, это Бинни, категорически отказавшийся дать против него показания на суде, даже несмотря на то, что он больше никогда не сможет нормально дышать. Бинни, единственный, кто навещал его в тюрьме, писал письма и передавал посылки.

Бинни.

ДЮНКЕРК

Джон Лескроарт

(Этот рассказ посвящается моему тестю, Роберту Ф. Сойеру, который в 78 лет по-прежнему бегает, совершает пешие экскурсии, катается на лыжах, работает и думает лучше всех на свете.)

Май 1940 г.

В полной темноте окутанная туманом «Дуврская куколка» покачивалась на тихих водах Ла-Манша.

«Куколка», восемнадцатиметровая рыболовная лодка, переделанная в прогулочную яхту, отошла от дуврского причала за несколько минут до семи часов вечера двадцать шестого мая, как и сто шестьдесят других британских судов, доступных в первый день операции «Динамо». Экипаж «Куколки» состоял из четырех человек. Два из них — Гарри и Джордж — были мальчишками младше шестнадцати, племянниками Даффи Блэка, клерка из Военного министерства Черчилля, который большую часть юности провел на воде, а потому во время кризиса вызвался добровольцем в капитаны яхты своего зятя.

Последний член экипажа недавно прибыл из Сассекс-Даунз — пожилой мужчина, формально представившийся

Даффи мистером Сайджерсоном. Молчаливый, чрезвычайно худой Сайджерсон показался Даффи скорее потенциальной, а то и в высшей степени вероятной помехой, однако Черчилль призвал добровольцев вне зависимости от ранга и возраста, и Даффи был не в том положении, чтобы отвергать помощь.

Если, конечно, Сайджерсон способен ее оказать.

В последние пару дней, когда они готовили «Куколку» к новой миссии, его тревога улеглась. Команда провела всю субботу и воскресенье, очищая судно от шезлонгов, шкафчиков, пляжных зонтов и личных вещей, устанавливая дополнительный топливный бак, регулируя двигатель, готовя корабль к действиям. Насколько Даффи видел, Сайджерсон не снижал темп работы и даже не делал перерывов. Он мог перенести больше вещей, чем сам Даффи или мальчики; он знал устройство радио; он излучал спокойствие и, казалось, безграничную уверенность и энергию, которые подбадривали детей. Кроме того, Сайджерсон принес дополнительный вещевой мешок, набитый консервами, марлей, лекарствами и другими предметами первой необходимости, и Даффи поинтересовался, не был ли он раньше врачом.

— Нет, — ответил Сайджерсон, — хотя я несколько лет прожил с одним. — И озвучил то, о чем не подумал Даффи, поглощенный экипировкой судна для предстоящей миссии: — Эта эвакуация не обойдется без несчастных случаев. Лучше подготовиться.

Миссия заключалась в спасении остатков Британских Экспедиционных Сил под командованием генерала лорда Горта, прежде чем их уничтожит наступающая немецкая армия. БЭС оказались зажаты в десятикилометровом периметре вокруг Дюнкерка. Три дня назад немцы двинулись на северо-запад, к побережью, выйдя из Абвиля, расположенного в дельте Соммы, и сначала взяли Булонь, а затем, сегодня днем, порт Кале. Сейчас танки продвигались на север, клином, сходящимся в Дюнкерке, но почему-то задержались у канала А, в шестнадцати километрах к югу от города.

***

Мистер Сайджерсон, высокий и худой, стоял в одиночестве на носу «Куколки» — зубы крепко сжимали погасшую трубку, глаза над заостренным носом высматривали в непроглядной ночи береговую линию. Даже сквозь ночной туман были видны ярко пылавшие нефтяные резервуары Дюнкерка, по которым днем нанесли удар немецкие «Юнкерс Ю-87», знаменитые «Штуки».

«Куколка» уже миновала не меньше дюжины лодок, возвращавшихся с солдатами в Англию, и все экипажи советовали использовать пожары в качестве маяков для поиска места назначения. В мерцающем тусклом свете Сайджерсон различал в радиусе двух сотен метров еще пять или шесть лодок не больше «Куколки».

Аромат сигареты Даффи Блэка — табачной смеси «Балканское собрание», о которой Сайджерсон когда-то написал монографию, — возвестил о неожиданном появлении капитана.

— Крайне мило со стороны фрицев — так осветить нам путь, — сказал он. — А мы-то уже и не ждали от них ничего хорошего. — С резким смешком капитан выдохнул длинный клуб дыма.

— Не стоит накручивать, — ответил Сайджерсон. — Нервничать в подобной ситуации совершенно естественно.

— Просто я не хочу, чтобы моя тревога передалась мальчикам, когда… — Он замолчал, невесело усмехнулся. — Заметно, да?

— Да, признаки имеются.

— Что ж, буду благодарен, если вы мне о них расскажете. Между нами, признаюсь, что я в ужасе, но хочу по возможности скрыть это от мальчиков.

Сайджерсон кивнул.

— Смех, когда вы говорите. Долгие выдохи дыма. Пальцы почти ломают сигарету.

Даффи посмотрел на свою руку, поднес сигарету к губам, затянулся, сделал нормальный выдох.

— Спасибо, — сказал он без усмешки. — Все это поправимо.

Сайджерсон кинул взгляд на воду, затем посмотрел через плечо.

— Полагаю, мальчики умеют обращаться с рулем? Становится тесновато.

— Они оба на воде с тех пор, как им разрешили снять короткие штанишки. Я больше тревожусь за себя. А как насчет вас? Должен сказать, если вы и нервничаете, вам удается это контролировать.

Сайджерсон вынул трубку изо рта и убрал в карман.

— Не тревожатся только дураки. Но я скорее удивлен. Не ожидал, что боши позволят нам подобраться так близко.

— Может, они еще не знают, что мы здесь.

Но Сайджерсон, который часть времени на борту провел у радиоустановки, покачал головой.

— Нет. Они отслеживают наши переговоры и передают Гудериану. — Так звали немецкого командира. — Даже подслушали речь Черчилля. Так что они знают, что мы пытаемся сделать.

— Вы говорите по-немецки?

— Немного. — Он изучил горизонт, слева направо. — Ни следа.

Даффи прищурился.

— Готов спорить, как только рассветет, следов будет предостаточно, и к тому времени я надеюсь загрузиться и отбыть.

Внезапно Сайджерсон схватил его за руку и показал куда-то.

— Вон там! Видите? Мы приближаемся.

Вглядевшись в ночь, Даффи смог различить в тумане нечто темное. Справа над водой пронесся чей-то бестелесный голос.

— Приближаемся.

Пылающий нефтяной факел слева переместился с одиннадцати часов к девяти. Они почти достигли берега.

Обернувшись, Даффи сказал в сторону мостика:

— Сбрось скорость в два раза, Гарри. Я поднимаюсь. Джорджи, пожалуйста, помоги мистеру Сайджерсону. Полагаю, мы уже рядом.

Другая лодка, низко сидевшая в воде, вынырнула из тумана в пятидесяти метрах от «Куколки», идя прямо на нее. На мостике засвистел Гарри, и оба судна дернулись вправо.

Когда они поравнялись, Сайджерсон смог разглядеть лица солдат: пять или шесть десятков человек стояли на палубе, и кто знает, сколько еще прятались внизу? Почти все они молчали, и ничто не заглушило слова капитана лодки:

— Выше и медленней, друг. Повсюду песчаные отмели. Отлив.

— Сколько осталось?

— Две сотни метров. Около того. Они на пляже. Высматривайте очередь. Прямо по курсу.

К этому времени Даффи встал за штурвал и снизил скорость. Несколько секунд спустя Сайджерсон ощутил, как лодка проскребла по дну: они коснулись — лишь коснулись — песчаной отмели и двинулись дальше.

Сайджерсон всматривался в черную воду. Осадка «Куколки» составляла чуть более метра — с людьми она просядет сильнее. Он понимал, что ближе к берегу им не подойти.

— Вон они, дядя! На час! — крикнул тринадцатилетний Джордж пронзительным от возбуждения голосом.

Сайджерсон посмотрел вправо и увидел уходившую от берега классическую британскую очередь. Люди стояли по пояс и глубже в очень холодной воде, держа оружие на плечах, и, очевидно, терпеливо ждали лодку, которая пригласит их на борт. Перпендикулярно береговой линии, так далеко, как только мог различить глаз в мерцавшем свете нефтяных факелов, с интервалами около тридцати метров виднелись в воде такие цепочки людей.

Сайджерсон вновь почувствовал, что лодка коснулась дна. Заметил, что гребни волн немного изменились, и понял: если они двинутся дальше, то сядут на мель. Он, не раздумывая, сообщил об этом на мостик.

Даффи мгновенно развернул «Куколку» и начал сдавать задом к очереди солдат. Сайджерсон с Джорджи помчались на корму, и мальчик перекинул за борт веревочную лестницу. Мотор смолк.

Команда приступила к своим обязанностям. Поскольку Сайджерсон был намного выше Даффи и мальчиков, он настоял на том, чтобы спуститься в ледяную воду и направлять солдат в темноте к лестнице. Джорджи уводил поднявшихся на борт, освобождая место следующим. Гарри вел подсчет и размещал людей сначала под палубой, а потом наверху. Оба мальчика непрерывно болтали: «Спокойно, ребята. Осторожно, ступеньки. Сюда идет много лодок. Через пару часов будете попивать горячий чай», — уговаривая солдат, заставляя их двигаться. Нельзя было терять ни минуты.

Даффи рассчитал, что они смогут пересечь Ла-Манш без особых проблем, если возьмут на борт не больше сорока человек. Но очередь от лодки до берега растянулась не менее чем на полторы сотни метров, и, бросив взгляд в сторону пляжа, Сайджерсон понял, что людей не сосчитать. Он продолжал направлять солдат к лестнице, призывая их подниматься на борт. Он не вел счет, но знал, что уже помог шестидесяти семи людям.

За волнениями и работой Даффи, их капитан, похоже, утратил представление об общей картине. Сайджерсон понял, что если они продолжат погрузку, могут погибнуть все. Придется взять на себя командование прямо здесь, в воде.

— Еще пятеро, парни, — крикнул он. — Простите. Еще пятеро. Мы забиты.

— Еще пятеро.

— Еще пятеро.

Зов прокатился по рядам людей, и шестой человек в очереди остановился, повернулся и крикнул ждавшим за ним:

— Дело кончается на мне, ребята. Пожалуйста, не покидайте очередь. Скоро подойдет другая лодка. — И, к изумлению Сайджерсона, затянул популярную песенку: — Ох, до чего же я люблю деньки на берегу…

Стоявшие за ним люди сначала рассмеялись, затем начали подпевать.

Тем временем Сайджерсон деловито отсчитал последних людей.

— Три, два, один, вот и все. Поднимайтесь.

Старик стоял по грудь в воде. Он успел закоченеть и понимал, что солдаты провели здесь уже несколько часов. Сколько из них будут живы через семь часов, когда наконец настанет утро? Первый из оставшихся, в пяти метрах от Сайджерсона, продолжал петь, его лицо было едва различимо во мгле. Он отсалютовал, подняв руку к шлему.

Даффи завел двигатель, тем самым подав сигнал, и Сайджерсон поднялся по лестнице на борт. Люди, словно сардины в бочке, занимали каждый дюйм палубы. Взявшись за лестницу, чтобы втянуть ее на корабль, Сайджерсон посмотрел за ограждение. Они сидели ниже — а ведь еще по пути сюда «Куколка» задела отмель. Но с тех пор прошло почти полчаса, и вода прибывала.

Даффи, не теряя времени, повел судно от берега. Не пройдя и двухсот метров, они повстречали другую лодку — приличных размеров траулер, шедший на север параллельно береговой линии.

Даффи крикнул и описал очередь людей, ждавших совсем рядом.

— У нас слишком низкая осадка, — ответили ему. — Мы касаемся дна уже здесь. Нам придется грузиться на моле, — речь шла о скалах, образовывавших гавань Дюнкерка, — но мы передадим информацию.

Сайджерсон оглянулся, надеясь, что они достаточно отдалились от людей, которых вынуждены были оставить, и те не услышат ответ траулера. Он зря тревожился. Солдаты уже скрылись из виду, превратившись в одну из сотен одинаковых очередей, ждавших, когда из темного необозримого моря появится маленькая лодка и заберет их домой.

***

Они вернулись в Дувр около четырех часов утра. Добрались бы быстрее, но «Куколка» была так перегружена, что когда с приливом поднялись волны, Даффи пришлось вдвое снизить скорость. На борту оказалось семьдесят два человека — почти в два раза больше, чем он рассчитывал. Впоследствии — а они продолжат вылазки, пока не закончится операция «Динамо» — Сайджерсон и Даффи будут строго придерживаться загрузки в шестьдесят человек. В доках ходили слухи, что в первые часы до Англии добрались уже несколько тысяч солдат. Такие новости воодушевляли.

К тому времени, когда они заполнили топливные баки и снова покинули дуврскую гавань, небо на востоке стало бронзово-серым. Даффи стоял у руля, а Сайджерсон уложил мальчиков спать, после чего поднялся на мостик.

Огромные, высокие клубы дыма от нефтяных танкеров, направлявшие их путь ночью, помогали отыскать цель и при свете дня. Даффи немного изменил курс, затем встал и потянулся.

— Как вы, держитесь?

Старик кивнул.

— Сухая одежда этому способствует.

— Не слишком устали, чтобы взять на себя половину пути?

— Хоть весь путь, если нужно.

Даффи покачал головой.

— А я-то думал — при всем уважении, — что вы будете помехой. Но ведь вам тоже требуется сон.

— Позже будет время.

— Хорошо. Должен сказать, вы крепкий старикан. Дайте мне час, потом разбудите, и я возьмусь за дело. Хочу, чтобы мальчики как можно больше отдохнули. Эти дни будут долгими.

Сайджерсон сел за штурвал, увеличил скорость на несколько узлов. Вокруг них, в тусклой утренней серости, другие лодки всех размеров, видов и осадок продвигались на восток.

Несмотря на усталость, Даффи не пошел вниз. Он миновал каюту и стоял, глядя на воду. Потер затылок, посмотрел туда, где спали мальчики, вытряхнул из пачки сигарету и закурил.

— Они справятся, — заметил Сайджерсон. — Мальчики.

Даффи повернулся к нему.

— Как?.. Разве я сказал что-то о мальчиках?

— Не вслух. Но это очевидно.

— Вы очень наблюдательный человек, мистер Сайджерсон. Вам когда-нибудь об этом говорили?

Слабая улыбка тронула губы Сайджерсона.

— Я об этом слышал, — ответил он. — И вы тревожитесь о детях.

Капитан вздохнул.

— Сестра убьет меня, если с ними что-то случится. Но я не мог их оставить — они ничего не хотели слушать. И они знают это старое корыто лучше, чем кто-либо.

— Они славно работают.

— Разумеется. Это меня не беспокоит. Они хорошие мальчики и хорошие моряки. Но в любой момент дело может принять скверный оборот. Эта вылазка.

— Вы можете найти им обоим занятие внизу.

— Об этом я и думаю. Если начнется стрельба. Любой оказавшийся на борту солдат справится с лестницей.

Даффи, явно испытывавший облегчение от корректировки плана, глубоко затянулся сигаретой.

До этой пятницы он работал клерком в Военном министерстве Черчилля на Уайтхолл: записывал под диктовку приказы, депеши и донесения, а затем печатал их. Он по-прежнему выглядел типичным бюрократом: землистый оттенок лица, впалая грудь, утопавшая в черном морском дождевике.

Ответственность за их действия явно начинала давить на него. Операция «Динамо» была не быстрой поездкой ради спасения семидесяти пяти человек, а согласованной операцией, нацеленной на переправку тысяч солдат через пролив в Англию. Это может растянуться на неделю или больше, если удастся сдержать неустанное наступление немцев на Дюнкерк. И в какой-то момент, как и сказал Даффи, простая спасательная операция неизбежно превратится — возможно, уже превратилась — в битву.

— Идите вниз и поспите, — посоветовал Сайджерсон. — Вам это нужно. Я смогу привести судно к этим столбам дыма.

***

Первая волна «Штук» возникла из дыма слева от Сайджерсона: крутой подъем, чтобы выбраться из нефтяного дыма, и нырок почти к береговой линии. «Куколка» по пути объединилась с парой дюжин других небольших лодок, и все они держались в кильватере более крупного британского судна «Кентербери», чьи орудия открыли огонь по приближавшимся истребителям.

— Рассредоточиться, рассредоточиться! — крикнул появившийся на мостике Даффи. — Уходим с их линии!

— Уже сделано, сэр.

Даффи хлопнул Сайджерсона по плечу.

— Мог бы и догадаться. Конечно, вы знаете, что делать. Не возражаете, если я вернусь за штурвал?

— Вы капитан, сэр.

Сайджерсон отошел в сторону, позволяя Даффи взять управление судном.

Немецкие самолеты летели с севера, атакуя сначала «Кентербери», а затем сопровождавшие его небольшие суда, включая «Куколку». До берега оставалось несколько километров, и пространства для маневра хватало, но лодки держались слишком кучно, и маневрирование требовало ловкости.

Кроме того, кинувшиеся врассыпную суда подняли волну. Когда Даффи повернул лодку к югу, влетевшая на нос «Куколки» пена расплескалась по ветровому стеклу перед Сайджерсоном — мостик не был полностью закрытым. И неожиданно их путь пересекла другая лодка, шедшая на всех парах. Выругавшись, Даффи потянул рычаг на себя, останавливая «Куколку». Двигатель заглох. Капитан повернул ключ, но мотор не завелся. Попробовал еще раз. Безрезультатно.

— Чертов идиот, перехлебал! — обругал себя Даффи, оглядываясь. — Но давай же, старина, давай!

Не меньше двадцати «Штук» построились в боевой порядок, и большинство атаковали «Кентербери» — спускались, наносили удар и поднимались для нового захода. Однако три самолета выстроились крыло к крылу и летели низко над водой, стреляя по маленьким лодкам, когда те оказывались в зоне досягаемости. На глазах у Сайджерсона и Даффи одна из лодок взорвалась огненным шаром — в двухстах метрах от носа «Куколки».

— Давай, давай! — умолял Даффи, а стартер продолжал бесполезно прокручиваться.

Сайджерсон подошел к нему.

— Разрешите, капитан. — Протянув руку, он закрыл дроссельную заслонку. Напряженным, но сдержанным голосом произнес: — Подождите минуту.

Оглядываясь через плечо на три истребителя, которые поднялись, чтобы зайти на новый круг, Даффи покачал головой.

— У нас нет минуты. Если мы не сдвинемся с места, станем легкой мишенью.

Он снова повернул ключ, с тем же результатом.

В-р-р-р... В-р-р-р... В-р-р-р...

— Позвольте мне.

В голосе Сайджерсона звучал приказ, и Даффи неохотно освободил место за штурвалом. Позади них самолеты перестроились и устремились прямиком к «Куколке». Стоявший за спиной Сайджерсона Даффи крикнул мальчикам открыть крышку — проветрить двигатель, чтобы топливо испарилось.

Сайджерсон даже не прикоснулся к ключу.

— Они летят прямо на нас! Нужно уходить!

— Уйдем. — И, выглянув в боковое окно, он крикнул тоном, не терпящим возражений: — Парни, оставайтесь внизу! Даже не высовывайтесь! Прижмитесь к палубе!

Первые далекие звуки выстрелов достигли ушей Сайджерсона: глухое, трескучее стаккато, переходящее в неровный гул на фоне низкого рева самолетных двигателей. Истребители были совсем рядом. Мгновения спустя «Куколка» окажется в зоне досягаемости — Сайджерсон уже видел, как пули вспарывают воду.

Еще секунда. Две секунды. Наконец он повернул ключ.

Двигатель завелся!

— А-а-а! — завопил Даффи.

Сайджерсон врубил передачу. Вода за кормой «Куколки» вскипела от выстрелов, и «Штуки» с оглушающим ревом пронеслись над их головами.

Даффи повернулся и крикнул Сайджерсону:

— Нас подстрелили?

— Промазали. Едва-едва.

Сайджерсон не собирался тормозить и восхищаться достигнутым. Они пережили один налет — но по-прежнему были безоружными в открытом море. Более того, из-за задержки они оказались одни в центре расширявшегося круга спасавшихся бегством судов.

Однако Сайджерсон понимал то, о чем, возможно, не догадывался Даффи: в этом заключалось их преимущество. Почти при любом построении «Штукам» выгоднее атаковать группы кораблей. Одинокая лодка — более трудная мишень, по которой сложнее попасть. Истребителям предпочтительней оставить одинокие лодки в покое и сосредоточиться на скоплениях судов.

Даффи вновь стоял рядом с Сайджерсоном.

— Куда вы направляетесь? — крикнул он, перекрывая рев двигателя.

— Дымовая завеса плотнее на том берегу. Там будут стрелять меньше. — Сайджерсон шагнул в сторону. — Штурвал ваш, капитан.

Кивнув, Даффи занял его место. Посмотрел налево…

— Что ж, до сих пор вы были правы!

Он крутанул штурвал.

Немного к северу «Штуки» продолжали обстреливать «Кентербери» и другой британский военный корабль, находившийся в двух километрах от «Куколки», ближе к молу Дюнкерка. Рев орудий и звуки стрельбы не прекращались, хотя немного стихли, и «Куколка» на полной скорости рванула к берегу.

Они почти сразу увидели очереди ждавших в воде людей. Очень небольшое судно — чуть крупнее шлюпки линкора — внезапно возникло по левому борту «Куколки». Обе лодки подошли к ближайшим очередям и развернулись кормой к берегу. Одинокая «Штука» прорвала пелену облаков и дыма и нырнула к солдатам, занимавшим каждый дюйм пляжа.

До этого момента Сайджерсон уделял все внимание атаке с воздуха и лишь изредка поглядывал на людей в воде. Сейчас он поднял глаза и увидел огромные толпы на берегу. Никогда прежде он не встречал такого количества людей в одном месте.

Одинокая «Штука», летевшая на высоте макушек деревьев, хотя их здесь не росло, пересекла линию взгляда Сайджерсона слева направо. Ее пулеметы сеяли смерть среди людей, ждавших, пока к их очереди подойдет лодка.

А потом Сайджерсон вновь оказался в воде, за «Куколкой». Он схватил ближайшего человека за руку и направил к лестнице, с удивлением обнаружив, что этот солдат — француз. Вся очередь состояла из французов.

На южном горизонте «Штука» с визгом набрала высоту, развернулась и снизилась для очередного захода над толпившимися на пляже людьми.

— *Bâtard**, — сказал первый в очереди человек, и стоявшие за ним ответили кивками.

Несмотря на смертельную опасность, паники не было. Сайджерсон сообщил, сколько человек может вместить «Куколка» — soixante homes**, — и, судя по всему, его поняли. Солдаты считали вслух, поднимаясь по лестнице на палубу:

---

* Ублюдок (*фр.*).

** Шестьдесят человек (*фр.*).

— …dix-neuf, vingt, vingt-et-un…*

По совету Сайджерсона один из солдат сменил Джорджа у лестницы.

Сейчас внимание Сайджерсона и всех остальных было поглощено следующим рейдом «Штуки». На пляже имелось несколько пулеметов, и слышался уверенный стрекот ответного огня — это было хорошо, но, к сожалению, почти не мешало истребителю. Самолет нырнул, сделал бочку, а его пулемет продолжал давать регулярные опустошительные залпы.

Шестьдесят солдат погрузились на «Куколку», и Сайджерсон поднялся за ними на борт. У следующей очереди, всего в пятнадцати-двадцати метрах от них, дела шли не столь гладко — возможно, потому, что лодка была маленькой, с крутыми бортами и самодельной лестницей. Обстановка явно накалилась.

У кормы лодки, где шла погрузка, кто-то в форме британских ВМС кричал, и в его голосе слышалась паника:

— Меня не интересует ваше звание, сэр. Лодка не может вместить всех, кто стоит перед вами. Они просто не поместятся. Вернитесь на свое место в очереди. Вы всех нас задерживаете.

— Я не пойду обратно. Я простоял здесь всю ночь…

— Как и мы, друг, — откликнулись из очереди.

Нарушитель спокойствия повернулся и рявкнул в ответ:

— Я вам не друг. Я майор Британских Экспедиционных Сил!

— Ты козел! — крикнул кто-то. — Друг!

В этот момент с небес снова слетела «Штука» и открыла огонь на линии воды, в тридцати метрах за их спинами. Люди

* Девятнадцать, двадцать, двадцать один (*фр.*).

на берегу падали как подкошенные. Над водой разносились крики раненых.

На соседней лодке майор поставил ногу на лестницу и подтянулся, наполовину забравшись на борт. Капитан шлюпки крикнул, перекрывая затихающий гул истребителя:

— Я предупреждаю вас, сэр. Я не могу пустить вас на борт. Есть люди, стоявшие в очереди перед вами.

Эти люди придвигались ближе, выкрикивая оскорбления, напуганные атакой «Штуки» и — возможно, еще сильнее — нарушением дисциплины. Настроение солдат в ближайших очередях, которые слышали происходящее, тоже начало меняться и в скором будущем не предвещало ничего хорошего.

Сайджерсон поднял лестницу «Куколки». Но их отнесло достаточно близко к соседней лодке, чтобы различить лица и отдельные напряженные голоса.

— Говорю вам, сэр. Это последнее предупреждение.

— Будь ты проклят, парень. Я поднимаюсь.

Майор перекинул ногу через борт, и этого веса оказалось достаточно, чтобы нос опустился. Вода хлынула на палубу.

Голос молодого капитана стал пронзительней, теперь в нем звучал ужас:

— Господи, майор, вы нас потопите! Спускайтесь! Я приказываю вам спуститься!

— Не спущусь, будь ты проклят! Я поднимаюсь на борт!

— Сэр, мы набираем воду. Вы погубите нас всех!

— Пристрели ублюдка! — крикнул кто-то из очереди.

Все произошло очень быстро. Сайджерсон увидел, как молодой человек поднял руку. Услышал резкий треск пистолетного выстрела. Тело майора упало в воду.

Люди в очереди ликующе завопили.

Отчаянно махнув рукой, подняв пистолет, капитан шлюпки кинул взгляд на «Куколку» и крикнул:

— Он бы нас потопил! Мы все пошли бы ко дну! — И обратился к оставшимся внизу солдатам: — Хорошо, места у нас хватит только на шесть человек. Быстрее, пожалуйста, и оставайтесь там, где встали.

Даффи включил передачу, когда «Штука» вновь пронзила дымное облако. Оставляя за кормой низкую волну, тяжело осевшая «Куколка» постепенно набирала доступную ей скорость, готовясь пересечь канал в западном направлении.

***

К четвертому рейсу у них кончились консервы. Одеяла были розданы либо промокли насквозь. Не осталось ни лекарств, ни бинтов.

Несмотря на свои планирование, предусмотрительность, наблюдательность и рассудительность, Сайджерсон понял, что почти ничего не добился. Разве что утешил и успокоил несколько человек.

Он стоял у штурвала, в седьмой раз подходя к Дувру с полной лодкой солдат. Их ждал новый переход. Казалось, этому не будет конца.

Он не рассматривал свое участие с точки зрения удовлетворенности или разочарования. Как всегда, он почти не замечал своих эмоций. Большую часть жизни Сайджерсон использовал свой интеллект для раскрытия преступлений, отыскивая жертв через большой промежуток времени после убийства. Несмотря на возраст, он вызвался участвовать в этой донкихотской миссии, потому что верил, что мировое зло вновь подняло голову, и считал, что сможет сыграть роль в противостоянии ему.

Как и во время Первой мировой войны.

Но сейчас, после того, что он повидал за последние несколько дней — побоища, атаки «Штук», героизм солдат и гражданских добровольцев, которые, подобно его старому помощнику доктору Уотсону, действительно принимали участие в боевых действиях, — Сайджерсон понял, что плохо подготовлен к столь непосредственной угрозе смерти.

Это был новый мир, новая реальность, и впервые в жизни он чувствовал себя совершенно не готовым. Его хваленый интеллект и несравненный талант к наблюдению неожиданно оказались если не бесполезными, то лишними.

И это заставило его осознать, что он в прямом смысле слова находится в одной лодке с другими людьми. Впервые за очень долгую жизнь он ощутил эту связь в глубинах своего естества.

Эмоциональную силу сопричастности.

***

Четыре дня спустя, 30 мая, Сайджерсон сидел у радиостанции в нижней каюте «Куколки», боровшейся с высокими волнами и сильным попутным ветром.

Он не помнил, когда в последний раз ел или спал, не помнил, сколько раз они пересекли этот пролив, сколько людей взяли на борт и высадили в Дувре либо на одном из стоявших поблизости противолодочных кораблей. По радио Сайджерсон установил связь со многими другими лодками и услышал невероятные цифры. Он не знал, верить им или нет: двадцать семь тысяч человек в первый день, восемнадцать тысяч — в третий.

Это казалось немыслимым.

Немцы потопили в гавани Дюнкерка два больших британских линкора, но операция «Динамо» продолжалась на моле к югу от гавани. Множество легких судов бороздило канал, принимая участие в спасении.

В свете всего этого немецкий командующий Гудериан, очевидно, начал осознавать, какую ошибку совершил, отказавшись от преследования разгромленных армий союзников, зажатых в Дюнкерке. Теперь, намереваясь остановить переправку солдат в безопасную Англию, люфтваффе усилили бомбардировки и обстрелы, и каждые несколько минут радио сообщало о растущем числе жертв.

Словно немецкого наступления и обострения атак оказалось недостаточно для надвигавшейся катастрофы, этим утром в Дюнкерке дувшие с моря ветра — необычно слабые на протяжении всей операции — обрушились на небольшие суда вроде «Куколки». Сайджерсон отлавливал сигналы бедствия с той стороны Ла-Манша и пытался организовать спасение лодок, которые вынесло на песчаные отмели либо на пляж.

Время от времени он также ловил переговоры немецкого командования, сообщавшего о продвижении танковых дивизий в глубь десятикилометрового периметра вокруг Дюнкерка. При такой скорости наступления город с гаванью и пляжами падет самое позднее через пару дней — и обречет на провал операцию «Динамо», а тысячи солдат, по-прежнему ждавших на берегу, — на гибель.

Единственным средством связи Сайджерсона с внешним миром было радио, которое несколько лет назад установил на «Куколке» зять Даффи. Примитивный коротковолновый аппарат с ограниченным радиусом действия. Когда лодку готовили к миссии, его убрали с мостика и перенесли под палубу, в относительную безопасность каюты. Из-за сильных ветров и волнения прием постоянно прерывался, но Сайджерсон разложил на коленях карты и, по крайней мере, имел возможность отмечать местонахождение терпевших бедствие судов — он насчитал уже шесть, — чтобы, когда «Куколка» подойдет ближе, направить к ним другие лодки. Этого было недостаточно, но так он делал хотя бы что-то, сопротивляясь усталости, которая постепенно брала свое.

«Куколка» тяжело свалилась с гребня волны. Корпус с силой ударился о воду, и радио, пискнув, замолчало посреди передачи с другой лодки, которую ветром вынесло на материк.

Пока Сайджерсон возился с радио, мальчики спали на прикрепленных к стенам скамьях. От удара младший, Джордж, перевернулся и застонал, но не проснулся. На другой стороне нижней каюты сел пятнадцатилетний Генри.

— Что это было? В нас попали?

— Мы скатились с волны.

Потянувшись, мальчик посмотрел в иллюминатор на бурное море. Затем повернулся к каюте, широко зевнул и ткнул пальцем.

— Радио барахлит?

— Сейчас — да. — Сайджерсон выключил радиостанцию, снова включил, выключил, включил. — Должно быть, отошел предохранитель, и добраться до него при такой тряске будет непросто. Тебе удалось поспать?

Гарри устало ухмыльнулся.

— Это как?

Сайджерсон улыбнулся в ответ.

— Да. — Затем пошутил: — По крайней мере, мы в сухости.

— Так вот что такое сухость.

Вся их одежда, включая сменную, была влажной от постоянного пребывания в море. После третьего рейса Сайджерсон перестал спускаться за борт, чтобы направлять людей. Все они были зрячими и вполне могли справиться с лестницей. Порядок и дисциплина помогали осуществить погрузку.

Гарри встал, потянулся, поднялся по четырем ступеням на палубу. Сайджерсон несколько раз хлопнул по радио ладонью. Его глаза на мгновение закрылись. Он почти задремал, но услышал стук — это Гарри спрыгнул в каюту с палубы. Мальчик курил сигарету — без сомнения, подарок дяди Даффи, — и от запаха у Сайджерсона закружилась голова. Гарри затянулся, глубоко вдохнул, протянул сигарету Сайджерсону.

— Хотите?

— Не откажусь. Спасибо.

Сайджерсон втянул желанный дым и немедленно почувствовал действие никотина. Гарри достал из кармана отвертку и принялся возиться с задней стенкой радио. Сайджерсон отступил, сделал еще одну затяжку и сел, наблюдая.

— У дяди наверху есть инструменты, — сказал Гарри. — Я чувствую себя лучше, когда все работает.

— Я тоже. Вижу, ты разбираешься в радио.

— Немного.

За время их знакомства Гарри также сообщил Сайджерсону, что «немного» разбирается в лодках, морских картах, ремонте двигателей, ночной и дневной навигации. Послушав мальчика, можно было решить, что «немного» означает общие знания, — и ошибиться. Сайджерсон подумал о юных уличных беспризорниках, которых в молодости часто — и крайне эффективно — использовал в своей постоянной работе. Раз уж Гарри немного разбирался в радио, Сайджерсон позволит мальчику его починить.

Гарри снял заднюю крышку и начал копаться внутри, проверяя соединения.

— Дядя говорит, мы примерно в пятнадцати минутах. Истребителей пока не видно. Может, ветер не дает им подняться.

— Искренне на это надеюсь, — отозвался Сайджерсон. Была его очередь затягиваться, и он сделал это, после чего передал окурок Гарри. — Я слышал, что кое-где фрицы уже вышли на пляж.

— Проклятые сволочи. Как думаете, сколько у нас времени, прежде чем они захватят все?

— День, может, полтора.

— А сколько людей осталось?

— Точно никто не знает. По радио просят все доступные суда продолжать переходы. Возможно, на пляже еще двести тысяч человек.

Гарри резко поднял голову. Его рот открылся от изумления.

— Еще двести тысяч?

Сайджерсон мрачно кивнул.

— Так я слышал.

— Господи помилуй, — сказал Гарри. — А я-то думал, от нас есть прок.

— Прок есть.

Мальчик выкинул невероятное число из головы и вновь занялся радио. Раздался писк, а затем четкий голос на фоне выстрелов произнес:

— …непрерывная атака, начавшаяся через два часа после рассвета. Повторяю, это полковник Брюс Хагин, Четырнадцатый хайлендский полк, мы зажаты немецким патрулем…

Подскочив к станции, Сайджерсон принялся крутить рукоятки. Слова Хагина звучали очень четко. Он переключил радио на передачу.

— Это «Дуврская куколка». Сообщите ваше местоположение. Прием.

— Мы на южной оконечности Дюнкеркской береговой полосы.

Сайджерсон повернулся к Гарри.

— Беги к дяде и спроси, как насчет отправиться на южный пляж. — И сказал в микрофон: — Сколько у вас человек?

— Осталось около шестидесяти. Нас зажали в развалинах старого форта, где немного выступают пески. Здесь симпатичный маленький ручей.

— Вижу!

Гарри уже вернулся и крикнул от двери каюты:

— На два часа, дядя!

— Мы идем, — сказал Сайджерсон. — Вы уже должны нас видеть. Постарайтесь завести людей в воду.

— Вы серьезно? Это самоубийство.

— У вас есть другие варианты?

— Черт побери, — после паузы ответил Хагин.

***

Это был настоящий ад.

Хагин приказал части своих людей засесть за стенами форта и прикрывать отступление, сдерживая непрерывный артиллерийский огонь батальона немецкой пехоты, окопавшегося всего в одной дюне от них. Даффи, опасавшийся прибрежного ветра и сильного волнения, был вынужден остановить «Куколку» в сорока метрах от линии прибоя, обрушивавшегося на песок и замедлявшего движение солдат.

Стоя возле лестницы на корме судна, Сайджерсон наблюдал, как люди Хагина четким строем вбегают в воду, держа оружие над головой, и пытаются удержаться на скрытом водой ненадежном песке, шагая наперерез могучим волнам. Идти было очень сложно, и оружие только мешало. Большинство подобранных «Куколкой» за последние дни бросили свое оружие, но этот полк, похоже, намеревался забрать все: солдаты несли «Брены» и ящики с патронами, винтовки, перекинутые через плечи артиллерийские ремни, ручные гранаты Миллса.

Первый солдат добрался до судна и тянулся к руке Сайджерсона, когда залп пулеметного огня из дюн вспенил волны. Солдат и еще три человека за ним крутанулись и упали. Вода покраснела.

— Вниз! Уходите вниз! — крикнул Сайджерсон мальчикам. — Под палубу! Живо!

Следующий солдат, которого он схватил за руку, взобрался по лестнице на борт, развернулся, занял место за шпангоутом и начал стрелять во врага. Еще десяток людей поднялся на «Куколку», прежде чем новый залп убил двоих в воде рядом с лодкой, а затем еще двоих.

Прибой швырял мертвые тела, и солдатам приходилось отталкивать их на пути к судну. Еще два человека Хагина взобрались на мостик «Куколки», начали отстреливаться оттуда, и на несколько минут немцы замолчали.

Солдаты Хагина воспользовались этим, покинув укрытие за стенами форта и кинувшись в воду по-прежнему организованным строем.

Сайджерсон невольно восхищался их дисциплиной.

Оказавшиеся на «Куколке» люди стреляли из трех или четырех точек. Но теперь немцы сосредоточили огонь на судне. По иронии судьбы, это облегчило положение солдат в воде; возможно, таков и был приказ Хагина: отвлечь внимание от тех, кто пытается добраться до лодки и не может защититься.

Большинство людей на судне спрятались внизу, а когда место кончилось, вновь прибывшие начали, пригнувшись, устраиваться на палубе, где их хотя бы немного прикрывал борт «Куколки». Тем не менее полдесятка раненых постанывали и кричали от боли и шока. На глазах у Сайджерсона пуля снесла полголовы стрелка, стоявшего рядом с ним на корме. Тот свалился за борт, и его место тотчас занял другой солдат Хагина.

Пулеметный залп забарабанил по нижней части мостика, и Даффи крикнул:

— Надо убираться, Сайджерсон, или нам всем конец!

Сайджерсон в отчаянии увидел, что последние люди, человек пятнадцать, покинули форт. А в ста пятидесяти метрах от них строй немецких пехотинцев вырвался из укрытия в дюнах и пустился вдогонку, стреляя на ходу.

— Еще две минуты! — крикнул Сайджерсон. — Мы их возьмем!

Как выяснилось, немцы-преследователи спасли британцев. Наступающий строй бронетанковых войск блокировал линию пулеметного огня, выкашивавшего ряды людей Хагина. Лишь один солдат не добрался до «Куколки».

Поднявшись на борт, последний человек с окровавленной рукой выпрямился и отдал честь.

— Полковник Брюс Хагин, — сказал он. — Спасибо, что заглянули к нам.

Тут Даффи завел двигатель. «Куколка» рванулась вперед, и Сайджерсон схватил Хагина, чтобы не дать ему выпасть за борт, в бурное кровавое море.

***

Отдельные выстрелы с берега продолжались, но большинство солдат залегли на палубе, под прикрытием борта, или в нижней каюте, и больше никто не погиб, хотя мостик и ватерлиния «Куколки» были изрешечены пулями. Даффи гнал судно на всех парах, и нос «Куколки», под человеческим грузом тяжело осевшей в неспокойные воды, периодически захлестывали волны. Теперь капитан снизил скорость до более приемлемой.

Несмотря на раненую руку, Хагин лично поднялся на мостик и стоял рядом с Даффи, глядя на берег. Человек, занявший на корме место убитого стрелка, устроился на палубе рядом с Сайджерсоном. Солдат сел, посмотрел назад, повернулся к Сайджерсону.

— Мы перед вами в долгу, дедуля. Спасибо. — И с улыбкой протянул руку. — Уилкс.

— Сайджерсон.

Мужчины поднялись на ноги. Рядом зашевелились другие люди, и Уилкс сразу взял командование на себя.

— Отнесите раненых вниз, подальше от холода, и устройте со всем возможным комфортом. — Повернувшись к Сайджерсону, он спросил со спокойной деловитостью: — У вас на судне есть медикаменты? Лекарства? Одеяла? Что-нибудь в этом роде?

— Боюсь, что нет. Давно закончились. Мы лишь переправляем людей.

— И это немало, поверьте мне. — Уилкс вернулся к своим людям, схватил ближайшего за руку: — Роджер, первым делом нам потребуются самодельные жгуты. Займись этим, хорошо?

Роджер кивнул, шагнул к входу в каюту и скрылся внизу. Уилкс снова подошел к Сайджерсону.

— Сколько времени займет переправа?

Сайджерсон отметил, что судно замедлило ход, пытаясь найти равновесие среди бурных волн, и понизил голос. Новости были не из лучших, особенно для тяжело раненных.

— На такой скорости — около четырех часов. — И добавил: — Быстрее, если ветер стихнет.

Уилкс кивнул и громко обратился к своим солдатам:

— Пожалуйста, раненые и те, кто им помогает, — вниз. Остальные остаются наверху. Найдите удобное место на палубе, устройтесь и немного поспите. Через шестнадцать сотен часов нас ждет чай в Дувре.

Улыбнувшись шутке, Сайджерсон начал поворачиваться, и тут судно перешло на самый малый ход. Сайджерсон нахмурился, поднял глаза на мостик, затем — память о пикирующих «Штуках» была еще свежа — вновь посмотрел на удаляющийся берег. Сверху раздался твердый голос:

— Уилкс.

Уилкс вышел из дверного проема каюты, прищурившись, взглянул на мостик, отдал честь.

— Сэр?

— Сколько у нас осталось человек?

— Тридцать два годных, — мгновенно ответил молодой лейтенант. — Пятеро раненых, не считая вас.

— А наше оснащение?

— Оснащение, сэр?

Голос Хагина стал резким.

— Оружие, парень. Пистолеты, винтовки, боеприпасы, гранаты. Я прекрасно знаю, что радио осталось на берегу. Но что у нас есть?

— Мне нужна минута, сэр.

— Хорошо. У тебя есть минута. Одна.

Лицо Уилкса отражало реакцию Сайджерсона на категоричность тона — тревогу, разочарование, даже гнев. Затем выражение смягчилось, в нем проступило терпеливое понимание. Без сомнений, Уилкс привык к своему командиру, но воспринимал его крайне серьезно. Он тут же отправился вниз, чтобы оценить огневую мощь, хотя Сайджерсон представить себе не мог, зачем она может им потребоваться.

Со своей стороны, он убедился, что Джордж и Гарри не пострадали и занимаются делом, после чего забрался по лестнице на мостик. Через минуту после того, как Даффи заглушил двигатели, они перестали продвигаться вперед, и теперь «Куколка» покачивалась на неспокойных волнах. Поднимаясь, Сайджерсон посмотрел вверх и увидел среди несущихся темных облаков проблеск голубого неба. На мгновение чистый солнечный свет залил палубу. Одолев лестницу, Сайджерсон шагнул на мостик.

— Все в порядке?

— В порядке.

— Похоже, наше продвижение к Дувру замедлилось, — сказал Сайджерсон. — Некоторым из людей внизу не терпится попасть домой.

Глаза Даффи были серыми и отстраненными.

— Поговорите с полковником.

Кивнув, Сайджерсон повернулся и отдал честь.

— Полковник Хагин. Как ваша рука?

— Бесполезна. Но это поверхностная рана. Она ничего не значит.

— Сэр, мы занимаемся ранеными внизу, — сказал Сайджерсон. — Солдаты делают импровизированные повязки. Возможно, вам следует заглянуть к ним, чтобы вас подлатали.

— Я и так вполне, как вы выразились, подлатан. Однако, мистер Сайджерсон, вам следует воздержаться от приказов офицерам высшего ранга, занятым серьезным делом.

Глаза Сайджерсона сузились, ноздри раздулись.

— Это было предложение, сэр. Не приказ. Разумеется, вы вольны поступать как считаете нужным.

— Я это знаю. И вам тоже следует это знать.

Возможно, Черчилля и не интересовал ранг волонтеров — или его отсутствие, — однако Сайджерсон не питал никаких иллюзий насчет того, чей ранг выше: настоящего британского полковника или вышедшего на пенсию старика. Судя по всему, Хагин их тоже не питал. Чтобы оспорить законность захвата Хагином командования судном, придется застрелить полковника, и хотя его поведение вызывало у Сайджерсона гнев и неприязнь, он не был готов к убийству. Поэтому молча кивнул.

— Разумеется, сэр. Мои извинения.

Даффи повернулся к нему. Возможно, усталость, напряжение, стрельба и неразбериха последнего рейда наконец взяли над ним верх: он выглядел больным, позеленевшим и слабым.

— Полковник Хагин желает взглянуть на наши карты, Сайджерсон, — произнес Даффи невыразительным голосом. — Не могли бы вы принести их сюда?

— Наши карты?

— Наши навигационные карты.

Сайджерсон знал, какие карты он имеет в виду — других у них не было.

— Да, сэр, — ответил он. — Я скоро вернусь.

Внизу мальчики и Уилкс устроили раненых и других солдат для путешествия, и воцарился относительный порядок. Как ни удивительно — должно быть, они прятали их под фуражками или шлемами, — у некоторых имелись при себе сухие сигареты, и большинство курили. Роясь возле радио в поисках карт, Сайджерсон услышал, как за его спиной Уилкс на палубе отчитывался перед Хагином:

— У нас девятнадцать карабинов, сэр, и шестнадцать ящиков патронов. Двадцать четыре пистолета, примерно сотня патронов на каждый. Шесть «Бренов» и четыре ящика патронов. Более тяжелых орудий и лафетов нет. Сорок гранат Миллса. Все мокрое.

— Я и не ожидал, что что-либо останется сухим, лейтенант Уилкс. Главное, чтобы все работало. Пускай солдаты осмотрят, проверят и подготовят оружие.

Уилкс не стал задавать вопросов, а просто отдал честь.

— Есть, сэр.

В нижней каюте под палубой Сайджерсон прошептал:

— Он что, спятил?

Уилкс быстро покачал головой — не спрашивайте! — и отвернулся, чтобы передать людям последний приказ сверху. Отойдя от двери, шепнул Сайджерсону:

— Если он послал вас за чем-то, поторапливайтесь.

Взяв карты, Сайджерсон вернулся на мостик.

Не поблагодарив, Хагин забрал их здоровой рукой. Придерживая нижний угол локтем раненой руки, расправил карты под защитой ветрового стекла и, узнав у Даффи положение судна, склонился над ними.

Двигатель работал на холостых оборотах, «Куколка» поднималась и опускалась на волнах, а Хагин внимательно изучал карты. На палубе раздались пробные выстрелы. Сайджерсон с Даффи переглянулись. Они просто ждали. Был конец мая. Солнце пробилось сквозь тучи, и воздух неожиданно потеплел.

Наконец Хагин откашлялся и выпрямился.

— Капитан, — обратился он к Даффи, — если я правильно прочел карты — а я не думаю, что ошибся, — мы приблизительно в двенадцати километрах от канала А. Это так?

Подойдя к нему, Даффи посмотрел на карты.

— Да, сэр, практически.

— Значит, мы сможем оказаться возле устья, скажем, через полчаса?

— Да.

— Хорошо, меняйте курс. Там мы и нанесем удар.

— Удар, сэр? — не сдержался Даффи.

— Да, капитан. Удар. Отомстим за Корону и утрем фрицам нос. — Хагин повернулся к Сайджерсону: — Не говоря о стратегической ценности арьергардного боя. Если немцы решат, что мы подобрались к ним с тыла, это замедлит их наступление на Дюнкерк. Мы дадим нашим братьям на берегу еще один день, может, два.

— Простите, сэр, — сказал Даффи, — но, при всем уважении, у вас только тридцать солдат, и они едва держатся на ногах.

Хагин ощетинился и вытянулся в струнку.

— Я прощаю вам ваш вопрос, капитан, поскольку вы с «Дуврской куколкой» оказали нам героическую, неоценимую помощь. Однако вы должны знать, что я имею право командовать, а на вашем борту в данный момент находится одна из лучших боевых единиц во всех БЭС. Если не лучшая. Смысл существования Четырнадцатого полка — бой во славу Англии. Также доведу до вашего сведения, что я не настолько глуп, чтобы разворачивать на А обширную кампанию. Мой лейтенант Уилкс хорошо говорит по-немецки, и прежде чем на наш последний лагерь напали, он отследил регулярный радиообмен между наступающими немецкими подразделениями. Судя по всему, все танки, идущие на Дюнкерк, пересекли А, чья ширина составляет всего тридцать метров, посредством двух понтонных мостов. Теперь они оставили эти мосты под защитой небольших вспомогательных отрядов, которые будут прикрывать отход танков. Полагаю, я с моими людьми без особых проблем возьму один или оба моста. — Он позволил себе легкую улыбку. — Даже с одной рукой, привязанной за спиной.

***

Хотя Хагин казался Сайджерсону заносчивым и опрометчивым, он не мог отрицать, что полковник — отважный человек, который также знает подход к своим солдатам.

Составив план «освобождения» понтонов через канал А, Хагин вызвал Уилкса на мостик и подробно описал предстоящую операцию. Хотя полковник торопился достичь устья А, он хотел оказаться там не ради кровожадного и, возможно, глупого желания застать немецких солдат врасплох, а ради того, чтобы его люди получили возможность несколько часов отдохнуть в более удобном месте — подальше от ветров и волн Ла-Манша, — прежде чем вновь идти в бой. Может, им даже удастся поспать. Разумеется, они также будут голодны, и полковник сообщил Уилксу, что хотя этот вопрос его тревожит, тут ничего не поделаешь, пока они не вернутся на берег, где можно будет отправить несколько отрядов на ближайшие фермы или в деревни. Он полагал, что местные жители проявят сочувствие к британцам после жестокого блицкрига.

Пока Даффи вел «Куколку» к берегу, Хагин с Уилксом спустились на палубу, собрали людей и еще раз обсудили с ними план. Никто не ликовал — эти солдаты видели, на что способны немцы, — но никто и не проявлял недовольства. Они уже проверили оружие, и теперь Хагин велел им устроиться поудобней, если удастся. И попробовать поспать. Он не собирался демонстрировать своих людей средь бела дня немцам, которые могли патрулировать берега канала. Они причалят под прикрытием дамбы, в тихой воде.

Затем Хагин вызвал волонтеров, готовых отправиться на сушу на поиски пищи, и Сайджерсон шагнул вперед.

Он отметил мелькнувшее в глазах Хагина изумление и одобрение. Однако полковник сказал:

— Отлично, мистер Сайджерсон, однако вы понадобитесь нам, чтобы выбраться, когда мы уничтожим понтоны. Кроме того, вы гражданское лицо, и если вас поймают, то сочтут шпионом и, без сомнения, застрелят. Но мы все ценим ваш поступок. Спасибо.

Внезапно Сайджерсон начал понимать, почему люди Хагина столь преданы своему командиру.

Двадцать минут спустя Даффи вновь заглушил двигатели. Все, за исключением Хагина и Уилкса, спрятались за бортом, а «Куколка» беспрепятственно миновала волнолом и вошла в небольшую бухту. Здесь не было ни домов, ни административных зданий, ни, самое главное, немцев. Даффи прошел по бухте еще километр, после чего нырнул в устье широкого канала с низкими берегами — А.

Еще через три сотни метров Хагин ровным голосом отдал отрывистый приказ заглушить двигатели. Когда они замолчали, воцарилась глубокая тишина. «Куколка» встала на якорь у северного берега — вдалеке виднелись поля с домами, стадами и лошадьми. Не успел корабль замереть, как четыре человека — две команды волонтеров, среди которых был Уилкс — покинули борт и полезли на дамбу.

Хагин приказал Сайджерсону и даже Даффи оставаться внизу с ранеными, лечь и закрыть глаза. Сам он будет нести вахту на мостике и разбудит их в случае необходимости. А пока, сообщил он своим солдатам, их задача — отдыхать.

Еще не наступил полдень.

***

Внезапно Сайджерсон услышал звуки — легкое поскрипывание судна, храп и стоны людей, треск сверчков. Он открыл глаза и понял, что проспал большую часть дня. Солнце наконец пробило облака и окрасило изогнутую стену каюты в ярко-оранжевый цвет. Сайджерсон заметил, что ему уже не холодно. Температура резко повысилась.

Затем он неожиданно осознал, что именно его разбудило. Стук лошадиных копыт. Лошади!

Капитан Даффи спал рядом с ним на полу непробудным сном. Стараясь не потревожить его, Сайджерсон медленно сел и поднялся на ноги. Наверху солдаты лежали, словно спички, покрывая каждый дюйм палубы. Все они спали, большинство — с оружием в руках. Небо на востоке начинало темнеть, предвещая закат и теплую тихую ночь.

Обходя людей и развешенную для просушки одежду, Сайджерсон добрался до лестницы на мостик, откуда увидел, как два человека на неоседланных лошадях взбираются на дамбу. Одним из них был Уилкс. Он ехал на великолепном черном арабском скакуне. Продемонстрировав поднятые вверх большие пальцы, Уилкс спрыгнул на землю и снял с конской шеи ficelles — набитые продуктами сетки из грубой нити.

«По крайней мере, хлеб», — подумал Сайджерсон, и его рот неожиданно наполнился слюной. Он видел толстый багет, торчавший из сеток, а также бутылки — очевидно, молоко или даже вино, — зелень и другие продукты, завернутые в бумагу и ткань. Над его головой скрипнуло капитанское сиденье. Подняв глаза, Сайджерсон увидел на верхней ступени лестницы полковника Хагина. Полковник посмотрел вниз и махнул здоровой рукой, приказывая подняться на мостик.

— Вы спали? — спросил он, когда Сайджерсон преодолел лестницу.

— Да, сэр. Спасибо.

— Вы голодны?

— Нет, сэр.

— Не нужно быть мучеником, мистер Сайджерсон. Конечно, вы голодны. Нам по-прежнему сопутствует удача. Оба поисковых отряда нашли сочувствующих местных жителей и немного продуктов. — Он показал на еще четыре ficelles под капитанским сиденьем. — Второй отряд вернулся час назад с этими припасами, но я хотел узнать, повезет ли Уилксу, прежде чем браться за них. Судя по всему, ему повезло, так что угощайтесь хлебом и сыром. Ну вот и хорошо. На дне также есть молоко, полагаю, немного теплое, но пить можно.

Хлеб был свежим, упругим, с толстой корочкой. Сыр — белоснежным, твердым и ароматным, а молоко — действительно теплым, с густыми сливками. За свою долгую жизнь Сайджерсон побывал в лучших ресторанах мира, но теперь подумал, что никогда прежде не пробовал ничего вкуснее.

Пока он жевал, Уилкс и его спутник спустились вниз и забрались на борт «Куколки», нагруженные добычей. Сидевший на капитанском месте Хагин сверился с часами, посмотрел на низко стоявшее над горизонтом солнце и принял решение. Он поднялся и наклонился к Уилксу:

— Пора будить людей, капитан Уилкс. Здесь, наверху, есть еще пища.

***

Еще не успело окончательно стемнеть, а отдохнувшие солдаты уже насытились хлебом, сыром, молоком, вином, сосисками, ветчиной, салатом, даже шоколадом. Они провели краткий молебен за раненого солдата, который скончался. Тело решили оставить на борту и вернуть в Англию, чтобы похоронить на родном берегу.

Теперь они медленно шли по каналу, погасив ходовые огни, негромкий шум двигателей «Куколки» гулко разносился над водой, напоминая паровозный визг и лязг. Стоя на носу вместе с Уилксом, Сайджерсон высматривал свет понтонных мостов, которые находились где-то впереди.

— Боши услышат это корыто, — заметил Уилкс.

В молодости Сайджерсон часто проявлял нетерпеливость, граничившую с грубостью, объясняя людям очевидные факты, которых те не замечали. Время смягчило его характер.

— Да, в конце концов мы идем по каналу, верно, Уилкс? Время от времени здесь и должны ходить лодки.

— Вы правы. Полагаю, я просто нервничаю.

— Прекрасно вас понимаю.

Помолчав, Уилкс спросил:

— Сколько ходок вы совершили?

— Сразу точно и не скажешь. Может, двадцать.

— Без перерывов?

— Практически.

— Корабль совсем плох.

— Он нас выручал.

— Что ж, я благодарен, что вы нас подобрали.

— Благодарите себя, если вы занимались радио. Мы просто оказались поблизости.

— И тем не менее. Когда я думаю о тех беднягах, которые все еще ждут…

Они замолчали. Сайджерсон всматривался в темноту за бортом. Низко висящая половинка луны отражалась в воде. По обеим сторонам можно было различить поля, тянувшиеся к горизонту. На севере располагался Дюнкерк. Тусклое оранжевое зарево висело в небесах, и время от времени они слышали — или ощущали — глухой удар, тяжелую артиллерию или бомбы, заглушавший даже шум двигателей «Куколки». Но сейчас поля и луна были ближе, и Сайджерсон оказался на тихой воде неожиданно теплой ночью. Он насытился и отдохнул. Он почти мог представить, что вновь оказался дома, в Саут-Даунз. Внезапно для самого себя он произнес:

— Не ожидал увидеть вас на том скакуне. Без седла.

В темноте Уилкс спросил:

— Вы знаете лошадей?

— Когда я был мальчишкой, они составляли мою жизнь. Я по-прежнему их люблю, хотя теперь у меня нет ни одной. Но я сажусь в седло при каждом удобном случае.

— Я тоже. Сегодняшний мальчик — настоящее чудо.

— Он просто позволил вам сесть на него?

— Я добыл немного сахара. И перехитрил его. Но когда оказался на нем, он мне подчинился. Такой красавец. Несся как ветер.

— Жаль, что Хагин не позволил мне отправиться за продуктами.

— Да, это была неожиданная награда.

— Лейтенант Уилкс, если это вы с мистером Сайджерсоном производите такой шум, попрошу вас умолкнуть, — отрывисто бросил с мостика Хагин.

— Есть, сэр.

***

В десять часов солдаты покинули борт и вскарабкались на дамбу. Хагин заметил впереди огни и решил, что это город. Он приказал Даффи остановить «Куколку» и пристать к берегу. Не меньше пятнадцати минут после их ухода Даффи с мальчиками прождали в растущем волнении на мостике судна.

Сайджерсон находился под палубой, со спящими и страдающими ранеными. Он сидел перед радио, пытаясь перехватить важные донесения о перемещениях немцев, прислушиваясь к переговорам лодок, по-прежнему участвовавших в «Динамо».

План Хагина был простым. Он собирался «нанести удар за Корону» и по возможности отвлечь бронетанковые войска, смыкавшиеся вокруг Дюнкерка. Но никто — включая полковника — не верил, что им удастся уничтожить хотя бы один понтонный мост. Идея заключалась в том, чтобы поднять шум и немного замедлить неумолимое вражеское наступление.

Затем солдаты вернутся на «Куколку» и, если смогут, доберутся до Ла-Манша.

Битва началась с серии небольших взрывов — ручных гранат Миллса или чего-то им подобного. Затем последовало несколько резких хлопков, разнесшихся над каналом. Хлопки быстро перешли в непрерывную перестрелку. Небо впереди осветилось вспышками минометного огня, и характерный треск английских «Бренов» сменился более глубоким отрывистым рокотом немецких тяжелых орудий.

Сайджерсон понимал, что, даже если Хагину удалось, как он надеялся, застать немцев врасплох, полковник недооценил силу бронетанкового арьергарда. Или столкнулся с несколькими отрядами, шедшими к линии фронта. Сайджерсон поднялся на палубу и замер в темноте, прислушиваясь. Огонь велся почти непрерывно. На горизонте можно было различить какой-то постоянный сильный источник света — возможно, прожекторы или фары собранных вместе автомобилей, очевидно, нацеленные на людей Хагина.

Сайджерсон представил, как солдаты вжимаются в склон низкой дамбы. Там они станут легкой, беззащитной мишенью для любого немецкого отряда на понтонах — или, хуже того, на противоположном берегу. Когда стрельба наконец немного стихла, Сайджерсон воспользовался шансом подняться до середины лестницы на мостик.

— По ним ведут мощный огонь, Даффи.

— Похоже на то.

— Возможно, нам следует подойти и забрать их.

— Мы будем отличной мишенью, мистер Сайджерсон. В середине канала, с фрицами на обоих берегах. — На лице Даффи, освещенном огоньком сигареты, читалась тревога. — Кроме того, его величество приказал мне ждать здесь. Так они хотя бы будут знать, куда идти.

Сайджерсон посмотрел вперед, туда, где шла схватка. Слаженный залп чего-то, напоминавшего противовоздушную артиллерию, пронзил ночь — крупнокалиберные, скорострельные орудия, на порядок превосходившие то, что удалось спасти людям Хагина. На глазах у Сайджерсона небо вспыхнуло снова, затем еще раз, после чего раздались уже привычные гулкие удары. Опять минометы.

— Мы не можем просто ждать здесь, Даффи. Их убивают.

В голосе Даффи слышалась непривычная резкость.

— А если они попытаются отступить, если вернутся к нам — а нас здесь не окажется? Что тогда с ними будет? Что будет с нами?

Но в этот момент — Сайджерсон не верил своим ушам, однако этот звук ни с чем нельзя было спутать — раздался ровный стук копыт. Лошадь шла галопом. Ближе, ближе… и:

— Не стреляйте! Это я, ребята.

На дамбе возник Уилкс верхом на очередной лошади. Он спешился и наполовину сбежал, наполовину скатился к кромке воды. Задыхаясь, с трудом выговорил:

— Они зажали нас возле первого понтона. На дорогах не меньше половины дивизии. Хагин говорит, вы должны подойти. Нам не выбраться.

— Но вы-то выбрались, — заметил Даффи.

— Я-то да, а вот двоим моим товарищам не повезло. Я и сам бы не справился, если бы не увидел эту клячу по пути туда и не запомнил, где она стояла. — Новый залп тяжелой артиллерии заглушил его слова. — …мало времени.

— Я так и понял.

Подняв глаза, Сайджерсон увидел, как Даффи повернулся, а секунду спустя услышал приглушенный гул корабельных двигателей.

— Вы подниметесь на борт?

— Думаю, так будет быстрее. — Подтянувшись, Уилкс взобрался на «Куколку». — Там есть небольшое прикрытие, если только боши не успели зайти с тыла.

— Великолепно, — сказал Даффи. — Как далеко?

— Пять сотен метров, может, чуть больше. Вы увидите.

— Не сомневаюсь. — Но Даффи уже повел судно вперед.

***

Не включая огней, «Куколка» миновала пологий поворот, и внезапно шум сражения стал оглушающим. Впереди канал пересекал понтонный мост — дальше лодка не пройдет. Люди Хагина окопались на этой стороне моста, но немцы зажали их и теперь вели опустошительный огонь по крутой дамбе, где под прикрытием понтона съежились англичане.

Артиллерийский обстрел вели и с другой стороны канала, и стоявший на мостике Даффи Блэк безошибочно счел это за дурной знак. Это означало, что враг полностью окружил людей Хагина, и единственный путь к отступлению лежал по воде, откуда они пришли. Но «Куколка» сама была огромной, неповоротливой и совершенно беззащитной мишенью. Как только немцы с того берега начнут переходить мост — а Даффи казалось, что он уже видит в темноте приближающиеся согнувшиеся фигуры, — людям Хагина придет конец. Они будут вынуждены сдаться или погибнуть, и, немного узнав полковника и его солдат, Даффи не сомневался в их выборе.

Однако надежда оставалась. Сосредоточившие все внимание на Хагине, немцы до сих пор не заметили приближения «Куколки» — либо в темноте приняли ее за свое судно. Как бы то ни было, по ним не стреляли, и Даффи вел лодку по тихим темным водам. До понтона оставалось около сотни метров. Там он развернет «Куколку» и попытается погрузить солдат на борт.

Тем не менее он промедлил еще минуту. Несмотря на свои планы помочь людям спастись, Даффи понимал, что наступил поворотный момент: стоит «Куколке» двинуться дальше — и он сам, и Уилкс, и чудесная команда из трех человек, Сайджерсона и мальчиков, героически трудившихся на протяжении последних дней, окажутся, скорее всего, обречены на смерть. Их как минимум возьмут в плен. Немцы контролировали дамбу с обеих сторон и понтон впереди. Три направления из четырех. Как только враги распознают «Куколку», все закончится.

Он решил развернуть судно прямо здесь, где больше пространства для маневра. Может, немцы даже сочтут этот жест если не дружественным, то и не враждебным: местная лодка заплыла в перестрелку и теперь разворачивается, чтобы уйти. Даффи знал, что на таком расстоянии «Куколка» кажется черным силуэтом на воде. И ни он сам, ни Уилкс, ни кто-либо из оставшихся внизу до сих пор не сделал ни одного выстрела.

У них было еще несколько секунд.

Он развернул лодку и включил задний ход. Теперь это лишь вопрос времени: вскоре немцы разгадают их намерение и начнут стрелять. Уилкс направлял Даффи прямо к людям Хагина, и расстояние между ними быстро сокращалось. Семьдесят пять метров. Шестьдесят. Пятьдесят.

А потом неожиданно, они отчетливо услышали, как кто-то выкрикивает приказы на немецком — словно прямо рядом с ними, — и столь же неожиданно грохот орудий стал тише, а затем смолк совсем. На этот раз они находились достаточно близко, чтобы увидеть силуэты солдат — целого взвода или даже двух, — бегом марширующих по мосту.

Но, как ни удивительно, хотя люди Хагина продолжали обстреливать немцев на понтоне, те не остановились, чтобы покончить с ними. Враг быстро уходил к городу. Тридцать секунд спустя, когда «Куколка» ткнулась в дамбу, стрельба почти прекратилась. Теперь они слышали случайные пулеметные очереди из-за дамбы, со стороны города. Уилкс и мальчики сбежали на палубу, крича людям Хагина:

— Быстрее, быстрее, давайте сюда!

На мгновение Даффи задумался, куда подевался Сайджерсон, и с тревогой решил, что его, должно быть, подстрелили, но времени на размышления не было. Он не знал ни причины этого благословенного затишья, ни как долго оно продлится. Даффи хотел лишь погрузить людей на судно и убраться подальше. Верные боевому духу, солдаты первым делом передали на борт живых раненых, и сейчас на палубу поднимались последние люди.

— Вниз! Не высовывайтесь! Спускайтесь вниз!

Мальчики затаскивали раненых в каюту. Даффи насчитал не менее десяти. Все дееспособные солдаты забрались на «Куколку», и Уилкс поставил некоторых в защитные позиции на носу и на корме. Затем крикнул:

— Все, Даффи! Все на борту! Выводите нас!

— Где Хагин?

— Мертв.

Даффи дал полный ход, и «Куколка» ответила ревом двигателей и облаком выхлопных газов. Она двинулась по каналу, набирая скорость, назад, к безопасности Ла-Манша.

Уилкс снова поднялся на мостик.

— Что произошло? Почему они остановились?

— Не имею ни малейшего понятия, друг. Может, рука Господня. Сколько человек выбралось?

— Восемнадцать, из них половина раненых.

— А Сайджерсон?

— Я его не видел.

— Проклятье. — Он закрыл ладонью глаза. — Проклятье.

— Так точно, сэр. Читаете мои мысли.

У них за спиной, рядом с понтоном, снова ожили немецкие пулеметы, трассирующие пули со свистом рассекали ночь. Солдаты на корме открыли ответный огонь, ориентируясь по обратным траекториям, однако без особого успеха. Держась как можно ближе к центру канала, Даффи преодолел поворот, и «Куколка» наконец покинула зону прямой видимости. Полминуты спустя смолкли все звуки, кроме горлового рева двигателей и случайных стонов и вскриков раненых внизу.

***

Уилкс знал, что каюта под палубой набита ранеными под завязку, а потому вместе с другими выжившими сидел наверху. Он был не только офицером, но и человеком, рискнувшим жизнью, чтобы вернуться на «Куколку», поэтому солдаты освободили для него место на одном из рундуков, позволявшее опереться на переборку. Вымотанный Уилкс сидел с относительным комфортом, обхватив руками колени, чтобы немного согреться. Он снова промок — ему с утра так и не удалось окончательно высохнуть. Уилкс опустил голову и попытался задремать под убаюкивающее урчание двигателей.

— Не освободишь бедному старому дедуле немного места?

Голос доносился словно издалека — может, Уилкс все-таки задремал, и теперь ему все это снилось? Он поднял глаза и даже в темноте узнал усталое лицо Сайджерсона.

— Я тоже умер? — спросил Уилкс.

— Тоже? Что ты имеешь в виду?

Уилкс стряхнул с себя сонливость. Увидел, что они миновали волнолом и теперь находились где-то в Ла-Манше. Сел и потянулся.

— Мы с Даффи потеряли вас. Думали, вы погибли.

— Не надейся. Я только что побывал у него на мостике. Он говорит, через пару часов будем в Дувре.

— Где же вы прятались?

— Сидел внизу.

— И как там ребята? — спросил Уилкс.

— Мы потеряли еще троих. Остальные держатся. Хотя бы доберутся до дома.

— Не стоит говорить плохо о покойниках, но будь проклят полковник! С самого начала было понятно, что это самоубийство. Повезло, что хоть кто-то из нас уцелел. Тридцать человек наносят удар за чертову Корону по трем сотням фрицев, если не по трем тысячам! Это не удар! Это прогулка на эшафот!

Сайджерсон помолчал, затем произнес:

— Вообще-то их было сто двадцать.

— Кого?

— Солдат, оставленных охранять понтоны. Гарнизон из ста двадцати человек.

— Неважно, — ответил Уилкс, — все равно четыре к одному — это не… — Он замолчал на полуслове. — Откуда вы знаете, сколько у них было человек?

Сайджерсон махнул рукой.

— Радио. Как я сказал, я сидел внизу. Непосредственно перед тем, как мы двинулись к вам, я нашел их частоту. Когда понял, что они охраняют понтоны возле Арка, догадался, что с этой группой мы и сражаемся, а потому установил с ней контакт.

— Вы с ними *разговаривали*?

— Ich bin Hauptmann Braun, Offizier im Stab von General Guderian. Dies ist eine Angelegenheit der höchster Priorität. — Сайджерсон натянуто улыбнулся.

— Я майор Браун из штаба генерала Гудериана. Это дело высочайшей важности, — перевел Уилкс.

Зубы Сайджерсона блеснули в темноте.

— Я приказал сообщить их численность и позицию.

— И они сообщили?

— Фрицы — расторопные парни.

— И что дальше?

— Боюсь, что майор Браун создал у них впечатление о масштабной, крайне быстрой и неожиданной контратаки почти целой дивизии войск союзников, которой каким-то образом удалось избежать немецких «клещей». Теперь эта дивизия движется через город, и ее цель — захватить мосты. Стрелки у понтонов, без сомнения, отвлекали огонь и внимание арьергарда, чтобы дать основным силам возможность беспрепятственно миновать Арк. Приказы майора Брауна — мои приказы, — Сайджерсон довольно усмехнулся, — исходили от самого Гудериана и заключались в том, чтобы немедленно — немедленно! — оставить мосты и попытаться удержать город перед лицом атаки союзников. Похоже, это сработало.

— Сработало? Еще как! Вы, черт побери, спасли нас всех!

Сайджерсон отмахнулся.

— Следовало заодно приказать им взорвать мосты. На десерт.

— К черту десерт! Какой план! Даффи решил, что это настоящее чертово чудо! Так и сказал, рука Господа.

Сайджерсон покачал головой.

— Это вряд ли. Просто немного везения в нужный момент.

— И в чем же заключалось везение?

— В том, что я наткнулся на их канал.

— Скорее сообразили его поискать. Здесь нет никакого везения.

— Что ж, самое главное, что мы выбрались.

— Может, это и главное, но вам следует дать медаль.

— Ерунда, Уилкс. В данный момент я бы предпочел клочок места на этом рундуке. Умираю от усталости.

Пять минут спустя Сайджерсон уже храпел — старик, наконец получивший заслуженный отдых.

***

Операция «Динамо», эвакуация из Дюнкерка, закончилась через девять дней, 4 июня 1940 года. Около восьмисот британских лодок, призванных на помощь, подобно «Дуврской куколке», подобрали и вернули в Англию 338 226 солдат. Сама «Куколка» совершила тридцать восемь переходов, восемнадцать из них — после атаки на понтоны через канал А.

Блэк Даффи вернулся на работу в Военное министерство и рассказал всем, как было дело, поэтому новости о героизме и сообразительности самого старшего члена команды «Куколки», гражданского лица по имени Сайджерсон, стали почти легендой: очевидно, суматоха у понтонов на А привела к массированному отступлению немцев, которое отсрочило окончательный удар по Дюнкерку, по крайней мере, на два дня и тем самым спасло множество жизней.

В конце концов история достигла британского верховного командования. Уинстон Черчилль инициировал расследование инцидента, с проработкой реальных событий и их стратегических результатов. Но, несмотря на тщательные поиски, героя так и не опознали и не нашли. Человек с таким именем никогда не жил в Сассекс-Даунз, а больше Блэк Даффи о нем ничего не знал.

Тем не менее в октябре 1940 года Черчилль заочно вручил высшую военную награду Британии. Крест Виктории, за отвагу «перед лицом врага» неизвестному моряку-добровольцу по фамилии Сайджерсон. Этот орден так и не был востребован.

ПОТЕРЯВШИЕСЯ МАЛЬЧИКИ

Корнелия Функе

Дорогой Холмс,

вы всегда держали свое прошлое за завесой тайны. И как никто другой понимаете, насколько опасным оружием оно может стать в руках врага. Лишь одно дело на мгновение приподняло эту завесу, и я исполнил ваше желание — даже приказ — уничтожить все, что мы тогда собрали и написали. Но я знаю вас достаточно хорошо (хотя вы, дорогой друг — как я осмеливаюсь называть вас теперь, — нисколько этому не содействовали) и понимаю, что однажды вы захотите снова взглянуть на то, что я собираюсь сохранить в этом письме: тень прошлого, сделавшего вас тем, кто вы есть сейчас.

Я часто задумывался, не потому ли вы столь страстно раскрываете преступления и тайны других людей, что они напоминают о собственных тайнах, которые вы прячете от мира. Это дело — назовем его «Делом потерявшегося мальчика» — в большей степени, чем что-либо другое, подтвердило мою догадку. Оно заставило меня понять: мой лучший друг прячет эмоции под толщей льда, потому что его преследуют воспоминания, которые можно вынести лишь в таком замороженном, безжизненном состоянии. Демоны, которых страшится великий Шерлок Холмс, живут в его душе, и место их рождения — его главный секрет.

«Стоило мне его увидеть, как меня посетило предчувствие». Сколь часто мы используем эту фразу, осознавая, что проецируем на прошлое то, что узнали в будущем. Но да, предчувствие посетило меня в тот самый момент, когда я впервые увидел мальчика, который назвался Николасом Хокинсом. Это неоспоримая истина.

Даже миссис Хадсон, да благословит ее Господь, не самая впечатлительная из женщин, не могла оторвать от него глаз.

Но все началось не с этого. Я слишком поспешно пытаюсь добраться до сути истории.

Все началось с одной из трапез, которыми вы столь щедро угощаете нерегулярных полицейских с Бейкер-стрит, когда они приносят полезную информацию. Иногда в доме 221-б на Бейкер-стрит собирается более двух десятков грязных маленьких прохвостов. Порой в таких случаях миссис Хадсон бывает вынуждена прибегнуть к моей помощи, ведь они хватают своими грязными пальцами слишком многие вещи, которые ей дороги. Вы же, напротив, всегда любили компанию малолетних преступников. Наряду с вашей страстью к жуткой маскировке и способностью мыслить рациональнее других людей, даже когда вокруг царит стихийный домашний хаос, эта привязанность — самое сильное доказательство вашего истинного внутреннего Я, которое презирает власть. Власть сомнительного толка, могли бы добавить вы. Но подозреваю, это относится к любой власти, особенно религиозной и политической.

Шерлок Холмс верит в необходимость правил, он самый свирепый боец за принцип справедливости — но редко находит его отражение в человеческих законах. Таким образом, он чувствует себя вправе игнорировать и даже нарушать их, если считает, что они стоят на пути истинной справедливости.

Мальчишки, с заметной гордостью именующие себя нерегулярной полицией с Бейкер-стрит, разделяют эти взгляды — и, возможно, понимают их намного лучше, чем наши взрослые коллеги, взыскующие справедливости. Жизнь рано научила этих детей, что человеческие законы намного эффективней защищают собственность, чем их здоровье и благополучие. Нерегулярным полицейским не выпало шанса поверить в мировую справедливость, и вызывает уважение суровость, с которой они воспринимают мир, в то время как окружающие их взрослые носят утешительные розовые очки.

Билли Лисайд, лидер группы, не впервые привел нового мальчика на, как они говорят, Пир на Бейкер-стрит. Нерегулярные полицейские постоянно вербуют новых членов на улицах и замусоренных набережных. Я знаю нескольких мальчишек, которых они спасли от жестоких отцов. А некоторых даже вызволили из работного дома. Билли всегда приводит их ко мне, чтобы убедиться, что под синяками не кроются сломанные кости или поврежденные органы. Для большинства нерегулярных полицейских с Бейкер-стрит слово «семья» означает опасность, а «дом» — поле битвы. На самом деле я думаю, что их юные души страдают от жестокости, с которой сталкиваются, значительно больше, чем даже души солдат, поскольку у домашних боев нет цели и нет товарищей, чтобы прикрыть спину, только беззащитный страх перед теми, кто должен тебя любить и защищать.

Николаса Хокинса выдала не одежда. Нерегулярные полицейские часто щеголяют подозрительно хорошо скроенными нарядами. В конце концов они крайне талантливые воры, что постоянно доказывают, когда мы отправляем их за уликами, которые не можем достать более достойным способом. Да, новый мальчик был одет очень хорошо. Пятна и грязь не могли скрыть этого. Но я также заметил, что дорогие туфли были ему как раз по ноге в отличие от обуви других мальчишек. (Все-таки вы не зря учили меня своим методам дедукции.) Грязная кожа казалась бледной, но не такой, как бывает от недоедания в работном доме. Она была бледна, как у окруженного заботой богатого ребенка. Руки, взявшие предложенную миссис Хадсон тарелку, были худыми и мягкими, а когда я спросил его имя, каждый произнесенный им гласный и согласный звук выдал привилегированное воспитание, хотя я не распознал отчетливого акцента Итона или Вестминстера.

Мой друг, мне напомнило вас не его худое лицо, хотя небольшое сходство имелось. Нет, дело было во взгляде мальчика. Мятежном и бесстрашном, хотя и тронутом ужасом: в нем сквозили страстные эмоции, прикрытые интеллектом и замороженные болью. А как он держал себя — столь прямо, столь гордо… Борясь с любым проявлением собственной слабости… молодости… уязвимости. Все это казалось таким знакомым!

Разумеется, вы тоже это заметили. Нерегулярные полицейские привели вашу юную копию, хотя волосы мальчика были светлыми, а не темными, а глаза, осторожные, как и ваши, — карими.

Николас Хокинс не вымолвил ни слова, в то время как остальные привычно подняли такой шум, что миссис Хадсон кидала на меня мрачный взгляд всякий раз, когда вновь наполняла их тарелки картофельным пюре с подливой.

Нет, он не произнес ни слова и почти не притронулся к еде. Зато стащил вилку из старого фамильного серебра, которым вы позволяете пользоваться нерегулярным полицейским, невзирая на протесты миссис Хадсон.

Я посмотрел на вас.

Да, вы заметили кражу.

Мальчик изо всех сил пытался спрятать вилку под грязной рубашкой, но, очевидно, он не был столь умелым вором, как остальные.

Вы подали мне сигнал не вставать со стула, когда я как раз собрался подняться. Мы настолько хорошо знаем друг друга, что в таких ситуациях редко нуждаемся в словах. Небольшое поднятие левой брови, скольжение левого пальца по вашему носу, слабое прикосновение к верхней губе или даже рука на колене… Наш бессловесный словарь крайне надежен.

Существует неписаное правило, которому нерегулярные полицейские с Бейкер-стрит подчиняются столь беспрекословно, как если бы подписали его кровью (насколько нам известно, этот ритуал они выполняют довольно часто, заключая другие контракты). Жилище Шерлока Холмса — священное место, а потому его нельзя осквернять кражей, сквернословием, плевками и распространением вшей и прочих неприятных созданий, гнездящихся в волосах и одежде мальчишек.

Вне всякого сомнения, Николаса Хокинса проинформировали об этом правиле. Но отчаяние заставляет нарушить даже самый суровый закон — а отчаяние, плескавшееся в его глазах, было темнее того, что я видел в глазах любого взрослого, искавшего помощи в доме 221-б на Бейкер-стрит.

Быстрым движением своих серых глаз вы привлекли мое внимание к чашке лимонада, которую миссис Хадсон принесла с той же неохотой, что и пищу.

На вашей службе я стал хорошим актером (возможно, не таким хорошим, как вы: Шерлок Холмс может заставить меня поверить, что он — один из котов, которых миссис Хадсон кормит у задней двери). Я смог вылить значительную часть лимонада на Николаса Хокинса, не возбудив подозрений в славящихся подозрительностью умах наших хитрых гостей, и, благодаря моей очевидной неуклюжести и крайне липкому лимонаду миссис Хадсон Николасу Хокинсу (я был весьма тронут, узнав, что он позаимствовал эту фамилию из любимой книги) пришлось остаться, когда другие мальчики скатились по лестнице, чтобы проследить за известным банкиром, которого вы (небезосновательно) подозревали в финансировании определенных предприятий покойного Мориарти.

Николас снова выдал свое хорошее воспитание, пробормотав извинения, когда надевал сухую одежду, принесенную миссис Хадсон из набитого гардероба, который мы держим для нерегулярных полицейских. Мальчишка умудрился сохранить вилку. Теперь она была спрятана в его левом рукаве, но он явно испытывал по этому поводу неловкость.

Вы сидели в своем кресле и курили трубку, когда я привел мальчика обратно в гостиную. Посмотрели на него молчаливым взглядом, который используете для клиентов и будущих жертв, — взглядом холодным и отстраненным, как у змеи перед броском. Однако в вашем лице проглядывало что-то еще, тень сочувствия, которую я вижу крайне редко — и обычно не на столь ранних стадиях знакомства.

— Полагаю, ты недооцениваешь своих нынешних спутников, — сказали вы, не отрывая глаз от мальчишки. — Они обладают потрясающей способностью к сочувствию. Уверен, они собрали бы деньги на билет, если бы ты рассказал им о своем положении.

Лицо Николаса Хокинса казалось невыразительной маской, почти такой же, какую любит надевать Шерлок Холмс. Но он был слишком молод, чтобы скрыть все следы стыда, страха и уязвленной гордости. Зима, которой вы укрыли свои эмоции, была близко, однако весна юности все еще пробивалась сквозь лед.

— Я не знаю, о чем вы говорите, сэр.

— Что ж, ты определенно ничего не знаешь о преступном промысле этого города. Вилка вроде той, что ты прячешь в рукаве, не окупит билет на поезд до… позволь предположить… Йорка? Скарборо? Этому серебру нет и пятидесяти лет, а оно изношено — серебро низшей пробы. Однако для меня эта вилка представляет определенную сентиментальную ценность, а потому я вынужден просить ее вернуть.

Мальчик помедлил, словно еще надеялся притвориться невиновным, но потом расстегнул рукав и вытащил вилку. Когда он уронил ее в вашу протянутую ладонь, в его глазах стояли слезы. Выражение оскорбленной гордости… Вы редко его демонстрируете, но все же мне довелось его видеть.

— Как вы узнали, зачем она мне нужна?

Вы положили вилку на стол.

— Ты не показал особого голода, когда ели остальные. Я не вижу симптомов каких-либо пагубных привычек, и ты должен питаться. Ты очевидно не из Лондона, хотя усилия хорошего учителя маскируют твой акцент, а состояние одежды наводит на мысль, что ты не был дома, по крайней мере, две недели. Ты носишь медальон, до которого часто дотрагиваешься. Учитывая твой возраст, я полагаю, что дело не в романтической привязанности — здесь речь о сыне, который нежно любит свою мать.

Не могу сказать, кто был бледнее, когда вы произнесли эти слова: несчастный мальчик или вы сами.

— Мне нужно вернуться. Не следовало убегать.

— Да. И нет, — ответили вы. — Да, тебе нужно вернуться, или ты будешь до конца жизни винить себя. Но это возвращение следует подготовить, иначе оно может оказаться опасным… Нет, ты не зря убежал, поскольку это привело тебя ко мне, а я сделаю все, что в моих силах, чтобы помочь. — Вы кивнули на грудь мальчика. — Не мог бы ты расстегнуть рубашку, чтобы доктор Уотсон взглянул на отметины, которые, я уверен, есть на твоей груди и спине?

Мальчик просто смотрел на вас, белый как покойник.

— Тебя выдают некоторые напряженные движения. Страх физической боли творит с нами чудеса. Мы становимся настороженными, будто олени. Но проку от этого никакого, поскольку охотник — наш хозяин. Верно?

Мальчик так крепко прикусил губу, что она побелела сильнее, чем его лицо.

— Я видел, что он делает.

— Да. И он об этом знает.

И тут они появились, друг мой. На вашем лице. Воспоминания. И я запишу их, ведь я так долго был писцом ваших воспоминаний. Бумага — более надежное место для них, чем ваш ум, в котором вы превращаете их в лед. На войне я иногда просил людей, травмированных событиями на поле боя, записать преследовавшие их воспоминания, а затем сжечь записи. Я пишу эти страницы исключительно с той же целью. Но вам следует сжечь их в нужный момент… когда слова будут готовы забрать воспоминания с собой. К сожалению, этот метод работает не всегда.

— Есть одна вещь, которую я могу сделать, — продолжили вы. — Полагаю, ты не хочешь, чтобы я вовлекал полицию.

Мальчик энергично покачал головой.

— Что ж, в таком случае отложим этот вариант. — Вы разгладили ткань своих брюк, словно расправляли собственные мысли. — На самом деле, боюсь, ты прав. Полиция редко помогает в подобных семейных ситуациях.

Вы встали и подошли к окну, как часто делаете, когда эмоции угрожают вырваться из корсета, который вы на них надели.

— Пожалуйста, обещай, что не отправишься назад без моего письма, — сказали вы, не оборачиваясь.

Мальчик кивнул, но я видел, что он лишь хочет оказаться подальше от человека, который читал его сердце и сознание как собственные. Вы бы тоже так поступили. И само собой, вы это понимали.

— Письмо также защитит твою мать, — добавили вы.

Мальчик молча таращился вам в спину. Он не верил. Не верил, что что-то сможет ее защитить.

Когда он ушел, вы отправили меня за ним.

Буду кратким, хотя это тяжелое бремя на моем сердце: я потерял мальчика.

Я никогда не видел вас в таком гневе.

Вы лично отправились на поиски Билли, но Хокинс, как он себя называл, к нерегулярным полицейским не вернулся.

Вы заставили их искать его. Заплатили, чтобы они стерегли все вокзалы. И не ложились спать всю ночь, с письмом, ждавшим на вашем столе.

Мальчика не нашли.

Два дня спустя в «Таймс» появилась заметка о том, что Беатрис Бушо, супруга Ричарда Бушо, богатого торговца и владельца обширных земельных угодий под Йорком, покончила с собой. У нее остался сын. Единственный ребенок по имени Николас.

В три часа утра вы по-прежнему мерили шагами гостиную, и я постучал в дверь. Вы пригласили меня войти, друг мой.

Я все еще благодарен за это. Та ночь объясняет столь многое, и никогда вы не проявляли большего свидетельства своего доверия ко мне.

— У него не было брата. Эта деталь тревожила меня сильнее всего. — Вы стояли у окна и всматривались в ночь, словно пытаясь пронзить взглядом темноту иного рода. — Без Майкрофта я бы никогда не смог положить этому конец. В том юном возрасте мой брат еще сильнее превосходил меня по способностям к дедукции и логике, не замутненным эмоциями. Без него эмоции захлестнули бы меня.

Грубый голос кебмена с улицы словно напомнил нам о жестокостях, таящихся под поверхностью нашего мира. И о том, что иногда они не минуют мест, которые мы называем домом.

— Мы остановили отца посредством шантажа. Нашли доказательства нескольких мелких преступлений, которые он организовал, чтобы угрожать деловому партнеру, — все это в наших глазах не шло ни в какое сравнение с тем, что он сотворил с матерью, но если бы полиция узнала о них, отцу пришел бы конец. Мы боялись, что он убьет нас, когда догадается, что именно мы отправили те письма, — или прикажет сделать это одному из своих людей. Но он решил бежать в колонии, забрав большую часть денег и оставив погрязшее в долгах поместье. Мать так и не простила нас. Хотя Майкрофт до сих пор считает, что самой сильной ее эмоцией по отношению к нам был стыд за собственную слабость и за то, что она попрежнему любила отца.

Вы обернулись и посмотрели на меня.

— Я забыл, каково это — быть таким юным, Уотсон, — сказали вы. — Забыл, как такой отец учит никому не доверять. Мне стыдно за мою невежественность. Пожалуйста, отыщите мальчика. Я по-прежнему хочу, чтобы его отец получил мое письмо.

Я нашел мальчика. Наполовину обезумевшего от горя, в ужасной школе, куда его отправил отец. Благодаря письму Холмса — которое я доставил лично — Николаса Бушо определили в лучшую из местных школ и никогда не заставляли навещать родной дом.

У него не было брата, друг мой. Но он встретил Шерлока Холмса.

УМНАЯ МАШИНА

Дениз Гамильтон

Билл Глисон обедал за своим компьютером, заодно проводя потребительские исследования, когда его блуждающий взгляд привлекла фоторамка на столе. Размышляя о безупречной геометрии четких углов и параллельных линий, Билл впал в математический транс.

Но его что-то раздражало.

Числа медленно отступили, изображение в самой рамке вошло в фокус, и Билл увидел свою старшую дочь Порцию, с улыбкой принимавшую награду на Научной олимпиаде.

Билл изучил любимое лицо. Вскоре Порция уедет в колледж, и останется только Саманта, которую он называл Дочь номер два, или Дос. Билл представил, как складывает вещи в универсал «Вольво» и отвозит Порцию в общежитие какого-то…

Внезапно он издал приглушенный звук и выпрямился.

Что, если ему удастся собрать достаточно данных, чтобы предсказать, в каких семьях есть дети, отправляющиеся в колледж? Этим детям потребуются лампы, постельное белье, подушки, полки и техника. А «Лэндмарт», национальная сеть гипермаркетов, в научно-исследовательском отделе которой трудился Билл, сможет выпустить нацеленные на эти семьи купоны и рекламу.

На протяжении нескольких недель Билл держал свои мысли при себе. Одно дело — родить идею, совсем другое — донести ее до набитой людьми комнаты и запросить деньги на реализацию. В моменты таких объяснений заикание, которым он страдал с детства, возвращалось в полной красе, как и лицевой тик, отвлекавший коллег.

Билл часто ощущал себя в «Лэндмарт-корпорейшн» иностранным гражданином. Он совсем юным получил кандидатскую степень по математике и следующие десять лет провел в исследовательском университете, счастливый в мире чистых чисел — уютном мире, где он чувствовал себя как дома. Числа были точными и делали только то, что полагается. Они никогда не подводили Билла в отличие от мира людей с его грязными эмоциями и непредсказуемым поведением. Мира, в котором Билл так плохо ориентировался.

Но затем математика вошла в моду, и парни вроде Билла, не понаслышке знавшие, что такое анализ и прогнозирование данных, неожиданно оказались крайне востребованными. Устав отклонять предложения из Силиконовой долины и крупных американских корпораций, Билл в конце концов неохотно попрощался с университетской жизнью: зарплата в «Лэндмарте» была в 4,256864 раза больше того, что он зарабатывал в своем небогатом институте.

Потому что к тому моменту появилась Лиза.

Лиза каким-то образом нашла Билла и в отличие от большинства особ женского пола отказалась бояться его, как она дипломатично выражалась, «причуд». И теперь у них были Порция и Дос, неиссякаемый источник чудес.

Билл побаивался отцовства. Он знал, что намного лучше ладит с пикселями, чем с людьми. Но, к своему огромному облегчению, обнаружил, что любит дочерей с яростью, о существовании которой даже не догадывался. Он дрожащим пальцем водил по спиралям Фибоначчи розовых раковин их ушек, когда они спали. Тратил часы на испытания впитывающих способностей подгузников, чтобы найти для своих ковыляющих сокровищ лучшую марку. Покорно сгибался над коробкой с хлопьями, готовя «эльфийские сандвичи» из «Чириос», сыра и индейки.

Может быть, он проявлял нерешительность и неуклюжесть, может быть, его объятия были неловкими (хотя он учился), но маленькие дочери все равно бросались к нему, когда он возвращался с работы, и требовали, чтобы он почитал сказки на ночь, и с выражением, а не монотонно бормоча.

По мере того как «Маленький домик в прериях» сменился «Сумерками», Билл научился не спорить о невозможности существования вампиров с биологической точки зрения и не ставить под сомнение привлекательность некоторых причесок и нарядов — по причине статистической вероятности возмущения (21,7%) и слез (17,6%).

А однажды, когда девочкам было по пятнадцать и семнадцать лет, Лиза сказала, что хочет еще одного ребенка.

В ее возрасте это означало специалистов по репродукции, инвазивные анализы и болезненные уколы. Они решили не говорить дочерям, пока не «сложится», — и мудрость этого решения подтвердилась после двух выкидышей. Билл надеялся, что этим дело и кончится, но Лиза боролась со своей печалью, удвоив усилия. Она настояла, чтобы он приезжал домой во время перерыва на ланч, когда у нее была овуляция, и однажды ему даже пришлось вернуться на два дня раньше с конференции по анализу данных в Сан-Франциско. Билл ненавидел подобные «свидания»: они превратили лучшее на свете занятие в механический акт и оживили детские воспоминания о насмешках:

Ро-бот, Ро-бот, Билли — просто робот!

Кроме того, обеденный секс отвлекал его от работы, причем в самый неподходящий момент. Устроившись в «Лэндмарт», Билл создал компьютерную базу данных для анализа особенностей клиентов компании, которых здесь называли «гостями».

Он изучил данные со всех возможных сторон, собрав пугающее количество информации. Например, владельцы кредитных карт с изображением своих детей лучше оплачивали счета. Поэтому «Лэндмарт» запустил агрессивную кампанию по выпуску бесплатных кредитных карт с личными фотографиями — и доля кредитов с просроченными платежами снизилась на 3,2%.

Для Билла, чьи социальные навыки приближались к абсолютному нулю, это стало доказательством того, что холодные, суровые числа скрывали — но также и раскрывали — неоспоримые эмоциональные истины.

Несмотря на последовавшие корпоративные похвалы, Билл был далек от удовлетворения. Глядя на мерцающие колонки данных, он видел только бледный призрак статистического портрета, который действительно хотел создать.

А потом — это озарение в кабинете.

В следующем месяце Билл похвастался начальству, что вскоре сможет выявлять гостей «Лэндмарта», чьи дети собираются в колледж. Ему просто нужные еще данные.

— Не сомневаюсь, что в этих данных кроются численные закономерности, которые можно выявить посредством аналитического моделирования, — сказал он. — Это в корне отличается от того, что делают маркетинговые болваны, зациклившиеся на цветных заголовках и шрифтах для интернет-купонов. Это произведет революцию.

«Лэндмарт» отказался покупать дорогие потребительские данные, которые желал заполучить Билл, на основании того, что у него и так достаточно материала для работы. А когда подошло время годового обзора, среди характеристик Билла упоминалась «язвительная и резкая» манера общения с коллегами.

— Нужно немного смягчать формулировки, — сказал менеджер по кадрам.

— Но их идеи глупы и не работают.

Менеджер по кадрам поморщился.

— Послушай, Билл. Мы все знаем, что ты гений. Ты проделал отличную работу в компании. Но бывает книжная мудрость и человеческая. В этом мире преуспевают лишь те, кто обладает обеими. Кто умеет ориентироваться в обществе.

«Может, я не хочу ориентироваться в обществе, — с яростью подумал Билл. — Может, мне надо вернуться в университет, где мое место!»

На следующей встрече коллег за столом переговоров появился новый человек с ослепительной улыбкой и в модных туфлях. Вице-президент научно-исследовательского отдела. Он представился: Мориарти.

И на этот раз, когда Билл закончил свою уже привычную речь о сборе данных, Мориарти задумчиво посмотрел на него и не стал сокрушаться по поводу неумения общаться с людьми. Позже он, гладкий и бесшумный, словно акула, проскользнул в кабинет Билла. Он убрал со стула наполовину съеденный энергетический батончик, стряхнул с сиденья пыль и уселся.

— Полагаю, вы наткнулись на что-то важное, Билл. Психологи говорят, что люди наиболее уязвимы и восприимчивы к внушению в период жизненных перемен. Ваши данные в состоянии предсказывать свадьбы, разводы и покупку дома? Если это так, мы сможем отправлять гостям направленную рекламу.

Глаза Билла вылезли на лоб. Кадык заходил вверх-вниз. От возбуждения он едва мог говорить, но когда заговорил, не умолкал на протяжении пяти минут, пока Мориарти не прервал его:

— Мне не нужны детали. Просто скажите, сколько вам требуется, и мы составим смету.

Трепеща, Билл назвал сумму.

Мориарти сказал, что посмотрит, что можно сделать.

Затем он уставился на Билла прищуренными глазами, и Билл занервничал. Его нога непроизвольно начала стучать по полу.

— Это должно остаться в тайне, — заявил Мориарти. — Если наши конкуренты пронюхают, чем мы занимаемся, все будет кончено. Адвокаты составят для вас договор о неразглашении. Разумеется, исключительно для проформы.

— Нет проблем, — ответил Билл, морщась: он выстукивал кроссовками Девятую симфонию Бетховена, а Мориарти сбил его с ритма.

— Нельзя говорить даже жене и семье. А тем более друзьям на вечеринках.

— Само собой, — согласился Билл, которого на вечеринки не приглашали.

— Когда вы сможете представить мне предварительные результаты?

Билл сказал, что не знает. Он ненавидел оценки, они были неточны и ненаучны. Поэтому он произнес пару технических жаргонизмов, не прекращая стучать. Он не мог остановиться, пока не закончит гармоническую последовательность. В любой момент Мориарти спросит, что это за чертов шум.

Однако тот откинулся на спинку стула, его взгляд остекленел и стал далеким.

— Представьте, каково это — уметь проникать в человеческие души и сокровенные мечты. Продавать людям тонны продукции еще прежде, чем они осознают, что нуждаются в ней, — сказал Мориарти. — Все равно что найти Святой Грааль.

***

Тем вечером Билл отправился домой с обычной грудой работы.

В последнее время он перерабатывал, а новый проект, одобренный Мориарти, потребует еще больше времени. Билла тревожило, что он так мало видится со своей семьей теперь, когда дочери переросли футбольные матчи и герлскаутов. Он скучал по этим ритуалам. Скучал по чувству, что кому-то нужен.

Порция уже проявляла взрослую самодостаточность. Он почти как биолог наблюдал, как она растет, выискивая — со страхом — признаки того, что дочь пошла в отца. Но Порция унаследовала лучшее от обоих родителей: аналитический склад ума Билла и эмоциональную отзывчивость Лизы.

— Привет, папа, — сказала она, спускаясь по лестнице; ее длинные каштановые волосы струились за спиной, благоухая лимонами и медом. Порция обняла Билла, и он заставил конечности расслабиться и ответить на объятия. Она явно была из тех, кто расцветал поздно. Впрочем, недавно у нее начали появляться формы Лизы. Билл думал, что дочери идут дополнительные фунты, но видел, как она режет для школьных обедов салат и помидоры, и понимал, что она тревожится о своей фигуре.

— Сегодня пришли новые письма, — с улыбкой сообщила Порция. — Браун, Суортмор и Университет Алабамы.

Стоило прийти результатам предварительного отборочного теста, как Порцию начали закидывать брошюрами из колледжей.

— Ты нужна им всем, дочь моя, — ответил Билл. — Продолжай в том же духе — и перед тобой будут открыты все пути.

Билл хотел заварить чай. Он посидит с Порцией за кухонным столом, а она расскажет, как прошла ее неделя.

Но Порция надевала куртку.

— Любовная встреча? — поинтересовался он, пряча разочарование.

Он уже предчувствовал пустоту, ждавшую впереди, когда Порция, а затем и Дос уедут в колледж. Хотя Лиза никогда не говорила об этом, Билл знал, что именно поэтому она хочет еще одного ребенка.

— Не говори глупостей, Билл, — сказала Лиза, выходя из кухни. — Они совсем не такие, как мы в их возрасте. Эти амбициозные ребята собираются компаниями и слишком заняты, чтобы ходить на свидания. Я подброшу Порцию до торгового центра, чтобы она посмотрела кино с друзьями, а ты заберешь ее оттуда в полночь.

Лиза взяла ключи от машины и добавила, что пицца еще теплая.

— А где Дос? — спросил Билл.

Лиза наморщила нос.

— Наверху. И не пора ли прекратить называть ее так? У нее разовьется комплекс неполноценности.

— Но она действительно Дочь номер два, — мягко возразил Билл. — Кроме того, с математической точки зрения, два — удвоенная единица. Так что комплекс неполноценности должен развиться у Порции.

— Билл, ради бога, — вздохнула Лиза.

Холодный воздух ворвался в открытую дверь — и они ушли.

Билл положил на тарелку два куска пиццы, налил стакан молока и поднялся по лестнице, дивясь зрелости и энергичности своей старшей дочери. В семнадцать лет он прогуливал занятия ради общества немного зловещего парня с восемью пальцами, которого исключили из школы и который разделял любовь Билла к ракетным установкам, мощным автомобилям и взрывчатым веществам.

Остановившись у комнаты Дос, он постучал в дверь, знак на которой гласил: «Не входить», подождал немного и вошел.

Дос в наушниках извивалась перед зеркалом. Она завязала рубашку на ребрах и спустила пояс юбки до бедер, открыв живот — причину недавней войны за кольцо в пупке.

Дос не могла дождаться, когда ее костлявое, угловатое тело начнет округляться. Она таскала у матери косметику (Порция ею не пользовалась), носила бюстгальтеры с пышными чашечками и часами сидела в Интернете, сплетничая с подружками о бой-бэндах и тайных влюбленностях.

«За этой нужен глаз да глаз», — сказала, поджав губы, тетушка Билла, когда они ездили в Лос-Анджелес, где Дос флиртовала со всеми серфингистами подряд и умоляла посетить кладбище «Голливуд навсегда», чтобы сфотографироваться на могиле Мэрилин Монро.

Внезапно Дос увидела отца и вскрикнула:

— Мог бы и постучать.

— Я стучал.

Билл показал на ее наушники, затем уставился на свои ноги.

— Я дома, — пробормотал он.

Лицо Дос смягчилось. Она сняла наушники и подбежала к нему.

— Глупый папа, — сказала она, кладя голову ему на грудь и обнимая его. Но не успел он обхватить ее руками, как дочь выскользнула из объятий, словно угорь, и вновь начала танцевать.

— Когда вы с мамой отпустите меня на свидание? — спросила она.

Билл почувствовал, что начинает паниковать. Как жаль, что рядом нет Лизы! Попытавшись вычислить правильный ответ — и потерпев неудачу, — он сказал:

— Это теоретический вопрос? Или тебя кто-то пригласил?

Он снял очки, протер их кусочком замши, который держал специально для этой цели, вновь надел и внимательно посмотрел на дочь.

— Я просто хочу подготовиться, — ответила Дос.

Билл выдохнул.

— Нам с мамой нужно это обсудить.

Дос нахмурилась.

— Почему в этом доме вечно царит демократия?

— Потому что это лучший правящий режим.

— Тогда почему у меня нет права голоса?

— Потому что ты несовершеннолетняя, — серьезно ответил Билл.

Но его ум уже вернулся к работе, а Дос вновь нацепила наушники, танцуя под неслышимую музыку.

Билл отступил в коридор и закрыл дверь, ощущая себя несостоятельным и ошарашенным — обычное дело в компании младшей дочери.

***

В последовавшие месяцы Билл приобрел распечатки данных у банков, компаний, работающих с кредитными картами, розничных сетей, интернет-магазинов, ипотечных фирм и веб-сайтов, отслеживавших потребительские покупки, после чего связал эти данные с базой «Лэндмарта» и начал искать закономерности.

Поскольку каждому секретному проекту нужно кодовое название, Билл и Мориарти окрестили свой «Шерлоком». В детстве Билл глотал рассказы Артура Конана Дойла и втайне фантазировал, что Холмс с его холодными эмоциями, пристрастием к логике и резкими, зачастую покровительственными манерами мог быть похож на него. Может, когда Дойл отворачивался, Холмс откладывал трубку, бежал в ванную и бешено махал руками за запертой дверью, как делал Билл, чтобы сбросить напряжение от работы.

Психологи считают, что большинство покупок совершается под влиянием эмоций, однако дотошный анализ Билла показал, что в действительности покупки подчиняются логике. Проект «Шерлок», как и давший ему имя великий сыщик, использовал причинность, дедукцию, улики, модели поведения и умозаключения, позволявшие выявить эту логику, чтобы впоследствии с ее помощью заставить гостей «Лэндмарта» совершать больше покупок.

Элементарно.

Первое задание Мориарти было тестовым: создать базу всех гостей «Лэндмарта», имеющих домашних питомцев. Эти гости получили праздничные каталоги, полные рекламы продукции для животных. К январю подвели итоги — и выяснилось, что продажи товаров для животных подскочили на 17%, несмотря на ослабление экономики.

Билл получил скромное повышение.

Он был доволен — но работа поглощала его.

Целыми днями он купался в струях чистых данных, пробуя, исследуя, нанося на карту совершенно новую вселенную. Выписки по кредиткам, истории мест работы, активность в Интернете — Билл строил из них волшебные окна, позволявшие заглянуть в сердца и души покупателей «Лэндмарта». Он превратился в электронного вуайериста, ошеломленного тайным знанием и властью над тысячами людей, которых никогда не встречал.

Если мистер и миссис Смит потратили $572 на консультирование по вопросам брака и $350 на оценку дома, следовательно, они движутся к разводу. Если семейство Джонсов приобрело подержанный автомобиль, комплект двуспального постельного белья в «Икее» и пособия по отборочным тестам, значит, они вскоре отправят ребенка в колледж. Если они жили в Лос-Анджелесе и приобрели зимнюю куртку, этот ребенок собирался в холодные штаты: возможно, ему также потребуются перчатки и термобелье, заодно с билетами на самолет, чтобы слетать домой на День благодарения.

— Вы, словно алхимик, превращаете «сырые» данные в золото, — торжествующе говорил Мориарти. Они сидели в кабинке самого модного стейк-хауса в Сент-Луисе, проводя ежемесячную встречу за обедом. — Долгие годы мы искали червоточину, путь в человеческий мозг. А вы воплотили мечту в реальность.

Билл пробормотал что-то насчет закономерностей, которые легко заметить, и начал под столом рвать салфетку на полосы шириной полдюйма.

Что бы они ни заказывали, Билл лишь ковырялся в своей порции, удалял хрящи, нарезал еду на аккуратные кубики и проверял, что все они одинакового размера, цвета и текстуры, прежде чем отправить их в рот.

— Разборчивый едок? — поинтересовался Мориарти, набрасываясь на стейк с тем же пылом, с которым представлял свои презентации.

— Не очень, — ответил Билл, поеживаясь.

Мориарти глубокомысленно кивнул.

— Знаю. Холестерин. Я сам ем красное мясо не чаще раза в месяц.

— Дело не… — отозвался Билл, счищая пюре со стручка зеленой фасоли. Он ненавидел, когда на тарелке один продукт касался другого.

Мориарти похлопал себя по брюшному прессу.

— Можете сказать вслух. Живот нуждается в тренировке. Придется завтра потрудиться в зале.

Положив вилку, Билл обхватил голову руками.

— Нет-нет-нет, — возразил он. — Я имел в виду совершенно другое.

В итальянском ресторане было ничуть не лучше, а в китайском, со всеми этими вязкими соусами и неидентифицируемыми овощами, Билл так разнервничался, что проглотил несколько пиал приготовленного на пару риса.

— Любимый ресторан моей подружки, — заметил Мориарти, умело управляясь палочками с курицей «гунбао».

Билл выуживал из «гунбао» кешью и тщательно вытирал салфеткой, прежде чем съесть. Так они были весьма неплохи. Вкусные, сухие. При словах Мориарти он изумленно поднял глаза.

— Я думал, вы женаты.

— Так и есть, — ответил Мориарти.

Билл густо покраснел и уставился в свою тарелку.

— А вы действительно ничего не знаете о жизни, — заметил Мориарти.

Билл промолчал. Он думал о программе, которая могла бы выявлять совершаемый гостями «Лэндмарта» адюльтер. Нужно искать всплески трат на украшения, флористов, гостиничные номера, обеды в ресторанах, парфюмерию, виагру. Разумеется, с вторичных кредитных карт, ежемесячные отчеты по которым уходят по другому адресу.

Мориарти сложил салфетку и засунул под тарелку.

— Просто продолжайте делать свою работу, а я займусь своей.

***

Дела на работе шли хорошо. Мориарти включил Билла в команду с менеджером по специализированным продажам, маркетинговым асом, психологом и нейробиологом, которого «Лэндмарт» переманил из МТИ*. Они проводили «креативные» совещания, на которых обсуждали идеи.

Как-то раз Мориарти появился, пылая от возбуждения.

— Вы бы смогли выявить беременных гостей «Лэндмарта», даже тех, кто хочет это скрыть? — спросил он.

— Могу попробовать, — ответил Билл.

— В больнице им дают купоны на одноразовые подгузники и молочные смеси, — сказал Мориарти. — К тому времени весь мир в курсе, что у них родился ребенок. Мы же хотим опередить конкурентов.

Менеджер по специализированным продажам кивнула.

---

* Массачусетский технологический институт.

— Мы ведем учет младенцев, и многие женщины вносят себя в список, чтобы друзья и семья знали, что нужно купить.

— Мне это нравится, — добавил психолог. — С точки зрения покупательских моделей, беременность — величайшая перемена в жизни. Будущие матери эмоциональны и готовы к новым вещам. Если удастся их зацепить, они наши навеки.

Мориарти повернулся к Биллу:

— Я хочу, чтобы вы как можно тщательнее изучили данные каждой женщины из этого списка младенцев. Выясните, что у них общего.

Первым делом Билл проанализировал, что́ женщины покупали в течение девяти месяцев до родов. Он рассмотрел каждый триместр, затем каждый месяц, затем каждые две недели. Он также собрал статистику за шесть месяцев до зачатия.

На следующем совещании Билл представил графики и дал некоторые ответы.

— Часто первым признаком являются тесты на беременность, — сообщил он. — К четвертому месяцу — множество витаминов, лосьоны без отдушки и какао-масло. К шестому — коврики, книги по уходу за ребенком, расслабляющая музыка.

— Насколько точны эти предикторы? Сорок процентов? Пятьдесят? — спросил Мориарти.

Хотя ответ прочно сидел у него в мозгу, Билл сделал вид, будто просматривает записи, чтобы не встречаться ни с кем глазами.

— Восемьдесят семь процентов, — пробормотал он.

В комнате воцарилась тишина.

— Господи помилуй, — сказал нейробиолог.

— Это число не должно покинуть пределов этой комнаты, — хрипло произнес Мориарти. — Если Билл говорит правду, это произведет революцию в детском бизнесе.

Билл осел в кресле.

Дети, дети, дети.

Его окружали настоящие и теоретические младенцы. Благодаря Мориарти вся команда «Лэндмарта» была одержима зачатием, беременностью и родами, что с учетом домашней обстановки казалось Биллу почти невыносимым.

Каждый месяц — эмоциональные американские горки. Беременна Лиза или нет? А потом — неизбежное разочарование. В последний раз, поцеловав заплаканное лицо супруги, Билл принес цветные графики и схемы, которые нарисовал в надежде утешить жену.

Согласно графикам, после начала гонки за беременностью эффективность работы Билла упала на 14%, а доходы Лизы от независимого консультирования снизились на 28,2%.

Билл также написал программу, считавшую затраты на ребенка на протяжении восемнадцати лет, в том числе ежедневный расход калорий, потерянные часы сна и стоимость одежды, еды, факультативных занятий, медицинского обеспечения и высшего образования. Он продемонстрировал, как их собственные физические способности, мышечная масса, энергетический уровень, память и выносливость начнут снижаться как раз к тому времени, когда ребенок войдет в пубертатный период.

Билл с радостью увидел, что яркие цвета и привлекательные шрифты осушили слезы супруги. Но когда он пустился в объяснения, Лиза с криком отшвырнула графики.

Билл ошеломленно замолчал.

Затем, к его величайшему облегчению, Лиза обняла мужа.

— Я знаю, что у тебя добрые намерения, Билл, но не все можно свести к графикам и числам. Жизнь устроена иначе.

Билл уставился в пол и до крови прикусил щеку изнутри.

Но она устроена именно так.

Моя аналитика ежедневно подтверждает это.

Однако он провел рукой по волосам жены, вытер слезы и приласкал ее, словно кошку. На предплечьях Лизы росли тонкие золотистые волоски, и он приглаживал их, пока они не улеглись ровно. Гладить в другую сторону было неприятно. Даже кошка взвыла бы и убежала. Он тридцать раз провел ладонью по правой руке Лизы, затем тридцать раз по левой, и ритмичное прикосновение кожи к коже успокоило обоих. В конце концов он почувствовал, как ее тело расслабляется. Лиза положила голову ему на плечо и сказала:

— Ох, Билл, я люблю тебя, но иногда мне хочется, чтобы ты был не таким рациональным.

— Я ничего не могу с этим поделать, — пробормотал он, вдыхая милый, родной запах ее волос.

— Я знаю.

Теперь на совещании Билл вспомнил все это, и его плечи поникли. Он устал от необходимости скрываться от коллег. Устал притворяться перед девочками, будто все в порядке, будто мама просто выбилась из сил после очередного срыва. Но Лиза была не одинока. Иногда Биллу казалось, что его голова вот-вот взорвется. Несколько раз на дню он запирался в туалетной кабинке для инвалидов и бешено махал руками, чтобы успокоиться.

— А что, если родители ребенка хотят сохранить его в секрете? — подумал Билл и с ужасом понял, что произнес это вслух.

Мориарти зловеще ухмыльнулся.

— Благодаря вам, Билл, секретов больше не существует. «Лэндмарт» может заглянуть в ваш мозг, в вашу спальню, даже в вашу матку.

Подал голос глава оформительского отдела:

— Мы уже рассылаем глянцевые каталоги, нацеленные на потребности наших гостей, и определенно можем выпустить каталоги, нацеленные на младенцев. Нашим беременным гостьям ни к чему знать, что их соседка получила другой каталог. Они увидят лишь купон, который может им пригодиться.

Билл подумал о том, как тщательно они с Лизой старались скрывать потенциальную беременность, пока она не подтвердится.

— Но разве женщины не испугаются, получив каталог, поздравляющий их с грядущим рождением ребенка, если они еще никому об этом не говорили? Мы бы с Лизой испугались. — Он покраснел, опасаясь, что коллеги догадаются о его тайне. — Я хочу сказать… Это будет социальная катастрофа. Большие корпорации, подглядывающие за ничего не подозревающими гражданами. И что, если… э-э-э… страна вроде… э-э-э… Китая захватит эти программы и использует для слежки за беременными женщинами, чтобы заставлять их делать аборт?

— Мне плевать на Китай, — ответил Мориарти, — если только китайцы не покупают подгузники и автомобильные сиденья.

— Билл поднял важный вопрос, — вмешался психолог. — Не следует рассылать беременным гостьям каталоги, забитые детской продукцией. Это определенно отпугнет их и может вызвать обратную реакцию. Нужно действовать тонко. Распределить рекламу детских товаров по каталогу так, чтобы они не догадались, что мы держим их на мушке.

— Я хочу видеть макет через две недели, — сказал Мориарти. Поднялся и протянул руку Биллу: — Отличная работа, старик. Выдвигаю вас на повышение.

Билл выдавил подобие улыбки и пожал руку. Это по-прежнему требовало усилий, но годы практики перед зеркалом облегчили задачу. Кивок, быстрый взгляд на Мориарти — и отвести глаза, потому что мужчины не держат зрительный контакт, если не преследуют определенной цели.

Это он тоже выяснил на собственном печальном опыте.

Когда совещание закончилось, Билл отправился в туалет и вымыл руки. Двадцать раз. Заметив собственное отражение в зеркале, он отвернулся, не в силах взглянуть в глаза смотревшему на него человеку с редеющими волосами и изборожденным морщинами лбом.

***

Дела дома шли неважно. Все более отчаянные попытки Лизы начать жизнь заново истощили и вымотали ее, и иногда она с трудом поднималась с постели. Остальные ходили за покупками, выгуливали собаку и занимались делами. Порция, недавно получившая водительские права, проявляла особенное усердие и даже ездила на другой конец города за любимыми ливанскими блюдами Лизы.

Билл рассказал жене о повышении. Он был рад, что Мориарти заставил его хранить все в тайне. Лизе не понравилось бы, что он анализирует покупательские модели тысяч беременных женщин по всей Америке, в то время как сама она забеременеть не может.

Не в состоянии помочь супруге, Билл занялся тем, что мог контролировать.

Восьмидесятисемипроцентный успех проекта «Шерлок» мог казаться достаточно высоким Мориарти, но это означало, что тринадцать процентов беременных гостей проскальзывали сквозь сеть. Билл начал задерживаться на работе, манипулируя переменными, создавая новые программы, закидывая сети все глубже. Работа требовала усердия, дотошности и сил, и Билл завидовал Шерлоку с его семипроцентным раствором кокаина, «удивительно стимулировавшим умственную деятельность и прояснявшим сознание».

Однажды вечером он ушел с работы пораньше, в десять часов, и дома открывал бутылку Зинфанделя, когда вошла мрачная Лиза. Билл достал второй бокал и разлил вино.

— Мне не стоит пить, — сказала Лиза, крутя бокал за ножку и с тоской принюхиваясь к рубиновой жидкости.

«Почему? Вряд ли это повредит плоду, если только ты не скрываешь от меня что-то», — подумал Билл.

Однако он знал, что это часть ее режима, способствующего заведению потомства: никакого алкоголя, очень мало кофеина, здоровое питание, физические тренировки.

— С другой стороны, почему нет, — продолжила Лиза, поднимая бокал. — Знаешь, иногда я думаю…

Она замолчала: Билл выбежал из кухни и спешил вверх по лестнице, бормоча себе под нос.

— Ради бога, Билл, теперь я даже не могу поговорить с тобой! Ты вечно работаешь! Эй, это твоя жена, твоя семья на связи! Проснись, Билл!

Но он уже сидел за столом, лихорадочно набрасывая новый алгоритм. Алкоголь! Кофеин! У беременных женщин их потребление должно снижаться. С другой стороны, они будут покупать больше кофе без кофеина и травяного чая. Билл трудился допоздна, встраивая в схему эти маркеры.

Когда он вновь прогнал расчеты, точность предсказания выросла на семь десятых процента.

Билл начал изучать собственную семью.

Когда он прокомментировал серый кружевной шарф, прикрывавший обычно блестящие черные волосы Лизы, жена нахмурилась и сказала, что краски для волос могут попадать в кровоток. Неделю спустя он заметил в ванной бутылочку хны. Прочитав состав, набрал в Google «естественная краска для волос» и немного повозился с расчетами.

Увидев, что Порция отметила понравившейся музыкальную группу на «Фэйсбуке», он понял, что отслеживание лайков и сайтов, которые посещают женщины на ранних стадиях беременности, добавит новые кусочки головоломки.

Точность предсказания росла, но ему так и не удалось добиться совершенства.

Он жаждал создать программу непорочную, как теорема Ферма, всеобъемлющую, как $E=mc^2$. Ему требовалось золотое сечение предсказания беременности.

Билл превратился в одержимого, сидел на работе до полуночи, а по выходным трудился дома. И числа продолжали расти: 95%, 97% и — в конце концов — 99,3%. Как он ни старался, ему не удавалось победить последние семь десятых процента. В итоге он решил, что дальнейшие улучшения невозможны и статистически незначимы.

Нужно остановиться, пока он не сошел с ума.

Окончательно.

***

Вскоре после этого Мориарти позвонил Биллу и сообщил, что «Лэндмарт» создал для него новую должность — директора аналитики и прогнозирования. К ней прилагалось значительное повышение, угловой кабинет и собственный персонал.

Билл поспешил домой, горя желанием поделиться с Лизой. Этим летом они смогут съездить в Европу и отложить деньги девочкам на колледж. Смогут пройти еще один цикл лечения от бесплодия.

Он задержался в прихожей, чтобы просмотреть почту. Несколько счетов, очередные университетские брошюры для Порции. Обычные проспекты, реклама и каталоги. Глаза Билла задержались на знакомом логотипе. Само собой, Глисоны тоже были гостями «Лэндмарта». При мысли о том, чего удалось добиться ему и его команде, Билл испытал чувство гордости. Он очень любил свою работу. Она приносила хороший доход и, несмотря на внеурочные часы, позволяла обеспечивать семью. Может, он и не мог рассказать им о своей привязанности, но он их любил. И был готов для них на все.

Билл взял каталог «Лэндмарта» и пролистал его. Отчаянный главный художник получил награды за смелый дизайн и рекламные объявления, пробуждавшие глубокую подсознательную тревогу, но обещавшие, что, купив эту продукцию, вы станете купаться в обещанной роскоши.

Билл увидел рекламу газонокосилки и кошачьего домика. А между ними — детскую колыбельку.

Он перевернул страницу. Рядом с рекламой книжных полок и земли для комнатных растений — витамины для беременных.

Что-то вспыхнуло в его сердце, и он начал листать страницы быстрее.

Глиняный горшок, небольшая палатка, лыжи и радионяня.

Бумажные полотенца, яркие декоративные коврики, ароматизированные свечи и одноразовые подгузники.

Через каждые несколько страниц, едва уловимо, но ясно как божий день — если ты присутствовал при рождении, если прошел беременность от начала до конца на бесчисленных совещаниях по дизайну, споря о цвете и размере шрифтов и о том, как управлять подсознанием беременной женщины.

Пуховые одеяла, тостеры и детские коляски.

В ушах у Билла звенело.

Не может быть.

— Привет, дорогой, — произнесла Лиза.

Она подошла, чтобы поцеловать мужа, и он схватил ее.

— Лиза! Ты мне не сказала.

— Что не сказала?

— У нас хорошие новости!

Она высвободилась и отступила назад.

— Какие новости? Что стряслось, Билл? У тебя взволнованный голос.

Она начала поглаживать супруга по плечу — обычно это его успокаивало.

Он не мог смотреть на жену. И обратился к вазе с тигровыми лилиями, стоявшей на столике в прихожей.

— Как давно ты узнала? В тот день, когда разразилась гроза, с громом и молниями? Было что-то особенное в том…

— Узнала о чем?

— Я могу понять, почему ты не захотела ничего говорить, чтобы мы не надеялись зря после вы…

Он замолк.

— Дорогая, — сказал Билл. — Я знаю, как сильно ты этого хотела. Я так счастлив.

Он подхватил ее и закружил.

— Билл! — Она попыталась вырваться. — Опусти меня.

Билл попробовал заговорить, но слова застряли в горле, и он лишь учащенно ловил ртом воздух.

— У тебя что, припадок?

Голос Лизы заставил Порцию, занимавшуюся вместе с другом за обеденным столом, оторвать глаза от книги по углубленному изучению физики.

Билл взял себя в руки. Нужно уважать желание Лизы сохранить новости в тайне. Поэтому он снова обнял ее и шепнул на ухо:

— Как далеко мы продвинулись?

Прижав руку к губам, Лиза в ужасе попятилась.

— С чего ты?.. Я бы сказала… Я не… беременна. — Последнее слово она прошипела сквозь стиснутые зубы.

Потрясенный, Билл переводил взгляд с искаженного мукой лица жены на брошюру на столике в прихожей.

Проект «Шерлок» предсказывал беременность у гостей «Лэндмарт» с точностью 99,3%. Экстраполировал, основываясь исключительно на фактах, на логике. Безупречно. Билл сделал его таким.

Схватив со стола брошюру, он ткнул в картинки.

— С-с-смотри!.. Реклама д-д-детских вещей! Над этим я работал. Секретная программа, о которой нельзя было говорить. Повышение. Это…

Лиза качала головой и шептала «нет», снова и снова.

Наверху хлопнула дверь.

Билл резко вздернул голову.

Дос.

Пятнадцатилетняя девчонка, мечтающая повзрослеть. Вечно гримасничает и крутится перед зеркалом. Одержима мальчиками.

Если Лиза не беременна, возможно ли, что Дос, его малышка, помешавшаяся на противоположном поле, умудрилась…

Нет!

Билл отказался доводить эту мысль до логического завершения.

Но данные не лгали. Он знал это. Хотя оставались надоедливые семь десятых процента. Да, очевидно, все дело в них. Его семья попала в статистически незначимое меньшинство.

Билл едва не заплакал от облегчения.

В столовой Порция с одноклассником каким-то чудом продолжали заниматься. Забавно, что жизнь продолжается, несмотря на полный крах его упорядоченного, логичного мира.

Но что, если проект «Шерлок» оказался вовсе не столь могущественным? А он, Билл, вел себя чванливо и высокомерно. Ни во что не ставил рабов оформления и маркетинга. Утверждал, что лишь числа говорят правду. Что, если в проект «Шерлок» вкралась основополагающая ошибка? И «Лэндмарт» вложил колоссальную сумму денег в то, что никогда не окупится? В таком случае его карьера отправится в канализацию.

Он должен немедленно отправиться наверх и перепроверить аналитический аппарат «Шерлока», крошечный шажок за крошечным шажком. На это могут уйти недели, но если в программе есть изъян, бог свидетель, он его отыщет. Исправит и вновь проведет диагностику. Он найдет ошибку.

Однако сначала нужно извиниться перед Лизой. Лизой, его прекрасной женой, у которой было такое лицо, словно она вот-вот разрыдается.

Не в силах посмотреть ей в глаза, Билл сосредоточился на двух нависших над учебником головах в соседней комнате. Уличный свет падал сквозь окно — под углом семьдесят пять градусов, вычислил Билл, — зажигая красные блики в волосах Порции и окрашивая золотом взъерошенные короткие светлые пряди ее друга. Билл порылся в памяти в поисках имени мальчика. Он уже видел его прежде, но ему плохо удавалось сопоставлять лица с именами. Придется спросить Лизу.

Голос жены ворвался в его сознание:

— Билл? Ты меня слушаешь? Ты что, пил?

Она потянулась за каталогом, но уронила его. Он упал на пол, раскрывшись на фотографии очаровательного пухлого младенца, сидящего на эргономичном высоком стульчике.

И наклонившись, чтобы поднять каталог, Билл внезапно вспомнил имя мальчика рядом с Порцией. Его звали Зак. Он был из команды по плаванию. Из компании, с которой гуляла Порция.

А потом он заметил кое-что еще.

Под столом, где никто не мог видеть, Порция и Зак держались за руки.

Билл выпрямился и замер, покачиваясь.

Он включил память и увидел Порцию, возвращающуюся домой после шопинга — обе руки заняты пакетами «Лэндмарта». Хорошую, сознательную Порцию, которая вызвалась сделать покупки за мать, лежавшую в постели из-за плохого самочувствия после лечения бесплодия. Или в последнее время из-за депрессии. Порцию, которая всегда выполняла домашние задания, которая разумно распределяла время, которая заранее строила планы и которую ждал отличный колледж.

В этом году они открыли дочери доступ к своей кредитной карте «Лэндмарта», чтобы она могла покупать то, что ей нужно.

То, что ей нужно.

Билл помчался по лестнице как сумасшедший, оставив в прихожей жену, решившую, что он спятил.

Наверху он резким ударом вывел компьютер из спящего режима и начал отстукивать на столе «Полет валькирий».

Лиза вошла в комнату. Прижалась к мужу, положила руки ему на плечи.

— Поговори со мной, милый, — сказала она мягким, умоляющим голосом. — Ты меня пугаешь.

Билл развернулся в кресле.

— Ох, Лиза!

А потом спокойным голосом рассказал ей о проекте. О том, как пытался улучшить свои модели, предсказывающие беременность. О каталоге на полу в коридоре. О том, как увидел под столом руку Порции, крепко сжимающую руку мальчика. И самое главное, об округлившемся животе, которого раньше не было, который они с Лизой не замечали, слишком занятые и одержимые собственными проблемами.

— Порция? Думаешь, это возможно? — с удивлением спросила Лиза.

— Разумеется, нет. Это ошибка, — пробормотал Билл. — Я должен ошибаться. Должен. — Он помолчал. — Потому что если я ошибся, значит, все в порядке.

— А что, если она действительно беременна? — поинтересовалась Лиза. Ее голос стал хриплым и мечтательным, а глаза подернулись дымкой теплых воспоминаний о том, каково это — нянчить мягких, пищащих, беззащитных детенышей. — Ребенок Порции! Наш внук. Мы могли бы вырастить его здесь. А она сможет отправиться в колледж. Это не лучший вариант. Но он может сработать. Мы справимся. Люди постоянно так делают.

Билл застонал.

— Лиза, как ты можешь быть такой спокойной и рациональной?

Он повернулся к экрану компьютера, который никак не мог загрузиться, и в перерывах между мелькающими картинками увидел отражение себя и Лизы: он — ссутулившийся в кресле, Лиза — за его спиной, с руками на плечах мужа, лицо поднято вверх, сияющее и прекрасное. Предвкушающее.

Это зрелище было столь театральным, столь странным и в то же время знакомым, что он подумал, будто видел его во сне, что желание жены иметь ребенка внезапно исполнилось — но самым статистически невероятным способом. Он представил, как в три утра выбирается из постели, заслышав голодный плач, как меняет подгузники, вытирает с крошечного подбородка гороховое пюре, — и весь бурный родительский опыт пронесся в сознании Билла, наполнив его ужасом, и любовью, и смятением, и усталостью. Он не сможет сделать это еще раз. А потом Лиза прильнула к нему, ее руки были теплыми и мягкими. Его сердце наполнилось любовью к жене и семье. Кто бы в эту семью ни входил. И когда они прижались друг к другу, плотно, не оставив ни малейшего просвета, он почувствовал себя ближе к ней, чем на протяжении всех последних лет, и понял, что каким-то образом все образуется. Затем Лиза переместилась, и холодный сквозняк пронесся между их телами. Чувство безопасности исчезло. Билл ощутил, как стабильная, упорядоченная жизнь, над которой он столько трудился, поднимается, словно химера, и покидает его.

И ожидая, пока столбцы сверкающих данных заполнят экран, Билл положил голову на клавиатуру и прокричал:

— Господи, пожалуйста, один-единственный раз, пусть «Шерлок» ошибется!

КТО УГОДНО

Майкл Дирда

— Как ты мог? Нет, как ты мог?

Джин Леки смотрела на Артура Конана Дойла, по ее щекам струились слезы. Пара сидела в тихом уголке чайной «Эй-би-си Ти-шоп» в Кэмден-тауне. Спутник Джин, одетый в красивый твидовый костюм, выглядел озадаченным.

— Дорогая, милая, любимая… Пожалуйста, не плачь.

— Тебе легко говорить. Тебе наплевать на мои чувства.

— Я тебя обожаю.

— Скажи это Туи, лицемер. Очевидно, ее ты обожал достаточно, чтобы сделать свой брак, свой счастливый брак, темой вот этого!

Джин достала из вместительной сумочки книгу и швырнула на стол.

Артур молча взял небольшой томик и посмотрел на обложку. «Дуэт» А. Конана Дойла. Тем временем симпатичная, но расстроенная женщина продолжила:

— Тебе нечего ответить? На тебя посмотреть, так ты впервые ее видишь.

— Дорогая, «Дуэт» вышел много лет назад. Я почти ничего не помню об этой книге.

— Неужели? Надо полагать, этого ты тоже не помнишь?

Она снова порылась в сумочке и достала толстую пачку бумаги, исписанной аккуратным почерком.

— Что это?

— Как быстро они забывают! Это твой подарок мне. Рукопись к тому очаровательному описанию вашего счастливого брака с Туи, вашего семейного блаженства, которое внезапно поставила под угрозу, — она снова всхлипнула, — злокозненная Другая женщина. И кто же, позвольте спросить, был тем демоном в женском обличье, тем злобным суккубом, той Лилит? Не мисс ли Джин Леки, самая несчастная женщина в Англии? Представить только, а ведь я поверила всем твоим признаниям в любви, ведь я так долго ждала...

— Э-э, Джин.

— Что? Ты... ты жаба, ты гадюка... Что?

— Это древняя история, милая. Почему ты о ней вспомнила?

— Знаешь, дорогой, — холодно ответила Джин, — я наконец прочла книгу. Раньше я боялась, но чувствовала, что должна это сделать, если мы собираемся...

— Джин, пожалуйста, не плачь.

— Артур, эта книга делает наш брак невозможным.

— Что?!

— Да, Артур, я всегда буду жить в тени любви, которую ты столь нежно описываешь на этих страницах. Я этого не вынесу. И кто знает, может, дух Туи наблюдает за нами прямо сейчас. Незримо присутствует рядом. — Она оглядела чайную.

Артур Конан Дойл покорно ссутулился в кресле, затем, судя по всему, собрался с духом и наконец произнес:

— Джин, мне следовало давно все тебе рассказать. Я не знаю, чей брак описывает эта книга, но она не имеет никакого отношения ко мне, или Туи... или к нам.

Джин начала смеяться, затем умолкла.

— Что ты говоришь? Еще немного — и ты начнешь утверждать, будто не являешься известным писателем Конаном Дойлом.

— Вообще-то не являюсь.

— Лжец.

— Нет, это правда. И я не писал «Дуэт», моя голубка.

— Твое имя есть на титульном листе!

— Мое имя есть на множестве титульных листов. Точно не уверен, но, полагаю, «Дуэт» принадлежит Гранту Аллену, парню, написавшему «Женщина, которая смогла».

— Но что насчет этой рукописи?

— Как ты могла заметить, ни на одной странице нет исправлений, вычеркиваний и правок.

— Верно.

— Все дело в том, что я просто переписал ее из книги.

***

Три месяца спустя

— Значит, А. Конан Дойл — имя, принадлежащее издательству «Стрэнд». Я мог бы и догадаться.

Зебулон Дэне, завсегдатай светских клубов, журналист и — эпизодически — консультант мистера Шерлока Холмса, выдохнул сигаретный дым и откинулся на спинку своего любимого красного кожаного дивана. За эркером клуба «Эмнизиэкс» — где можно было говорить о чем угодно, и впоследствии никто не мог припомнить ни слова, даже на суде, — прохожие спешили к ближайшей станции подземки.

— Да, — продолжил он, — я мог бы давным-давно догадаться. Никто не в состоянии писать так много и в столь различных стилях. Но как это выяснилось?

Герберт Гринхью Смит, редактор журнала «Стрэнд», сделал глоток бренди.

— Полагаю, все дело в Уотсоне. Он пришел ко мне с этими чудесными воспоминаниями о приключениях Холмса, но, очевидно, не желал публиковать их под своим именем. Сказал, что врач не может позволить себе писать беллетристику, иначе никто не будет воспринимать его всерьез.

— А кто-то воспринимает Джона всерьез как врача?

Гринхью Смит улыбнулся.

— Согласен с вами. Но Уотсон — хороший человек и чертовски хороший писатель. Кроме того, он уже использовал «А. Конана Дойла» для нескольких историй о Холмсе в «Битонз» и том американском журнале, «Липпинкоттз».

— Который первым опубликовал «Дориана Грея» Уайльда?

— Да, том самом. — Гринхью Смит осушил бокал. — В любом случае я счел, что пора отправить псевдоним на покой и представить Джона Х. Уотсона как «единственного вдохновителя» «Скандала в Богемии». Но Уотсон не хотел об этом слышать. Осмелюсь сказать, Холмс считал, что литературная слава привлечет нежелательное внимание к дому 221-б. Однако лично я думаю, что главной причиной была Мэри. Она мгновенно поняла, что женщины склонны увлекаться писателями, а будучи мудрой женщиной, знала, что ее супруг не в силах противостоять милому личику или ножке. Нет, ради спокойствия Холмса — и супружеской верности — в конце концов было решено сохранить А. Конан Дойла.

Дэне подозвал официанта.

— Еще один бренди моему гостю. — И когда они вновь остались одни, добавил: — Все это небезынтересно, однако десять минут назад вы намекали на нечто большее… Ведь не только Уотсон использовал nom de plume* «А. Конан Дойл», не так ли?

Редактор «Стрэнд» выглядел немного смущенным.

— Полагаю, это полностью моя ошибка. Как-то вечером мы с Э. У. Хорнунгом встретились, чтобы поужинать у Эммушки Орци. Вы же знаете, что Хорнунг любит пошутить. Так вот, тем вечером он отпустил какое-то замечание о том, что «Союз рыжих» скорее написал один из Конан Дойлов, нежели сам знаменитый Конан Дойл. Разумеется, он знал, что его зять не в состоянии выписать рецепт, не то что создать рассказ.

— Но его посвящение во «Взломщике-любителе» — «А.К.Д., с восхищением».

— Ирония или очередная безобидная шутка. Плут Раффлс — вовсе не джентльмен, каким кажется, а А. Конан Дойл — отнюдь не автор. Оба притворщики.

Гринхью Смит прервался на глоток бренди, затем продолжил:

— Все это началось еще в восьмидесятых годах. Джон Х. Уотсон и Артур Конан Дойл — старинные друзья и даже похожи друг на друга, так что их можно принять за братьев. Молодые медики познакомились в Швейцарии, где оба учились у какого-то знаменитого окулиста. — Гринхью Смит посмотрел на свой почти опустевший бокал. — Примерно в то время, когда Джон заканчивал «Этюд в багровых тонах», он узнал, что его старый приятель столкнулся с проблемами, пытаясь наладить практику в каком-то провинциальном городке. Кажется, Портсмуте или Саутси. В действительности у Конан Дойла и пациентов-то не было. Холмс вам первый подтвердит, что душа у Джона добрая, и он на собственном

* Литературный псевдоним (*фр.*).

опыте знает, каково это — быть одному, в отчаянии, в чужом городе. По правде говоря, не думаю, что он полностью оправился от того, через что ему пришлось пройти при Майванде* или в первые месяцы после возвращения в Лондон. Холмс мог бы рассказать вам о кошмарах… Но я отвлекся. Буду краток: Уотсон заключил сделку. Он выплачивает своему другу Артуру процент с литературных доходов, а в ответ использует его имя. Разумеется, Конан Дойлу также нужно было притворяться, что он написал один, затем два, а теперь уже множество «Рассказов о Шерлоке Холмсе». Смущенные читатели продолжают жаловаться: настоящий ли Холмс человек или вымышленный? Описал ли его дела Уотсон или придумал Конан Дойл? Как бы то ни было, тайна хорошо повлияла на популярность, и я уверен, что подобные загадки не в силах решить даже Шерлок Холмс.

Гринхью Смит прикончил свой второй бренди.

— Время шло, Конан Дойл с готовностью влился в ряды литераторов, хотя по-прежнему посвящал много времени своим истинным пристрастиям — крикету и бильярду, а также поездкам в Швейцарию, чтобы покататься на лыжах. Можете себе представить, он даже занимается боксом! Иногда этот человек напоминает мне Джека Лондона, хотя Лондон действительно умеет писать.

Дэне фыркнул.

— На мой вкус, Конан Дойл всегда был слишком общительным. Альфред Дуглас однажды сказал мне, что он действительно ходил на китобойном судне. Вы об этом знали? Могу представить его с гарпуном в руке вместо лыжной палки. Что

---

* Битва при Майванде (27 июля 1880 г.) — одно из главных сражений Второй англо-афганской войны (1878–1881), завершившееся разгромом британцев.

до Джека Лондона, я вас умоляю. Я полжизни бегал от этих мужланов с Дикого Запада. Худшие мои кошмары — о тех злосчастных временах, когда я служил гвардейцем. А вот Генри Джеймс — писатель моей души.

— Лично я его не выношу. Как там сказала бедняжка Кловер Адамс? Генри Джеймс жует больше, чем откусывает. Если спросите меня, этот толстый псевдоангличанишка понятия не имеет, как рассказывать истории. Была ли гувернантка в его повести сумасшедшей или нет? Я так и не понял. А вот Саки — настоящий рассказчик.

Гринхью Смит на мгновение задумался, покачал бокал, вновь наполненный бренди, и со вздохом продолжил:

— Уотсон не думал, что сделка продлится долго. Может, год или два. В конце концов, после того как доктор перевел свою практику в Сассекс-Даунз, рассказы о Холмсе не появлялись несколько лет. Уотсоны были счастливы, заняты и не слишком нуждались в деньгах, ведя простую сельскую жизнь. Но после смерти ребенка и самоубийства несчастной Мэри Джон покатился вниз. Алкоголь, проигрыши на скачках, старые кошмары об Афганистане, вновь дали о себе знать раны от джезайлов*, и однажды ночью он достал свой старый армейский пистолет и решил вышибить себе мозги. Ради чего жить? Спас его Холмс: сначала пригласил обратно в 221-б, а потом заставил описать их новые дела.

— И таким образом, — прервал его Дэне, — Уотсон сотворил «Собаку Баскервилей».

— Не совсем так, — ответил Гринхью Смит. — Уотсон снова взялся за дела Холмса в «Пустом доме». Но задолго до этого читатели «Стрэнд» стали требовать новых рассказов

* Простое, часто самодельное ружье, использовавшееся в Британской Индии, Средней Азии и на Ближнем Востоке.

о великом детективе, а насколько я тогда знал, Уотсон больше не собирался писать о нем. Поэтому я попросил Флетчера Робинсона заняться тем зловещим происшествием с Баскервилем. Щедрый Джон с радостью предоставил свои записи и полевые заметки. В качестве благодарности Робинсон заметно усилил роль Уотсона в этом деле. Возможно, немного перестарался. Но Робинсон прекрасно знал Дартмур и мастерски добавил жуткие штрихи, которые так любят читатели. По моему мнению, Дэне, ничто не могло сравниться с «Собакой», пока Монти Джеймс не начал публиковать свои истории о привидениях. Однако Робинсон весьма нахально посвятил книгу самому себе.

— Итак, благодаря вашим редакторским махинациям Флетчер Робинсон, использовав имя Конан Дойла и заметки Уотсона, написал «Собаку Баскервилей». А я-то считал Майкрофта коварным человеком.

— Дэне, вы ведь в некотором роде журналист… Вы знаете, каковы редакторы. Когда одним поздним ноябрьским вечером Холмс упомянул загадку Баскервилей, она засела в моей памяти. Как я мог упустить такую хорошую историю?

— Следовательно, если я правильно понял, к тому моменту под именем Конан Дойла скрывались два писателя?

— Намного больше. Я совершенно потерял совесть. Шутка Хорнунга навела меня на мысль, что Уотсон — лишь один из Конан Дойлов. Почему не быть другим? Это имя уже прославилось, и люди купят любую ерунду, подписанную им. Однажды днем я беседовал со Стэнли Уайменом — и неожиданно понял, что спрашиваю, не согласится ли он написать детектив под псевдонимом. Уаймен тогда только начинал — кажется, едва вышло его «Волчье логово» — и с радостью ухватился за «Белый отряд». К сожалению, мы повздорили, и роман по частям выпустил «Корнхилл». Но не так давно я уговорил нашу подругу Эммушку взяться за «Сэра Найджела». В ней течет цыганская кровь, и она с удовольствием обзавелась тайной личностью, совсем как ее сэр Перси Блэкни, также известный как…

— Пожалуйста, не надо! — воскликнул Дэне, но опоздал.

— …как Алый Первоцвет! «Его ищут здесь, его ищут там, французы идут за ним по пятам!» — Тут Гринхью Смит вскочил на ноги и принялся размахивать воображаемым мечом, приняв столь героическую и благородную позу, что ей позавидовал бы сам Фред Терри и даже сэр Генри Ирвинг.

Однако Дэне был вне себя от смущения.

— Прекратите, мой дорогой сэр, — приказал он. — Пожалуйста, не забывайте, где вы находитесь, и сядьте. Мне бы не хотелось, чтобы моего гостя выставили из клуба за чрезмерный энтузиазм.

Гринхью Смит неохотно опустил правую руку и вернулся на свое место, тихо бормоча себе под нос:

— «В раю ли, в аду — где искать его след? Проклятье, опять ускользнул Первоцвет!»

Зебулон Дэне раскурил новую сигарету.

— Так сколько всего существует Конан Дойлов?

— Навскидку и не вспомнишь, — ответил запыхавшийся редактор. — Давайте посмотрим. Я дал Стокеру, так сказать, зародыш «Паразита». Вампиры и не только. Ф. Энсти переделал «Шиворот-навыворот» в «Необычайный эксперимент в Кайнплатце». «За городом», комическая история об эмансипированной дамочке, в действительности написана Шоу. Больше никогда не буду с ним работать. Уида, само собой, предложила роман о похищении на Ближнем Востоке. «Трагедия с «Короско» — пожалуй, мое любимое произведение

Конан Дойла. Само собой, некоторые договоренности мне пришлось расторгнуть, но менее крупные издания с радостью их забрали. Я напряженно трудился, Дэне, чтобы имя Конан Дойла не покидало страницы «Стрэнд» надолго.

— То есть призрачное писательство продолжается?

— Да, но не знаю, сколько еще это продлится. А почему вы спрашиваете? Не желаете примерить псевдоним? У меня есть задумка наподобие «Битвы при Доркинге», история о подлодках, уничтожающих английский морской флот. Нет? Когда-нибудь летали на аэроплане? Шокирующий рассказ о живущих в облаках созданиях вполне может, — усмешка, — взлететь.

— Боюсь, подобные фантазии — скорее по части Уэллса и Мэтью Шила. Я предпочитаю иметь дело с фактами и настоящими, живыми людьми. Я журналист.

— О, к чему эта надменность, Дэне. От лица Конан Дойла писали разные люди. Вы не заметили руку Джерома К. Джерома в «Письмах Старка Монро»? Я-то думал, что это сочетание юмора с религиозностью его выдаст. Миссис Эдит Блэнд принесла мне «Кожаную воронку» и ту пьесу для «Гран-Гиньоль», о леди Сэннокс. Сказала, что это настоящее отдохновение после детских книжек. И я уверен, что работа над историями о капитане Шарки натолкнула Барри на мысль о капитане Крюке. В общем, писать за Конан Дойла стало очень модно. Но публика, разумеется, оставалась в неведении. Никто ничего не подозревал, даже вы.

— До меня доходили слухи.

— Но ничего серьезного.

— Да, верно. Что вновь поднимает вопрос: почему сейчас вы рассказываете мне все это? В чем именно заключается проблема? И почему вам потребовалась моя помощь?

Тем временем в доме 221-б по Бейкер-стрит

— Итак, Уотсон, что вы об этом думаете?

Холмс пересек гостиную и уронил на колени другу последний выпуск «Стрэнд». Добрый доктор осторожно взял его.

— Знаете, Холмс, судя по всему, это последний выпуск журнала «Стрэнд».

— Именно, мой дорогой друг. Но больше вы ничего не замечаете?

Уотсон внимательно изучил обложку, на которой была изображена оживленная уличная сцена. Затем открыл оглавление. Портреты членов королевской семьи в домашней обстановке. Научный роман «Полая Земля» Г. Дж. Уэллса.

Статья по спиритизму А. Конан Дойла…

— Я ничего не вижу.

— Как обычно, Уотсон. Как обычно.

— За исключением этого творения Конан Дойла, «Грядущее откровение». Полная бессмыслица, если вы спросите мое мнение.

— Разве не вы сами написали эту статью?

— Господь с вами, Холмс. Я занимаюсь только вашими расследованиями. Может, иногда я немного нагнетаю атмосферу, сгущаю краски и добавляю диалоги для драматического эффекта, но всегда придерживаюсь фактов.

— Можете ли вы, мой дорогой Уотсон, вычислить автора этой статьи?

— Не имею ни малейшего представления, кто это. Гринхью Смит — только между нами — в последние годы весьма усердно эксплуатировал имя А. Конан Дойла. Нанял целый штат писателей, строчивших детективы, романы, всевозможные приключенческие истории. Если не ошибаюсь, Энтони Хоуп создал остроумный цикл о бригадире Жераре… Если бы только у меня был талант…

— Уотсон, сравнения необъективны, а вы отлично описываете наши дела, придавая им романтичный ореол. Мне достоверно известно, что ни вы, ни автор «Узника Зенды» не писали эту дурацкую статью. Очевидно, вы забыли, что когда-то я провел стилостатистический анализ всех основных авторов «Стрэнда», «Пирсонз», «Чемберз» и десятка других периодических изданий. Частота употребления определенных фразеологических оборотов, длина абзацев — все это позволяет тренированному уму установить личность неизвестного автора. Лежащее перед нами эссе, это восхваление так называемого астрального царства, определенно не принадлежит перу известных мне журнальных писателей. Однако должен признать, что на данный момент я подозреваю, что его написал тот парень Блэквуд.

— Вы имеете в виду Элджернона Блэквуда? Гринхью Смит говорил, что сейчас он работает над какими-то рассказами об «оккультном» сыщике по имени Джон Сайленс, очередном из так называемых воображаемых «соперников Шерлока Холмса». Но если бы вы никогда не стали частным сыщиком, уверен, мы бы не услышали о Мартине Хьюитте, Ромни Прингле и профессоре С.Ф.К. ван Дузене.

— Вы сказали, соперников, Уотсон? Полагаю, это очередное проявление вашего лукавого чувства юмора. Но давайте не будем отвлекаться от сути дела. Изначально я подумал, что статья может принадлежать Блэквуду, из-за его членства в так называемом Герметическом Ордене Золотой Зари. Очередной ребяческий, безвкусный вздор! Он оскорбляет живущего во мне ученого. Однако это не Блэквуд и даже не его мистический друг-валлиец Артур Мейчен. Теперь мне известна подлинная личность автора статьи.

— Кто же это?

— Конан Дойл.

— Да-да, так и сказано в оглавлении, но который?

— Вы болван! Я имею в виду вашего друга Артура Конан Дойла, который, по неизвестным пока причинам, внезапно начал писать под собственным именем.

— Но это глупо, Холмс. Этого человека интересует только спорт — и, если не ошибаюсь, миловидная юная особа по имени Леки. — Уотсон задумчиво умолк. — Вы считаете, поэтому он столь рьяно взялся за реформу закона о расторжении брака? Интересно... Но право, Холмс, Конан Дойл — и писатель! Что за ерунда! Еще немного — и вы скажете, что желаете самолично записывать свои дела! Хотел бы я посмотреть, как вы опишете ту историю о львиной гриве. — Уотсон усмехнулся. — Смешно даже думать об этом.

— Действительно, смешно, — ответил Холмс, — но совсем по иной причине, Уотсон. Я согласен с проницательным Томасом Карлайлом: лучше убирать улицы, чем работать в журнале.

Тем не менее на секунду великий детектив принял задумчивый вид, словно его посетила выдающаяся идея, к которой мир еще не был готов.

— Прошу вас, Холмс, — прервал раздумья друга Уотсон. — Не клевещите на мои писательские труды. В конце концов «Стрэнд» дает нам половину арендной платы. Кроме того... — на секунду привычное добродушие доктора угасло, — писательство помогает мне коротать долгие ночи.

— Ну хорошо, Уотсон, беру назад грубые слова. С моей стороны это было невежливо. Но вы ведь понимаете, старина, что это значит? Боюсь, ваша литературная карьера подошла к концу. Однако, если только я не ошибся в своей оценке, Гринхью Смит, возможно, в этот самый момент едет на встречу с неким журналистом — и речь вовсе не о Лэнгдейле Пайке. Да, Уотсон, это дело для Зебулона Дэне.

Три дня спустя, в клубе «Эмнизиэкс»

— В этом деле и так уже слишком много Конан Дойлов. Я могу обращаться к вам по имени? — спросил Зебулон Дэне. — Уверен, вы простите мою самонадеянность. Поскольку самого меня назвали Зебулоном Эндрю Дэне — в честь американского исследователя и кузена матери, автора «Голубой книги фей», — я весьма чувствителен к именам. Но простите. Вряд ли вас интересуют эти генеалогические подробности.

Привлекательный усатый спортсмен выдавил слабую улыбку. Он уже пожалел, что послушал Джин.

— Конечно, можете называть меня Артуром.

— Уверен, что вы с Джоном хорошо знакомы, — продолжал Дэне. — Позже к нам может присоединиться редактор «Стрэнда», мистер Гринхью Смит. К сожалению, Шерлок Холмс сейчас в пути на остров Уффа по какому-то делу, связанному с подземным феноменом. Очевидно, слухи о чем-то вроде пещерного монстра из расщелины Голубого Джона. Однако лично я считаю, что он просто сбежал из Лондона на время, пока все не утрясется. В конце концов именно он является fons et origo* этого… переполоха.

Артур Конан Дойл и Джон Х. Уотсон придвинули кресла ближе к Зебулону Дэне, расположившемуся на своем привычном красном кожаном диване. Журналист продолжил:

* Причина и первоисточник (*лат.*).

— Как сказал бы ваш коллега доктор Торндайк, давайте взглянем на факты. Факт номер один: много лет назад Джон убедил Артура, который тогда испытывал финансовые затруднения, позволить ему использовать псевдоним «А. Конан Дойл» для того, что обычно называют приключениями Шерлока Холмса. Говорю «обычно», поскольку знаю, как морщится Холмс от этого бульварного слова «приключения».

Факт номер два: со временем Герберт Гринхью Смит, редактор журнала «Стрэнд», постепенно начал использовать — в несколько безрассудной манере — имя А. Конан Дойла для всевозможной беллетристики, от исторических и социальных романов до современных жизнеописаний.

Факт номер три: из частной беседы с мисс Джин Леки я узнал, что ее крайне встревожило прочтение «Дуэта» А. Конан Дойла. По всем признакам это преимущественно автобиографическое описание счастливого брака — как она решила, отражение семейной жизни Артура с его покойной женой Луизой, также известной как Туи.

Факт номер четыре: Артур сообщил мисс Леки, что не писал «Дуэт» и что его автором в действительности является Грант Аллен. Кстати, это неверное предположение. Гринхью Смит проинформировал меня, что настоящий автор — Мария Корелли. Впрочем, это не имеет значения. Спрашивая напрямую, мисс Леки выяснила, что ее, так сказать, друг не написал ни одной из книг, носящих его имя.

Факт номер пять: мисс Леки — юная особа с высокими моральными принципами, и ее потрясло известие о том, что джентльмен, о котором она была весьма высокого мнения, живет во лжи. Она может испытывать уважение только к человеку, который, как она изящно выразилась, «верен, как сталь, прям, как клинок». Вкратце, мисс Леки пригрозила — думаю, это подходящее слово — оборвать все социальные связи с мистером Артуром Конан Дойлом, если он не «исправит положение». В первую очередь она подразумевала, что необходимо немедленно прекратить бессистемное и, на ее взгляд, лживое использование имени А. Конан Дойла... Наконец мы подобрались к сути дела, и, если позволите, я просто опишу последовавшие события. Но сначала могу ли я предложить вам бренди? Нет? Портвейн? Шерри?

— Продолжайте, Зеб, — сказал Уотсон.

— Итак, у Артура, — Дэне смерил взглядом плотного спортсмена, — очевидно, возникла серьезная проблема. Не только своим социальным положением, но и большей частью доходов он обязан различным работам, опубликованным под клеймом «А. Конан Дойл», как выразились бы скотоводы с американского Запада. Сообщить обществу правду? Это привело бы к насмешкам, если не к нищете. Поэтому Артур выдвинул мисс Леки радикальное ответное предложение. Поделитесь с нами, Артур?

Конан Дойл смутился еще сильнее.

— Слова — не мой конек, но, в общем, я пообещал Джин, мисс Леки, что с этого момента под именем А. Конан Дойла буду писать только я сам. Прошлое есть прошлое, сказал я, и его не изменить. Но поклялся, что в будущем имя А. Конан Дойла будет использовано только в добрых целях.

— В добрых целях? Что вы под этим подразумеваете, Артур? — спросил Уотсон.

— Я собираюсь, Джон, защищать ошибочно обвиненных в преступлениях, поддерживать правовые и общественные реформы, а самое главное, продвигать дело, в которое поверил с помощью Джин.

— Полагаю, речь идет о спиритизме? — прервал его Уотсон. — Как вы можете верить в подобную ерунду, Артур? Вы, образованный человек, выпускник Эдинбургского университета, врач...

— Я знал, что вы будете смеяться надо мной, Джон, да и не только вы, но я видел и слышал вещи, убедившие меня в существовании Другого мира, в том, что спиритические контакты возможны, что...

— Как скажете, Артур, как скажете. Но лично я считаю, что, подписывая своим именем спиритические трактаты, А. Конан Дойл продолжит творить беллетристику.

В этот момент дверь открылась, и пожилой служитель впустил в комнату Гринхью Смита, который несколько нетвердо держался на ногах.

— Привет, ребята. Вижу, он сообщил вам плохие новости. С этого момента гордое имя А. Конан Дойла, в прошлом — одного из величайших рассказчиков эпохи, украсит дискуссии, апологии и истории о спиритизме, а также, вне всяких сомнений, книги о грани непознанного. И — кто знает! Может, даже о феях и маленьком народце.

— Будет вам, — сказал Уотсон. — Грубовато с вашей стороны, Герберт. Вы и так достаточно эксплуатировали имя Конан Дойла для дешевых сенсаций. Не делайте непонимающее лицо. Возьмем, например, историю об ожившей мумии. Если не ошибаюсь, «Лот номер двести сорок девять». Но феи, скажете тоже! Уверен, до этого Артур не дойдет.

Конан Дойл смутился еще сильнее, если это, конечно, было возможно, и сделал вид, что смотрит в окно клуба.

— Может, вы и правы, — согласился редактор «Стрэнда». — Поживем — увидим. Как бы то ни было, я побеседовал с мисс Леки, и она согласилась, что истории о профессоре

Челленджере, которые мы держали про запас, можно опубликовать. Вы знаете, о чем я, Джон, три или четыре рассказа, которые с удовольствием написали Киплинг и Хаггард, когда играли в гольф в Шотландии. Однако мисс Леки настояла, что в конце концов ее будущий супруг должен привести Челленджера к спиритическим истинам. Ученый, даже вымышленный, присоединившийся к движению, может произвести фурор. «Ах, если бы Челленджер существовал на самом деле, — сказала она мне, — как капитан Скотт или сэр Гарри Флэшмен».

— Но что насчет меня? — запротестовал Уотсон. — Что насчет моих описаний работы Холмса?

— Что ж, Джон, — с улыбкой ответил Конан Дойл, — поскольку вы щедро делились со мной доходами от написанных вами рассказов, будет справедливо, если в ответ я выплачу вам те же проценты. При условии, что вы позволите мне продолжить хроники Бейкер-стрит. Признаю, моим писательским талантам не сравниться с вашими, но если вы одолжите мне заметки для, скажем, дел о камне Мазарини и «Трех коньках», я сделаю все возможное, чтобы они получились не менее интересными, чем «Пестрая лента» и «Серебряный».

— Но Артур, — говорю как ваш старый друг, — вы не осознаете, сколько сил я вкладываю в истории для «Стрэнд».

— Бросьте, Джон, со стороны кажется, будто они сами себя пишут. Готов биться об заклад, любой человек, владеющий фактами, может написать рассказ о Шерлоке Холмсе. «Был дождливый октябрьский вечер тысяча восемьсот девяносто второго года, однако мы с Холмсом сидели в нашей уютной гостиной, пока миссис Хадсон не сообщила о прибытии посетителя». Ничего сложного, видите? Однако я должен откланяться. Мисс Леки ждет в передней. После чая мы собираемся на сеанс — Алистер Кроули представил нас нашему личному духу-наставнику. Какие знания! Какая древняя мудрость! Финеас может стать отличной темой для книги, и я уже придумал название: «Финеас говорит».

После ухода Конан Дойла все вздохнули с облегчением.

— О всевышний, — простонал Дэне, — боюсь даже представить, что за третьесортные проповеди и нудная пропаганда польются теперь из-под пера А. Конан Дойла. Я приложил все усилия, чтобы убедить его и эту Леки сохранить статус-кво, — но тщетно. Неужели ничего нельзя сделать?

— Ничего, — ответил Гринхью Смит. — Очень жаль, но ничего не поделаешь. Однако «Стрэнд» не сдастся. И я начинаю думать, что пора что-то менять в любом случае. Долой старое, да здравствует новое, так сказать. Не хотели бы вы написать «шпионский» триллер, Джон? На мой взгляд, «Загадка песков» открыла свежие возможности в повествовании. Что скажете?

— Спасибо за предложение, Герберт, но я откажусь. Мне понравилась книга Чайлдерса, однако вы сами знаете, что я люблю все истории про море, не только Кларка Рассела. А вот беллетристика — не мое. У меня просто не хватает воображения. Нет, однажды Джон Х. Уотсон уже завершал писательскую карьеру — и второй раз, думаю, станет последним. Однако я спрятал несколько расследований Холмса в моей ячейке в «Коксез-бэнк», включая то длинное, про Долину Страха, так что смогу время от времени подкидывать заметки нашему бедному обманутому другу. При условии, что мне удастся скрыться от зоркого ока будущей миссис Артур Конан Дойл. Если нам будет сопутствовать удача — и я говорю это без ложной скромности, — мы еще увидим несколько хороших рассказов о Бейкер-стрит. Но в целом, подозреваю, читателей ждет разочарование. Спиритизм! Ох, Артур!

Гринхью Смит пожал плечами.

— Как скажете, Джон. А что насчет вас, Дэне? Без сомнения, вы согласитесь написать триллер — за хорошие деньги.

— Вы, редакторы, никогда не сдаетесь. Как я уже говорил, беллетристика — не моя стезя.

— Да будет вам. Это мало отличается от газетных заметок. Кроме того, вы же иногда занимаетесь расследованиями. Возьмем ту волну преступлений в Бландинге или загадку ухаживания лорда Стратморлика и не станем забывать, что именно Зебулон Дэне первым предположил, что за этим может стоять Потрошительница Джилл. Писать вы будете под псевдонимом, и вашей репутации, э-эм, почтенного журналиста ничего не грозит. Кроме того, я уже проделал самую сложную работу: придумал сюжеты и названия. А.Э.В. Мейсон согласился взяться за «Источник силы», но вы прекрасно подходите для «Тридцати девяти ступеней». Идея такова. Невинный человек, ошибочно обвиненный в убийстве, скрывается от полиции и безжалостных вражеских агентов. Звучит неплохо, верно? Скажите да, Дэне, иначе этим займется Честертон, а в таком случае они с Мейсоном могут утащить всю серию к моему ужасному конкуренту в «Блэквудс». Пожалуйста! Ради дружбы? Предсказываю, что «Джон Бучан» будет почти столь же популярным и плодовитым, как «А. Конан Дойл».

ОН ВЫРОС НА РАССКАЗАХ О ШЕРЛОКЕ ХОЛМСЕ

Харлан Эллисон

Случилась плохая вещь. Нет, случилась «Плохая вещь». Во Фримонте, штат Небраска, мужчина обманул честную пожилую даму — и никто не смог заставить его исправить содеянное. Для беспомощной пожилой дамы трагедия растянулась на сорок лет. Однажды она рассказала об этом другу. И теперь я расскажу вам историю. Или настоящий жизненный эпизод. Желаете, чтобы это была «история, которую я еще не написал»? Ради бога. Хотите верить, что я вспоминаю настоящий эпизод из жизни? Милости прошу. Решать вам.

Когда-то не так уж давно…

Мужчина спал в своей постели в квартире на восьмом этаже, в Нью-Йорке. Рядом с ним зазвонил телефон. Обычный аппарат XX столетия, не радиотрубка. Была глубокая ночь, почти утро, но солнце еще не поднялось над резными силуэтами Манхэттена. Телефон зазвонил снова.

Мужчина высунул руку из-под простыни и схватил трубку.

— Ты проснулся? — произнес мужской голос на другом конце линии, очень медленно и отчетливо.

— А?

— Ты уже проснулся и можешь выслушать меня?

— Что? Кто это?

— Окна в твоей спальне открыты… или закрыты?

— А?

— Посмотри на занавески!

— Э… Что…

— Сядь и *посмотри* на занавески. Они колышутся?

— Я… э…

— *Посмотри!*

Трехкомнатная квартира выходила во двор-колодец в центре Манхэттена. Стояла осень, и на улице было холодно. Окна в спальне были плотно закрыты, чтобы заглушить шум из нижних квартир и с улицы. Занавески были задернуты. Мужчина слегка приподнялся и посмотрел на ближайшую занавеску. Она покачивалась. Сквозняка не чувствовалось. Мужчина ничего не сказал в трубку. Трубка сочилась тишиной. Зловещей тишиной.

Человек, скорее тень, вышел из-за покачивавшейся занавески и приблизился к мужчине в постели. Света в комнате хватало, чтобы мужчина с телефоном смог различить: человек в черном держит большую сырую картофелину, из середины которой торчит обоюдоострое бритвенное лезвие. На человеке были кожаные перчатки, и там, где они заканчивались, на запястьях, скользко поблескивал тонкий полиэтилен других перчаток, какие носят продавцы пищи. Человек в черном подошел к кровати, встал над приподнявшимся мужчиной и потянулся к телефону. Приложив острый край бритвы к шее мужчины, свободной рукой взял трубку.

— Просто скажи: да или нет, — велел голос на другом конце линии.

— Ладно, да.

— Он сидит?

— Да.

— Он может видеть тебя... и то, что ты держишь у его горла?

— Ага.

— Верни ему трубку. Ничего не делай, пока я не скажу.

— Ладно.

Человек вернул трубку мужчине, дрожавшему под бритвенным лезвием. В широко распахнутых глазах мужчины блестели слезы.

— Ты веришь в серьезность его намерений? — спросил голос на другом конце.

— А?

— Я хочу услышать от тебя «да» или «нет».

— Кто...

— Дай ему телефон. — Пауза. — Дай ему телефон!

Напуганный мужчина отдал трубку.

— Я велел ему сказать «да» или «нет». Если скажет что-то еще, любое междометие, «э» или «а»... порежешь его?

— Да.

— Не сильно для начала. Позволь ему увидеть собственную кровь. Сделай разрез там, где он сможет обсосать его и попробовать на вкус.

Человек в черном промолчал, но вернул трубку, крепко прижав ее к уху мужчины в постели.

— Итак, — произнес спокойный голос из ниоткуда. — Ты убедился, что он настроен серьезно и может причинить тебе вред? Да или нет?

— *Послушайте, кем бы вы, черт побери, ни были...*

Картофелина прошлась по тыльной стороне ладони мужчины, от мизинца к большому пальцу. Кровь начала сочиться из аккуратного и тонкого, но длинного, почти пятидюймового разреза. Мужчина уронил трубку на кровать, оставив кровавый отпечаток на простыне. И заскулил. Такой звук могла издавать бродячая собака, задетая такси на улице, далеко внизу: слабый, но протяжный. Человек с бритвой-в-картофелине протянул руку к пульсирующему бледному горлу и кивнул на упавший телефон. Никто не произнес ни слова.

Посасывая костяшки пальцев, мужчина поднял трубку дрожащей, слабо кровоточащей рукой — и начал слушать. Внимательно.

— Итак. Слушай внимательно. На случай, если ты скажешь что-то кроме «да» или «нет», если начнешь оправдываться или уходить от прямого, честного ответа: я велел ему отыскать махровое полотенце и засунуть тебе в рот, чтобы никто не услышал твоих криков, пока он будет медленно резать тебя на кусочки. И твоего брата Билли. И твою мать. Ты понял?

— Э… — начал было отвечать мужчина. Картофелина слегка сдвинулась. — Да, — сказал он быстро, хриплым голосом. — Да. Да, я понял.

— Очень хорошо. Теперь мы можем перейти к делу, — произнес ровный, непреклонный, далекий голос.

Утренний свет пробивался сквозь занавески.

— Да, — ответил мужчина в постели, возле горла которого дрожало бритвенное лезвие.

— У тебя есть рисунок почти забытого журнального художника по имени Роберт Гибсон Джонс…

Голос умолк, но мужчина под бритвенным лезвием знал, что это уловка, цезура, пауза, и если он заполнит ее, сказав «нет», или «я не знаю, о чем вы говорите», или «он в доме моего кузена в Куинсе», или «я продал его много лет назад», или «я не знаю, кто его купил», или любую другую ложь, его тело будет разделано, словно лобстер, и он останется лежать в собственных кишках, держа лишившимися кончиков пальцами свое еще бьющееся сердце. С горлом, разрезанным от уха до уха. В мгновение ока.

Он ничего не сказал, и секунду спустя голос на другом конце линии продолжил:

— Четыре покупателя предложили тебе три цены. В высшей степени привлекательные. Ты согласишься на среднюю, возьмешь рисунок в отличном состоянии и продашь этим утром. Все ясно?

Мужчина с телефонной трубкой, чья кровь выплескивалась на простыню, ничего не сказал.

— Отдай телефон… — велел голос С Той Стороны.

Мужчина протянул трубку нависшей над ним темной фигуре. Человек с картофельной бритвой взял телефон и несколько секунд слушал. Затем наклонился так близко, что вжавшийся в подушку мужчина мог видеть лишь чуть менее черную линию, где в прорези в вязаной шапке, надетой на голову картофельного человека, скрывались глаза. Неразличимого цвета.

— Все ясно? Говорит, ясно, — сообщил человек в трубку. И еще несколько секунд слушал.

На висках одного из находившихся в спальне мужчин выступил пот. Связь оборвалась: бритвенное лезвие перерезало шнур телефонной трубки. Мужчина в постели сосал тыльную сторону левой ладони, слизывая тонкий кровавый рисунок.

— Теперь закрой глаза и не открывай, пока я не скажу, — велела фигура в черном.

Когда через минуту или две абсолютной тишины — хотя ему почудился стук двери в коридор — окровавленный мужчина наконец открыл глаза, он был один.

Редактор новостей haute couture* на le Rue Montaigne dans le huite arrondissement**, совершенно выведенная из себя третьим редакционным секретарем, потребовала, чтобы к ней явилась en masse*** вся ее «вертикаль» — электронное слово Большого бизнеса XXI века для «невольников», «прислужников», «прихлебателей», «мальчиков на побегушках», «вассалов», «водоносов», «слуг». Современный сленг. Она уволила пятерых. Ветер бешено завывал возле северной вершины горы Эребус в Антарктиде.

Не прошло и часа, как одна из пары тонких кожаных водительских перчаток черного цвета была наполнена камнями из Ист-Ривер и завязана куском найденной в канаве проволоки, после чего заброшена далеко в Гудзон. Другая перчатка, того же цвета, наполненная стеклянными шариками из магазина безделушек на Мэдисон-авеню и заклеенная клейкой лентой, отправилась в канал Гованус в Бруклине. Одежда была кинута в мусорные баки в Нью-Джерси; пара обычных повседневных популярных одноразовых перчаток, какими пользуются торговцы пищей, была порублена на кусочки вместе с пятью кочанами капусты в измельчителе отходов в частном доме в Рехоботе, штат Массачусетс. Одна из двух неприметных, нефирменных кроссовок была выкинута из машины на автомагистрали в Нью-Джерси и окончила свой путь в грязных густых зарослях осоки в сорока футах от дороги. Другая кроссовка была погребена под двухфутовым слоем отбросов в Саранак-Лейк. Через полтора дня. Но быстро.

Однако лишь через три часа двадцать одну минуту после того, как закрылась дверь в центре Манхэттена, мужчина из

---

* Высокая мода (*фр.*).

** Монтень-авеню в Восьмом округе [Париж] (*фр.*).

*** Вместе (*фр.*).

квартиры на восьмом этаже позвонил женщине из Маклина, штат Вирджиния, которая сказала:

— Не рановато ли для столь внезапного звонка, с учетом того, как закончился наш прошлый разговор?

Беседа длилась почти сорок минут, и многочисленные вопросы затрудняли ее продвижение к неизбежному завершению. В конце концов женщина сказала:

— Договорились. Но вы понимаете, что *никогда* не сможете вывесить или выставить ее? Вас это устраивает?

Мужчина ответил, что понимает, и они договорились о встрече в третьем лестничном колодце Флэтайрон-билдинг, чтобы обменяться завернутыми в плотную бумагу пакетами.

В лондонской квартире на втором этаже человек вынул одну из трех книг в твердом переплете из стильного футляра. Отнес книгу к большому мягкому креслу и сел возле настольной лампы на гибкой ножке. Посмотрел на стену, где висела подсвеченная картина: большой, детальный рисунок давно вымершей доисторической бабочки. Человек улыбнулся, вновь опустил глаза на книгу, перевернул несколько страниц и начал читать. В транспортной конторе в Коулуне молодая женщина, плохо справлявшаяся со своими незамысловатыми обязанностями, положила один лист контракта не в тот манильский конверт, и на протяжении многих дней «вертикаль» на трех континентах ругалась друг с другом.

Через шестьдесят пять минут после обмена свертками в Флэтайрон-билдинг в Нью-Йорке семидесятифунтовый треугольный бетонный карниз *не* выпал из штабеля стройматериалов, перемещаемых с помощью блоков над Уобаш-авеню в Чикаго, однако белый мужчина со слишком узким воротничком также *не* явился в свой офис в международной корпорации, где работал высокооплачиваемым оценщиком; вместо этого он отправился к стоматологу, а позже в тот же день забрал дочь из частного детского сада. В пустыне Гибсона в центральной части западной Австралии также ничего не случилось — ничего необычного.

Мужчина в Лондоне читал под изображением бабочки. На каждое действие …

Каким бы незначительным оно ни казалось …

Найдется равное по силе противодействие в Реке времени, бесконечно струящейся сквозь Вселенную. Пусть незаметное и совершенно не связанное с ним.

Каждый день, ближе к вечеру, в Рио-де-Жанейро идет тропический ливень. Он длится всего несколько минут, но капли дождя, словно пули, отскакивают от жестяных крыш favelas* под статуей Христа-Искупителя. В *этот* день, когда в пустыне Гибсона ничего не происходило, дождь *не* пошел; сухая Авенида Атлантика отражала солнечные лучи. В Пернамбуку прошел град.

Позже в тот день трубачу из фьюжн-рок-группы в Кливленде, штат Огайо, позвонила дальняя родственница из Оберлина, которая десять лет назад одолжила у него пятьдесят долларов для первого взноса за «Хонду Цивик» и так и не вернула деньги. Она сообщила, что прямо сейчас вышлет чек. Обрадованный, он рассказал эту историю своему другу, ведущему гитаристу группы. Четыре часа спустя, во время перерыва на выступлении в каком-то клубе, к ним подошла незнакомая женщина, которая улыбнулась и спросила: «Как дела?» И в ходе продлившегося несколько минут разговора и гитарист, и трубач рассказали ей о неожиданном возвращении старых пятидесяти долларов. Больше они никогда ее не видели. Никогда.

---

* Трущобы (*порт.*).

Еще позже в тот день подвесное украшение из дагобы IV века до нашей эры, из Шри-Ланки, в 1964 году украденное из музея в Амстердаме, было отправлено на абонентский ящик главного почтового отделения Женевы, Швейцария, с пометкой: «украденная собственность, сообщите в Интерпол». Пометкой красного цвета. Сделанной от руки.

В «Слоновом баре» отеля «Мэрриот» в Бангкоке бармен подошел к бизнесмену и протянул ему красный телефон:

— Вы мистер Мандапа?

Джентльмен поднял глаза от своего джин-слинга, кивнул и взял трубку.

— Да, это Майкл Мандапа… — Несколько секунд слушал, поначалу с улыбкой. — Не думаю, что это возможно, — произнес он, больше не улыбаясь. Послушал. — Не так быстро. Мне нужна хотя бы неделя, десять дней, я должен… — Умолк, на его лице появилось напряженное выражение, он провел тыльной стороной свободной руки по губам и сказал: — Если там идет дождь, и это муссон, вы сделаете то, что должны. Я приложу все усилия.

Послушал, глубоко вздохнул и положил трубку на барную стойку. Бармен заметил, подошел и взял красный телефон.

— Все в порядке? — спросил он, взглянув на лицо мистера Мандапы.

— Да, да, все хорошо, — ответил мистер Мандапа и покинул «Слоновый бар», не оставив чаевых человеку, который, сам того не зная, спас ему жизнь.

Где-то, намного раньше, мужчина раздавил ногой стрекозу меганевру.

На следующее утро, в восемь часов, четыре машины остановились перед запущенным старым домом во Фримонте, штат Небраска. Двор зарос сорняками и меч-травой. Небо казалось необычно хмурым для этого месяца. Из первой машины, принадлежавшей фримонтскому полицейскому отделению, вылез человек в шляпе-борсалино, а следом за ним — три офицера местной полиции в форме. Во второй машине приехали двое патрульных штата Небраска, в третьей — мужчина и женщина в черных костюмах, с «дипломатами». Двери четвертой машины распахнулись, словно крылья, и из нее вышли четверо крупных людей с различным цветом кожи. Они обошли автомобиль, открыли багажник и достали большие лопаты и заступы. Возглавляемая шерифом Фримонта фаланга приблизилась к дому.

Шериф трижды стукнул по просевшей сетчатой двери.

Никто не подошел. Он постучал снова, трижды. Пожилая белая женщина, седая, сгорбленная и хромая, покрытая пылью усталости нелегкой жизни, приоткрыла внутреннюю дверь и посмотрела на собравшихся у крыльца.

— Да? — спросила она с удивлением и тревогой.

— Миз Брам?

— Э, да…

— У нас есть ордер на обыск, и с нами законники, эта леди и джентльмен. — Он кивнул через плечо на пару в черных костюмах. — Суд позволил им обыскать вашу лачугу. Они ищут книги, которые ваш сын забрал, чтобы продать на «Ибэй» или еще где-то, у какой-то леди с востока, из Нью-Йорка. Билли здесь?

— Билли здесь больше не живет.

Она начала закрывать дверь. Шериф прижал ладонь к сетке, оставив овальный отпечаток.

— Я спросил, здесь ли Билли, мадам.

— Не-а.

— Пожалуйста, разрешите нам войти.

— Вон из моего дома, копы!

В тот самый момент, когда миз Брам прогоняла шерифа Фримонта, штат Небраска, со своего крыльца, в Мбужи-Майи, возле южной границы Демократической Республики Конго с Замбией, представитель «Врачей без границ» пробрался в маленький огородик рядом с тремя лачугами за чахлым картофельным полем. У него были два завернутых в ткань пакета, и когда у входа в самую большую хижину возник старик с ореховой кожей, он протянул ему маленькие свертки, привычно поклонился и тихо ушел. В Небраске, далеко-далеко от Замбии, миз Брам по-прежнему спорила с патрульными, мужчинами с лопатами и парой в черных костюмах, но в первую очередь — с шерифом Фримонта, штат Небраска. Гром ворчал все ближе, облака темнели. Порывы ветра хлестали, словно плети. Капля дождя упала на лобовое стекло.

Конца спору не было видно. В итоге невнятные ответы исчерпали терпение представителей закона, и они вырвали сетчатую дверь, сломав ржавый шпингалет. Та упала на крыльцо, миз Брам попыталась захлопнуть внутреннюю дверь, но полицейские оттолкнули старуху и ворвались в дом. Последовали крики и визг.

Волосатый, небритый мужчина с огромным пивным пузом выскочил из заднего коридора, обеими руками сжимая занесенную над головой монтировку и завывая. Один из патрульных врезался в него, и он упал на спину, растянувшись в проходе. На заднем плане продолжала скрипуче визжать миз Брам; один из адвокатов — когда никто не видел — ударил ее по горлу, и она осела на пол.

— Это не Билли! — смогла пробулькать миз Брам, выплевывая согласные вместе с мокротой и слюной. — Это его брат!

— Возьмем обоих! — крикнул один из патрульных. Достал пистолет и прорычал поверженному пивному пузу: — Где твой брат?

— Никого вам не взять! — взвизгнула старая леди, словно фабричный свисток, вытаскивая из-за шкафа ржавый топор. Патрульный ударил ее по коленям. Топор упал на линолеум.

Четыре часа спустя двое мужчин с лопатами, которые складывали и перекладывали журналы, извлекали крысиные гнезда и поднимали гнилые половицы, нашли Билли в дальнем углу последнего сарая из гофрированного железа за домом. Он попытался проломить стену, и один из рабочих ударил его лопатой по затылку. Обыск продолжался до вечера и на следующий день, пока адвокаты не были удовлетворены. Обросший сорняками дом напоминал лабиринт, полный ветхих полок и чуланов, книжных шкафов и картонных коробок, набитых до такой степени, что нижние коробки сплющились. В них лежали старые журналы палп-фикшн, сборники комиксов в майларовых конвертах, связки газет и сорок семь предметов, которые Билли выманил у пожилой женщины с Востока.

На следующий день все семейство оказалось в тюрьме. В то же время, но по Гринвичу — на восемь часов позже, в Лондоне, человек, читавший «Союз рыжих», закрыл книгу, кинул долгий взгляд на чудесный рисунок древней бабочки над каминной полкой, улыбнулся и произнес:

— Ах вот как все это связано. Omne ignotum pro magnifico*. Умно.

Этот рассказ посвящается памяти моего друга,
Рэя Брэдбери.

---

* Все неизвестное представляется величественным (*лат.*).

ПРИКЛЮЧЕНИЕ МОЕЙ НЕЗНАТНОЙ РОДСТВЕННИЦЫ

Нэнси Холдер

Это общепризнанная истина…

…Иногда тайну не удается раскрыть.

Моих родителей убили в Риме, куда они отправились в отпуск, чтобы отметить сороковую годовщину свадьбы. Они так радовались. «По-прежнему влюблены, — сказала мне мама по телефону. — Как бы я хотела, чтобы ты…»

И замолчала, поскольку я уже сообщила ей, что не унаследовала гена любви. У меня была работа. Я писала бестселлеры (по версии «Нью-Йорк таймс») — и этого было достаточно.

Их застрелили в переулке, когда они шли из хорошего ресторана. И ограбили. Они звали меня с собой (я их единственный ребенок, и мы были близки), но я отказалась, потому что приближался срок сдачи книги, а я слишком поздно взялась за нее. Возможно, промедление спасло мне жизнь.

Когда родителей убили, я бросила все и посвятила жизнь их делу. Я потратила невообразимую сумму денег на частных детективов и ложные улики. Меня десяток раз обманули. Прошел год, другой, третий. Я так и не закончила ту книгу. Мой издатель перестал интересоваться, как идут дела. Мой литературный агент предположил, что перерыв пойдет на пользу нам обоим. В то время у меня еще оставалось немного наличных, и я решила жить на них, пока не закончится этот кошмар. Ведь авторские гонорары продолжат поступать, как обычно.

Это было до некоторой степени верно, однако сумма, которую я получала, уменьшалась с каждым годом — читатели двигались дальше. Но я не могла двигаться дальше. Что бы я ни делала, ничего не получалось. Не появилось ни имени, ни мотива. Ни одной ключевой улики. Но я по-прежнему не сдавалась. Я изводила римскую полицию, использовала все виды социальных служб и не давала огню затухнуть. Вот почему «Блэкфилд Карпентер», английская юридическая фирма, связала меня, Нэнси Холдер, автора романов ужасов, с жившим в викторианскую эпоху банкиром по имени Александр Холдер. Оказывается, я потомок этого человека, причем прямой.

А Александр Холдер был клиентом Шерлока Холмса.

Доктор Уотсон описал случай Александра в «Берилловой диадеме». Я никогда о нем не слышала, но как только мне сообщили, тут же прочла рассказ. Он оказался захватывающим, и я пожалела, что Шерлока Холмса больше нет. Без сомнений, он бы уже раскрыл убийство моих родителей.

«Блэкфилд Карпентер» объяснили, что, помимо небольшой суммы наличных, по завещанию мне отходил Фэрбенк, викторианский особняк Александра. К сожалению (с их точки зрения), дом являлся предметом судебного разбирательства. Пять лет назад «Фэр эстейтс», жилищная строительная компания, приобрела огромный земельный участок в южном Лондоне. Фэрбенк стоял на этом участке, и застройщик утверждал, что теперь дом принадлежит ему, а значит, он может его снести, что и собирается сделать.

Группа под названием «Холмс траст», занимающаяся сохранением зданий и реликвий, связанных с великим детективом, подала иск, чтобы остановить снос. В ходе отчаянной битвы законников в Фэрбенке случился пожар — было доказано, что это поджог, — и хотя каменное здание спасли от полного уничтожения, оно пребывало в плачевном состоянии. По иронии судьбы, приблизительно в это время британская экономика рухнула, и застройщик покинул проект.

Теперь «Траст» хотел встретиться со мной, чтобы обсудить различные «планы» по восстановлению дома. Полагаю, они не осознавали, что я на грани банкротства, а я не стала их просвещать. Мне вовсе не хотелось, чтобы весь мир узнал о том, что счастливая женщина с фотографии на суперобложках моих (стареющих) романов уже не является «потрясающе успешным автором бестселлеров», каким когда-то была. Поэтому я ответила уклончиво и несмело, но «Траст» обрадовался, что получил хоть какой-то ответ. По их мнению, игра началась.

Мои британские адвокаты хотели, чтобы я приехала в Англию и вступила во владение домом. «Холмс траст» еще больше желал встретиться со мной лично. В Риме ничего не происходило — как обычно, но мне все еще было очень трудно оттуда уехать. Одна мысль об отъезде вызывала у меня приступ паники. Я знала, что это нелогично. Я бросила все и посвятила жизнь целиком одному событию. Я лишилась друзей и карьеры. Я не могла двигаться дальше из-за своей одержимости — ужасного чувства, что если я утрачу бдительность, справедливость никогда не восторжествует. Я писала ужасы, писала — раньше — об ужасных вещах и знала, что иногда монстры побеждают.

Затем меня осенило, что, возможно, «Холмс траст» захочет купить у меня Фэрбенк. А это означало: появятся новые деньги для борьбы. Я полетела в Лондон, арендовала машину и под проливным дождем отправилась в Стрэтхем в южном Лондоне, где обнаружила перекопанную пустошь с бетонными фундаментами — все, что осталось от «Фэр эстейтс». И там же стоял Фэрбенк, почерневшая груда, обнесенная сетчатым забором со знаками «ПРОХОД ВОСПРЕЩЕН».

Некоторые секции двухэтажного строения не пострадали, и пока я ждала охранника, мое воображение блуждало по комнатам, вновь проигрывая преступление, случившееся в этих стенах.

Я уже успела подписать миллионы бумаг и вступила в законное владение собственностью, а потому представитель «Блэкфилд Карпентер» и охранник с радостью встретили меня, ждущую в машине. Лил такой сильный дождь, что я с трудом могла различить их лица.

Холод пробирал до костей. Доставая спальный мешок и чемодан, я начала сомневаться в разумности романтичной идеи провести ночь в доме. Мой черный зонт столкнулся с зонтом адвоката из «Блэкфилд Карпентер», когда тот взял у меня чемодан. Дыхание вырывалось изо рта белыми облачками.

— Знаете, он с привидениями. — Ухмыльнувшись, охранник снял висячий замок с входной двери. — Слышатся шаги. Иногда плач.

— Ясно, — ответила я и, несмотря на Рим, выдавила из себя слабую улыбку. Было бы неплохо сменить объект одержимости.

— Кто-то говорит, это Александр Холдер оплакивает свою пропавшую племянницу Мэри, — продолжил охранник. И выжидающе посмотрел на меня.

— Я знаю эту историю, — сказала я. — Мэри со своим любовником договорилась украсть у Александра берилловую диадему, которая была гарантией ссуды.

— Верно. Любовника звали сэр Джордж Бэрнвелл. Шерлок Холмс восстановил справедливость, — вставил молодой адвокат из «Блэкфилд Карпентер».

— Диадему вернули «одной из самых высокопоставленных и знатных особ», предположительно принцу Уэльскому. Банк получил от принца выплату ссуды размером пятьдесят тысяч фунтов плюс проценты, а честь Холдера осталась незапятнанной, — сказала я. — И Александр помирился с Артуром, своим сыном, которого ошибочно обвинил в краже.

— А Мэри с Бэрнвеллом больше никогда не видели, — закончил адвокат.

— Отсюда призрачный плач, — ответила я.

— Отсюда, — согласился он, и дверь со скрипом открылась.

Мы втроем вошли в Фэрбенк. «Холмс траст» попытался сделать дом пригодным для жилья — в основном посредством уборки — и приобрел для меня фонарики, лампу на батарейках и обогреватель. На шестиугольном инкрустированном столе стояла хрустальная ваза с красными розами, а рядом с ней — корзина с фруктами. Я предложила адвокату и охраннику яблоко, но оба отказались. Другой мебели в доме не было: «Траст» одолжил мне только стол. Все, что сохранилось, увезли в посвященное Шерлоку Холмсу крыло Британского музея, хотя при желании я могла потребовать возврата вещей.

Я буквально пережила рассказ доктора Уотсона о преступлении, пока мы исследовали промозглый старый дом. Вот окно, где наивная Мэри Холдер отдала прекрасную диадему стремительному и коварному сэру Джорджу Бэрнвеллу. Вот кухонная дверь: через нее Люси Парр, официантка, которую Мэри неумело пыталась обвинить в преступлении, выскользнула, чтобы встретиться со своим возлюбленным Фрэнсисом

Проспером, одноногим зеленщиком. Наверху я осмотрела руины комнаты Мэри, откуда она сбежала, как только поняла, что Шерлок Холмс решит загадку. Рядом располагалась столь же ветхая комната Артура, сына владельца дома, ложно обвиненного в преступлении. Он был влюблен в настоящую воровку, свою кузину Мэри, и не стал оправдываться. И по причине своего благородства угодил — на время — в кандалы.

А вот и закопченная, пропахшая дымом комната самого вспыльчивого Александра Холдера, которого в ходе дела чуть не хватил удар.

Часть потолка была прикрыта полиэтиленовой пленкой, которая не слишком спасала от дождя. Весь дом оказался обугленным, сырым и заплесневелым; я понятия не имела, как вернуть Фэрбенку прежнее величие.

Мы обнаружили, что наиболее сухими были комнаты для прислуги, хотя большинство стен пострадали от влаги и покрылись плесенью. Во времена Мэри Холдер в поместье содержался большой штат: четыре горничные жили в доме, а кучер и мальчик-посыльный ночевали в другом месте.

С помощью мужчин я разместила обогреватель и фонари и развернула спальный мешок. Получив от меня заверения, что все будет в порядке, и обещание звонить, если что-то понадобится, мои спутники ушли.

От Рима до Лондона недалеко, но мне казалось, что я проехала много тысяч лиг. Я продолжала паниковать. Я знала, что из-за моего отсутствия обязательно пропустят какую-то улику, не обратят внимания на чьи-то слова. Я осознавала, что у меня посттравматическое стрессовое расстройство, и я страдаю от навязчивой идеи. У меня имелось сильное снотворное, которое я практически не принимаю, поскольку боюсь пропустить звонок. Однако сейчас в Европе царила ночь, так что я всухую проглотила таблетку и скрестила пальцы. Иногда лекарство работало, иногда — нет. Засыпая, я пожелала родителям доброй ночи. Как обычно. А затем поплакала. Тоже как обычно.

Поэтому, проснувшись от всхлипываний, я не удивилась. Но несколько секунд спустя, оклемавшись от снотворного похмелья, осознала, что плачет кто-то другой.

Гром заглушил протяжный, низкий стон. Он был полон пронзительной скорби; затем на противоположной стене, в оранжевом свете керамического обогревателя, я увидела профиль женщины. Задохнувшись, я посветила фонариком в темные углы. В комнате не было никого, кто мог бы отбросить такую тень. Плач стал громче.

Мое сердце колотилось. Рука дрожала. Я моргнула, и мои губы беззвучно прошептали те же слова, что я произнесла, узнав об убийстве родителей: «Этого не может быть».

Затем силуэт исчез, и на его месте возникла тень маленькой руки с тонкими, острыми пальцами.

Я выдохнула ледяное облачко. Меня трясло от ужаса.

После смерти родителей я ждала, надеялась на нечто подобное. Нечто сверхъестественное. Вроде того, о чем я писала в своих книгах: «Одержимость», «Ведьма», «Проклятые». Послания из могилы. Голос, шепчущий мне на ухо имя убийцы. Подтверждение, что родители в лучшем мире. Я ходила к медиумам и посещала спиритические сеансы. Однако я слишком глубоко погрузилась в «бизнес» и знала все фокусы. Пару раз я позволила себя обмануть, на случай, если во всей этой ерунде присутствовало зерно истины, но в конце концов сдалась и сосредоточилась на итальянской науке, римской криминалистике. Науке. Только это была не наука. Это был источник моей одержимости. Поэтому я сказала себе, что все придумала. Что по-прежнему сплю.

Рука осталась на стене — не тень, а скорее отпечаток, очень темный и четкий. Очень реалистичный.

Должно быть, это розыгрыш, устроенный моей адвокатской фирмой или ребятами из «Холмса».

— Эй? — громко произнесла я. — Ха-ха.

Нет ответа.

Так что я расстегнула спальник и отправилась искать проектор или ширму вместо оштукатуренной стены. Но ничего не нашла.

Потом я споткнулась о яблоко, которого не было на полу, когда я отправлялась спать, и упала вперед. Вытянула руку, чтобы удержать равновесие, прямо к ладони на стене, и с криком провалилась сквозь мокрую, податливую штукатурку. За штукатуркой была полость. Я отдернула руку и подняла глаза на водяные потеки на потолке. Дождь сочился по стене.

Но дождь не мог оставить яблоко на полу.

Мои волосы встали дыбом. Я схватила телефон, чтобы вызвать полицию, но не знала, как это сделать. Я помнила, что английский номер экстренных служб отличается от итальянского, однако на ум приходило только число 666. Я сказала себе, что яблоко, очевидно, случайно оказалось среди моих вещей, когда мы спускались вниз. Что плач и тени мне приснились.

Однако, когда я бегло осматривала дом, меня трясло. Окна и двери были заколочены, и я не нашла ни одного свидетельства пребывания здесь кого-то еще. Я вернулась вниз и заглянула в отверстие, проделанное моей рукой. За штукатуркой обнаружилось такое количество паутины, что вначале я приняла ее за стекловолокно. Затем я увидела что-то внизу и без труда проломила стену до самого плинтуса.

Это оказался заплесневелый маленький деревянный ящичек.

— Ну ладно, значит, игра началась, — пробормотала я, дрожа от страха и — может, самую малость — от возбуждения. Я открыла ящичек.

«3 апреля 1890 г.

Моя дорогая Люси!

Пришло твое февральское письмо, и я на коленях благодарю Небеса за твое сострадание. Как милосердно с твоей стороны простить меня и помочь, после того как я попыталась выставить тебя преступницей, чтобы скрыть собственную вину, когда взяла диадему! Я обезумела от страха, когда дядя обратился к услугам мистера Шерлока Холмса, человека с острым, паучьим хладнокровием, поскольку поняла, что его блистательный ум, без сомнения, расплетет сотканную мной запутанную сеть. Не помня себя от ужаса, словно утопающая, я сказала, что ты и зеленщик, мистер Проспер (по твоим словам, с недавнего времени твой муж! Желаю вам счастья!), могли быть соучастниками преступления. Я совершенно не заслуживаю твоей жалости.

Что до меня, вряд ли я когда-либо смогу снова стать счастливой. Ты знаешь моего дядю, но по причине его темперамента я лишь теперь поняла, что он всегда старался проявлять доброту к своим близким. Когда мой отец скончался от продолжительной болезни и дядя Александр взял меня к себе, я думала, что получу жизнь, о которой всегда мечтала. Балы, концерты, пьесы, флирт! Моя юность прошла у постели больного, но я трепетала при мысли о том, что хотя бы молодость проведу в веселой компании, наслаждаясь светскими радостями! Однако очень скоро я поняла, что дядя хотел видеть во мне хозяйку дома, а не избалованную дочь. Представь мое отчаяние!

Я думала обратиться к его сыну, моему кузену Артуру, с просьбой стать моим проводником в высший свет, но он любил меня, и невозможно было отделить его чувства от моей цели. Позволить ему стать моим спутником означало отдать ему мою руку. Кроме того, я заметила в моем дорогом кузене нервозную склонность угождать тем, кого он считал лучше себя — богатым денди из клуба, — и чувствовала, что променяю одну тюрьму на другую — брак с молодым, возбудимым человеком, который в конце концов сочтет меня недостойной, каковым считает самого себя, поскольку я разделила с ним жизнь.

Столь горько было видеть, как тускнеет румянец на моих щеках, пока я совершаю обходы дома — заказываю провизию, руковожу прислугой — вечный организатор и наблюдатель жизни. А потом в эту жизнь ворвался, словно рыцарь на боевом коне, сэр Джордж Бэрнвелл. Галантный, искушенный, светский и такой замечательный! Он везде побывал и все попробовал. Он всех знал. И он обещал поделиться всем этим со мной. Я едва не обезумела от счастья!

Когда я совсем потеряла голову, сэр Джордж рассказал мне запутанную историю о многочисленных долгах, выплаченных им за моего кузена Артура, которые, по его словам, Артур скрывал от отца. Я поверила, ведь Артур постоянно просил дядю Александра увеличить содержание. Сэр Джордж допускал, что у него самого возникли проблемы, поскольку он защищал доброе имя моего кузена в клубе. Я же, будучи невыдержанной и скрытной, решила уравнять счета, отдав ему диадему. Когда я пишу эти строки, все кажется таким глупым, но тогда я не помнила себя от возбуждения и драматизма ситуации. Это случилось так быстро — прибытие диадемы, план продать ее, чтобы разобраться со всеми этими сокрушительными долгами, — что вовсе не казалось безумным. Как тебе прекрасно известно, я покинула дом дяди под покровом ночи, словно вор, каковым и являлась, и отправилась к сэру Джорджу.

Но он сообщил мне, что передумал и уже передал диадему дяде. Однако мой жребий был брошен! Я не могла вернуться в Фэрбенк. Я уже признала свою вину. А когда сэр Джордж женился на мне… будь проклят тот день!

Я знаю, Люси, что твоя доля нелегка, пусть ты теперь и носишь счастливое звание супруги, и уверена, ты удивленно качаешь головой, читая эти строки. Но имей я силы изменить свое положение, в ту же секунду взмолилась бы взять меня судомойкой в Фэрбенк!

Должна быть не только краткой, но и честной. Страх раскрытия диктует каждое написанное мной слово. Мы живем на маленьком острове, отрезанном от мира, хотя и не так далеко от Лондона, как можно представить. Тем не менее между нами и всеми остальными лежит пропасть. Сэр Джордж… недобр и, как и говорил, лишен средств к существованию. Однако то немногое, что у нас есть, он тратит на выпивку. А также, опасаюсь, худшие вещи. Я знаю не все его слабости, поскольку когда я забеременела, он выселил меня в отдельное крыло дома. Если это можно назвать домом — особняк, осыпающийся и сползающий в воды, отделяющие нас от материка. Я вынуждена полагаться на небольшой паром, которым управляет добрый человек, занимающийся перевозом островитян в город и обратно. Мы стали друзьями… и только, уверяю тебя.

Единственная причина, по которой сэр Джордж до сих пор не проиграл наш дом на острове, заключается в том, что он не может этого сделать, поскольку ограничен в правах владе-

ния. Дом должен перейти к его старшему сыну. Однако мы не можем уехать, потому что нам некуда идти. Ненадежные друзья бросили его, а может, о нем просочилась дурная слава. Ни один человек не поздравил его с рождением ребенка, нашего сына, дорогого Чарльза Джорджа Александра.

Маленький Чарльз — прекрасное, солнечное дитя, и я его не заслужила. Ради него я продолжаю жить. Иначе, боюсь, я бы кинулась с острова в воду, невзирая на последствия для моей души. Люси, я боюсь за благополучие моего крошки. Хотя мы по-прежнему живем в самом дальнем крыле дома, сэр Джордж говорит, что непрерывный плач Чарльза сводит его с ума. К своему наследнику он проявляет лишь злобу и жестокость. Думаю, он бы бросил нас здесь, если бы посмел. По закону я принадлежу ему телом и душой, как и наш ребенок, но я не могу оставить Чарльза на милость ужасного характера сэра Джорджа. Джордж в десятки раз свирепей моего дяди в худшие его моменты. Поэтому... я строю планы. Могу ли я рассчитывать на твою помощь?

С благодарностью за твое христианское милосердие,

Мэри Бэрнвелл, урожденная Холдер».

Я была ошарашена. «Траст» с ума сойдет, когда прочтет это письмо. Никто не знал, что случилось с Мэри Холдер, и, похоже, у нас появился шанс это выяснить.

Там было еще одно письмо:

«5 мая

Дорогая Люси!

Я нахожу всевозрастающее сочувствие и доброту в лице паромщика, который передает наши письма. (Хотя спешу уверить тебя, что между нами нет ничего неподобающего — он, как и я, женат.) Паромщик и его милая жена почти шесть лет ждали собственного ребенка, и это напоминает мне, что хотя в моей ситуации мало чему можно позавидовать, хотя бы в чем-то я могу считать себя удачливой. Он придал мне смелость попытаться сбежать, и за это я искренне благодарна.

С вечной благодарностью и всегда в твоем распоряжении,

Мэри Бэрнвелл, урожденная Холдер».

И еще одно:

«19 мая

Дорогая Люси!

Я имела беседу с человеком, которого прежде считала своим врагом. Ее результаты весьма плачевны, и посему я вынуждена изменить планы. Я думала просто уплыть на пароходе, прибыть в Лондон и появиться у дяди с ребенком на руках, чтобы попросить убежища. Но мне объяснили, что закон на стороне моего мужа. Он может забрать у меня сына — и, я уверена, сделает это.

Имея в союзниках столь великого человека, я договорилась с моим другом-паромщиком инсценировать нашу с сыном гибель. Когда надежды на наше спасение угаснут, я поднимусь на борт «Хэмпстеда» под именем миссис Эйбл Браун и встречусь с тобой в лондонском порту. Мой союзник организовал отправку моего багажа тебе, на борту «Хэмпстеда», в следующий вторник.

Что касается моего сына… пока он побудет с двумя людьми, которые нежно любят его, и если ситуация обернется против меня, они с любовью вырастят маленького Чарльза как собственного ребенка. С помощью моего предполагаемого — в прошлом — врага я предприняла меры, чтобы им не пришлось платить за свою доброту. Я не отваживаюсь написать их имена даже в этом письме, но скажу их, когда наступит время.

Так что жди меня в порту 10 июня. И прошу тебя, ни слова моему дяде или кузену Артуру. Я должна понять, как все обернулось, прежде чем открыться им. А потом, с Божьей помощью, мы отыщем способ вернуть моего сына в его настоящую семью.

От твоей осмотрительности зависит мое счастье.

М.».

Там также была газета, датированная 10 июня 1890 года.

ГИБЕЛЬ «ХЭМПСТЕДА»

Никому не удалось спастись!

Я прочла статью с холодным, тяжелым сердцем: идя от Кента по устью Темзы, «Хэмпстед» получил пробоину, начал набирать воду, накренился на правый борт и затонул. Это произошло за считаные минуты, и команда и все пассажиры погибли. Задержав дыхание, я просмотрела список пассажиров.

Миссис Эйбл Браун.

Мне потребовалась секунда, чтобы прочувствовать смерть. Печаль стала такой близкой — это было уютное, знакомое ощущение. Старый спутник, если не друг.

Мэри Холдер не справилась. После всего, через что ей пришлось пройти, она погибла от трагической случайности.

На полях статьи была приписка: «Мы решили ничего не рассказывать мистеру Холдеру и не отдавать ему сундук. Это лишь разбило бы ему сердце. Люси Парр Проспер».

Больше в ящике ничего не было.

Я поняла, что плач прекратился, а мои собственные щеки намокли от слез.

И кто-то с силой стучал во входную дверь, крича:

— Мисс Холдер? Мисс Нэнси Холдер?

Было десять часов утра. Я не помнила, как просидела здесь всю ночь, но требовалось привести себя в порядок, прежде чем подниматься наверх, чтобы открыть дверь. Я вытерла лицо и высморкалась. Очевидно, я очень долго плакала.

Ко мне пришел Ким Джонс из «Траста». Симпатичный мужчина приблизительно моего возраста. Он очень извинялся, что явился, не дождавшись ответного звонка с подтверждением, что это удобно. Он боялся, что здесь нет мобильной сети и я не смогу ему ответить. Я проверила телефон. Он звонил час назад.

Я встревожилась. После той ночи убийства я не пропустила ни одного телефонного звонка. Я отвечаю на все, даже рекламу и откровенное мошенничество, на случай, если именно этот звонок каким-то запутанным образом поможет раскрыть смерть моих родителей. Я просыпаюсь, даже если приняла таблетки. Но этого звонка я не услышала.

Я испугалась. У меня возникло желание немедленно вернуться в Рим.

Я не стала рассказывать о ящике, но убрала его в свою огромную сумку и хотела тщательно обдумать историю. Я не успела выпить кофе, или принять душ, или даже почистить зубы. В доме стоял лютый холод, водопровода не было. Я знала, что британцы обычно вежливы и туманны, но напрямую, по-американски, спросила, сумеет ли он мне помочь. Он отвез меня в офис «Холмс траст», который располагался недалеко от Британского музея. Там стояла личная мебель Холмса, викторианский диван и мягкие кресла, и мой спутник сказал, что если я хочу, они могут приготовить для меня комнату с кроватью, в которой спал сам Холмс. Все подняли вокруг меня суматоху. Ни один не спросил про моих родителей, и я подумала, что, может быть, они знали.

После круассана и кофе я наконец показала им ящик. Они пришли в восторг.

— Нужно отнести его Шипли, — повторяли они снова и снова. В конце концов Ким объяснил, что Уилл Шипли — один из хранителей посвященного Холмсу крыла музея. Шипли превратил расследование случившегося с Мэри Холдер в свое хобби. Он уже был в списке людей, с которыми меня хотели познакомить.

Компания сотрудников «Траста» отправилась вместе со мной и Кимом в музей. Он оказался намного более современным, чем я ожидала. Крыло Холмса было огромным, и там имелись экипажи, интерьеры, оперные плащи и цилиндры, охотничьи фуражки, пистолеты, трость с потайным лезвием, скрипка Страдивари, миллион луп, крошечные стеклянные пузырьки и бутылочки, сумка врача с инициалами «Дж. Х. В.», жестяная коробка, трубки, шприцы и персидская туфля, в которой Холмс хранил табак.

Ким постучал в дверь с табличкой «УИЛЛ ШИПЛИ, ПОМОЩНИК ХРАНИТЕЛЯ», и вскоре я уже демонстрировала ящик и его содержимое немолодому, но еще привлекательному мужчине в сером свитере и черных шерстяных брюках. Он изучал мои находки блестящими глазами. Я не стала рассказывать о плаче и видениях — все еще сомневалась, что это произошло на самом деле. Я продолжала твердить себе, что иначе мы бы не нашли ящик, но почему так? Почему сейчас? Почему не в один из тысяч раз, когда я умоляла Вселенную сообщить мне, что случилось с моими родителями?

Я сунула дрожащие руки в карманы и сказала, что да, я замерзла, после чего Ким пообещал мне чай.

Уилл Шипли надел белые матерчатые перчатки и держал письма и вырезки обеими руками, словно хрупкое стекло. Я представила римскую полицию, с таким же благоговением изучающую мусор, собранный в переулке, где убили моих родителей. Я посещала их лаборатории. Просматривала фотографии. Постоянно звонила. Они не обижались. Смотрели на меня своими душевными итальянскими глазами, как на картинах Караваджо, и говорили, как им жаль, что нет никаких новостей.

— Сундук, — удивился Шипли. — Люси Парр Проспер забрала сундук Мэри Холдер…

Когда моих родителей убили, мне пришлось придать делу огласку, тщетно вымаливая информацию и улики. Но у «Траста» были обширные базы данных и связи по всему миру. Шерлока Холмса очень любили.

Прошла неделя — без плача и теней; каждую ночь я оставалась в Фэрбенке. Ждала, надеялась, в том же оцепенении, в котором провела годы жизни. Ким, Уилл и их коллеги были возбуждены, радовались, словно Холмс, своей охоте на сокровища. Также я чувствовала их глубокую надежду: они верили, что я объявлю свои планы насчет дома. По-прежнему не зная, что я живу на жалкие гроши.

В Риме ничего не происходило. Один из моих любимых детективов ушел из полиции, чтобы открыть магазин одежды в Милане.

На девятый день моего пребывания в Англии появилась зацепка. В фермерском доме нашелся сундук, но 1940-х годов. Уилл и Ким были разочарованы, однако безупречно вежливы.

— Я по-прежнему считаю, что под «союзником» имелся в виду сам Холмс, — как-то вечером сказал Уилл. — Знаете, когда доктор Уотсон писал о деле вашей семьи, он упомянул, что Шерлок Холмс получил вознаграждение в размере тысячи фунтов. Мне нравится думать, что он отдал эту тысячу Мэри. — Он улыбнулся мне. — Чтобы оплатить доставку сундука и билет на «Хэмпстед». И компенсировать расходы тех «двоих», что заботились о ее сыне.

— В письмах об этом ничего нет, — заметила я.

— Верно, но они могли обсуждать это в каком-то предыдущем письме. Или, может, она желала проявить в этом вопросе такт. Викторианцы имели странное отношение к деньгам.

«В отличие от нас», — подумала я. Я почти не сомневалась, что к этому моменту он понял, что у меня нет денег: теперь он обычно предлагал заплатить за обед. А я не хотела позволять ему — но позволяла. Я начала размышлять о том, не сдать ли в субаренду мою квартиру в Риме. Однако вернулась прежняя паника: я должна быть там и следить за делом родителей.

— Ей требовались деньги, чтобы воплотить план в жизнь, — сказал Уилл. — Сомневаюсь, чтобы сэр Джордж выплачивал ей содержание. Значит, если только она не ограбила мужа, Мэри достала деньги из иных источников.

Я чуть не ответила, что и «Трасту» придется ремонтировать Фэрбенк за счет иных источников. Но заглянула ему в глаза и подумала о… может, не годовщинах свадьбы, а возможностях. Его мечтах. Надеждах. «Холмс траст». Мире за пределами грязного переулка.

— А как *вы* думаете, что произошло с сундуком? — спросил он. — Может, Просперы отдали его Холмсу? Что, если в нем было нечто *удивительное*, что помогло ему раскрыть еще одно дело?

Он выглядел взволнованным. А я наконец поняла, что проводила ночи в Фэрбенке, прислушиваясь к плачу; я зациклилась на разбитых надеждах и смерти. Он же видел улики, и загадки, и волнения.

Была вторая зацепка и третья. Возможно, четвертая.

Через три недели после того, как я вступила во владение Фэрбенком, меня осенило, что я не могу вспомнить, когда последний раз звонила в римскую полицию или перебирала в уме улики из дела моих родителей. Я поняла, что жду информацию по четвертой зацепке.

— Что случилось с твоим сыном? — спросила я влажный воздух Фэрбенка. Могла существовать другая ветвь Холдеров. Родственники, о которых я даже не подозревала.

Четвертая зацепка ни к чему не привела. Уилл сказал, что средства, выделенные на поиск сундука, почти исчерпались, и начались разговоры о том, чтобы сдаться. Это стало бы потерей, такой потерей, и я не могла смириться с этой мыслью. Я всю ночь бродила по Фэрбенку и слышала тихий плач. На моих щеках были слезы. Когда солнце взошло, я вытерла их. А может, это сделала за меня Мэри.

Когда Нью-Йорк проснулся, я набрала телефонный номер. Несколько секунд молчания, после того как мой былой издатель сняла трубку. Я знала, что должна умолять. Должна просить прощения. Я испортила ее репутацию в издательстве. Я была ее автором — и провалилась.

— Я готова вернуться к работе, — поклялась я. — Хочу написать книгу в честь Шерлока Холмса. О моей родственнице. Ее дядя — мой двоюродный прапрадедушка — был клиентом Холмса, и она оказалась преступницей.

— Неужели. — Голос издателя потеплел. В нем звучал интерес. — Введи меня в курс дела.

Я рассказала ей историю Мэри Холдер и ее сундука, не упомянув о призраках. Не хотела, чтобы она решила, что я все еще не в себе.

— Но я пока не знаю, чем все закончится, — предупредила я.

— Что ж, ты пишешь ужасы. Можешь сделать концовку открытой. Сказать, что некоторые загадки не следует решать.

— Да. Именно. Пусть читатели сами придумают концовку.

— Замечательно, — возбужденно согласилась она. Наша игра началась.

— А для обложки сфотографируем мой дом, — добавила я. — К тому моменту он будет прекрасен.

Он и сейчас прекрасен, услышала я шепот Мэри. А может, свой собственный. Я не знала, и это не имело значения. Ни малейшего.

ЗАВЕРШЕНИЕ СДЕЛКИ

Лесли С. Клингер

Макпарланд припарковался на свободном месте возле стрип-молла «Санта-Моника», выключил двигатель и вылез из машины, прихватив с переднего сиденья папку с бумагами. До небольшого офиса занимавшейся депонированием фирмы было несколько дверей, однако через окна он видел, что Рейчел уже пришла и сидит в углу. Он открыл дверь и обратился к женщине за стойкой:

— Джеймс Макпарланд, завершение депонирования «Аризона-эйв». Этим занимается Бетти.

Не отрывая глаз от экрана, женщина махнула рукой в глубину офиса:

— Она в комнате для совещаний.

Макпарланд обогнул стойку и вошел в маленькую комнату для совещаний. Почти без мебели, со стеклянными стенами, тонкими жалюзи, которые можно было при необходимости закрыть, чтобы уединиться, дешевым столом и восемью стульями. Рейчел сидела с одной стороны стола, а другая женщина — очевидно, Бетти — передавала ей документы на подпись. Когда он вошел, обе подняли головы.

— Мистер Макпарланд? — сказала Бетти. — Миссис Ланд почти закончила. Я помогу вам подписать бумаги.

— Хорошо, — ответил Макпарланд, садясь напротив Рейчел. Посмотрел сквозь окно за ее спиной на парковку, залитую ослепительным солнцем.

Рейчел подписала последний документ, положила ручку и посмотрела на Макпарланда. Как обычно, его сердце ускорило бег.

— Как ты? — спросила она. — Шарлотта говорит, в разъездах.

Он пожал плечами.

— Ну да, пришлось съездить к клиенту в Нью-Йорк. Всего на несколько дней. А как ты?

Рейчел улыбнулась.

— Отлично. Просто замечательно. — Макпарланд обожал ее улыбку. — Как Шерлок?

Он улыбнулся в ответ. Это была их любимая шутка, еще со времен юридической школы, когда Рейчел купила ему аннотированное издание рассказов Конан Дойла, и Макпарланд попал на крючок. Он особенно восхитился, узнав, что его двоюродный прапрадед стал прототипом одного из агентов Пинкертона, появившегося в одной из историй. Макпарланд подумал, что его странное увлечение Холмсом и миром Великого детектива всегда забавляло Рейчел, особенно шерлокианская «игра», заключавшаяся в том, чтобы делать вид, будто Холмс и Уотсон существовали на самом деле.

Он повернулся к Бетти.

— Не могли бы вы дать нам несколько минут, прежде чем заняться со мной этим? — спросил он, показав на стопку юридических документов.

— Конечно, — ответила Бетти и встала. — Я буду за своим столом.

И вышла, закрыв стеклянную дверь.

Рейчел пошевелилась. Макпарланд отметил, что на ней тренировочный костюм, но, как обычно, она выглядела элегантно. Маленькая бриллиантовая подвеска сверкала на ее шее. Она немного хмурилась.

— Знаешь, никогда не думала, что ты захочешь продать здание.

Макпарланд снова пожал плечами.

— У меня не было выбора. В КУЛА* сказали: продавайте — или мы вас заставим. Нам заплатили приличную цену. Помнишь, когда мы его купили?

— Тринадцать лет назад, — сказала Рейчел. — Помню, я здорово нервничала. Это казалось такой кучей денег — особенно из-за младенца… Мы здорово поиздержались, но ты в него верил.

— Я говорил, что это правильный поступок, — ответил Макпарланд. — И пожалуйста — теперь мы продаем его в три раза дороже, чем купили. И никаких налогов, по крайней мере, для тебя. — На лице Рейчел отразилось замешательство. — Из-за смерти Билла, — продолжил Макпарланд, смутившись. — Помнишь? Я объяснял принципы налогообложения? Ты вписала оба имени.

Рейчел кивнула.

— Ах да. Ты дал нам хороший совет. Когда Билл заболел. Спасибо.

Она слабо улыбнулась.

Макпарланд почувствовал, что его лицо пылает. Неужели он действительно покраснел?

---

* Калифорнийский университет в Лос-Анджелесе.

— В этом преимущество бывшего мужа — налогового адвоката. Полагаю, единственное. — Пора сменить тему. — Как Шарлотта?

Рейчел нахмурилась.

— Ей четырнадцать, чего ты хочешь? У нее период «пожалуйста, господи, не дай мне стать такой же, как моя мать». Говорят, это пройдет, но пока у нас война. Может, свозишь ее куда-нибудь на выходные? Мне бы очень хотелось передохнуть от боевых действий.

Макпарланд улыбнулся.

— С удовольствием. Она еще не догадалась, что я не крутой, и мы могли бы неплохо провести время. Может, свожу ее в Сан-Франциско. Она была там совсем маленькой. Покажу ей гостиную Шерлока Холмса.

— Мы с Биллом возили ее на залив, когда ей исполнилось двенадцать, — сказала Рейчел. И быстро добавила: — Но все равно это хорошая идея. Своди ее на шопинг — в двенадцать она им не слишком интересовалась. И может, в художественные галереи. Кажется, ей нравятся школьные занятия по истории искусств. И конечно, покажи ей гостиную твоего друга Шерлока.

Макпарланд кивнул.

— Звучит неплохо. Я забыл, что вы с Биллом возили ее туда. Шарлотта отлично выглядит. С каждым днем все больше похожа на тебя. В восемнадцать станет твоей близняшкой.

— Скорее близняшкой меня восемнадцатилетней в собственных мечтах.

— Нет, правда. — Макпарланд нахмурился.

Рейчел пристально посмотрела на него.

— С тобой все в порядке?

Он сделал глубокий вдох.

— Я волновался, — признал он. — Провести несколько минут с тобой… Действительно увидеть тебя, а не просто поговорить по телефону. Прости.

Рейчел протянула руку и накрыла его ладонь.

— Как мы до этого дошли? — спросил Макпарланд. — Встреча в *фирме по депонированию*?

— Сам знаешь, — ответила она.

— На прошлой неделе была наша шестнадцатая годовщина. Но я уверен, ты об этом не забыла.

Рейчел убрала руку.

— Джимми…

— Шестнадцать лет назад мы пошли за пиццей. Год спустя ты забеременела. Еще через два месяца мы поженились. И жили долго и счастливо, — с горечью произнес он.

— Я пыталась, — хрипло сказала Рейчел. — Я правда пыталась.

Макпарланд молчал.

— Я знаю, — наконец ответил он. — Просто я не был твоим единственным.

— Да, — тихо согласилась Рейчел. — Я не могла любить тебя так, как любил меня ты. Это моя вина.

— Ничьей вины здесь нет, — возразил Макпарланд. — Я знаю, что любимых не выбирают. Я не выбирал тебя, в меня просто ударила молния. Но нам было хорошо вместе.

— Ты имеешь в виду секс? — спросила Рейчел. — Это было великолепно. И у нас родилась замечательная девочка! Но я все время лгала тебе. Лгала, что люблю тебя. Я считала тебя отличным парнем — немного странным — из-за твоих невидимых друзей, — но умным, добрым, романтичным, преданным… Однако я поняла. Сразу. Я хотела полюбить тебя, потому что ты так сильно любил меня. Поэтому я лгала — а потом наступил момент, когда я просто не могла лгать дальше.

— Я не был твоим единственным.

— Не был.

Макпарланд помедлил.

— Можно задать тебе вопрос?

— Конечно.

— А Билл был им?

Рейчел закрыла глаза и минуту не отвечала. Когда открыла их снова, они блестели.

— Да, был. Когда мы впервые встретились, у меня захватило дыхание. И такое часто случалось. Даже когда он заболел раком. Даже в тот последний день в больнице. — В ее глазах стояли слезы. — Извини.

Макпарланд молчал. В тот последний день...

Высохший Билл Ланд лежал на больничной койке, его лицо и кожа приобрели ужасный желтый оттенок. Шарлотта была в кафетерии, Рейчел куда-то отлучилась. Макпарланд неловко сидел у постели, удивляясь, что он здесь делает. Ланд заговорил скрипучим голосом:

— Они ушли? Мы одни?

Макпарланд кивнул, затем сказал:

— Да.

— Мне нужно, чтобы ты кое-что сделал для меня. Для Рейчел и Шарлотты. Только ты можешь это сделать. Я слишком слаб, чтобы подняться. — Скрежещущий голос словно рвал ему горло. — В кармане на «молнии», в моих спортивных брюках. В том шкафу. — Он открыл глаза, повернул голову в сторону шкафа. — Там лежит пластырь.

Макпарланд ждал.

Мгновение спустя Ланд продолжил:

— Обезболивающий пластырь. Новая штука. Предполагается использовать по одному каждые шесть-восемь часов. Если

я наклею сразу много, будто пытался избавиться от боли и не знал, что они действуют не мгновенно, это будет выглядеть как несчастный случай. И проблем со страховкой не возникнет. — Он помолчал. — Ей потребуются деньги.

— Послушай, Билл, я…

— Я считал себя крутым парнем. Но ошибся. Это… — его взгляд скользнул по палате, — убивает меня. — Какой-то звук, вероятно, смешок, сорвался с его губ. — Врач сказал, еще месяц-другой, но я не могу. Не говори Рейчел.

Макпарланд сидел, не шевелясь.

— Билл, это… это убьет ее.

Ланд закрыл глаза.

— Рядом с ними будешь ты. Я это знаю. — Слеза скатилась по его щеке. — Не заставляй меня умолять.

Это была «Женщина под вуалью», никаких сомнений. Из всех рассказов про Холмса Макпарланд меньше всего любил историю о женщине, желавшей убить себя. «Ваша жизнь вам не принадлежит», — сообщил Холмс, лицемерно предлагая ей стать образцовой «терпеливой страдалицей». Ведь терпеливо страдать предстояло не ему.

Макпарланд встал, подошел к шкафу, открыл дверцу и отыскал брюки. Расстегнул карман и достал упаковку пластыря. «Фентанил», гласила этикетка. Макпарланд отнес пластырь к Ланду и положил на прикроватный столик, рядом со стаканом воды и соломинкой.

Ланд открыл глаза.

— Теперь уходи. И… позаботься о наших девочках.

«Наших девочках», — мысленно повторил Макпарланд. Поднялся и шагнул к двери. Обернулся, чтобы заговорить, но Ланд махнул рукой, прогоняя его.

— Иди. Найди Шарлотту.

Макпарланд вышел из палаты и направился к медсестринскому посту. Подождал, сказал несколько ничего не значащих слов одной из сестер. Затем развернулся и спустился в кафетерий, чтобы найти свою дочь.

Тем вечером Билл Ланд скончался. Звонок Рейчел разбудил Макпарланда, который задремал в плетеном кресле, напиваясь перед поддельной каминной полкой Шерлока Холмса. Истерика Рейчел пробилась в его затуманенное сознание.

— Он не должен был меня покинуть! Слишком рано! — причитала она.

Немного успокоив ее, он вернулся в больницу и встретился с ней в комнате для посетителей. Он сидел там, держа ее за руку, а врач повторял, снова и снова:

— Дыхательная недостаточность по причине непреднамеренной передозировки морфия и фентанила.

Пришла главный врач, встревоженная женщина средних лет в мятом костюме, — Макпарланд подумал, что, возможно, она боялась судебного иска со стороны Рейчел.

— Пациент не сдал препарат, — объяснила главный врач, — в нарушение правил, четко изложенных в подписанной им при госпитализации анкете. — Поправив очки, она сверилась с рукописным отчетом. — Очевидно, пациент не знал, что высвобождение пластырем лекарства происходит не сразу. Он приклеил несколько пластырей на нижнюю часть тела, где их не могла обнаружить медсестра. По-видимому, пациент также включил капельницу на максимальную мощность. В результате он впал в медикаментозное беспамятство, напоминающее глубокий сон, и скончался от дыхательной недостаточности.

— Джимми?

Макпарланд осознал, что смотрит в окно невидящим взглядом. Солнце слепило глаза, и он моргнул.

— Прости. Прошлой ночью не выспался в самолете. Давай разделаемся с этими бумагами.

Он повернулся, отыскал в офисе Бетти и махнул ей рукой. Рейчел поднялась, чтобы уйти, но Макпарланд схватил ее за рукав.

— Ты не могла бы подождать, пока я подпишу бумаги? Я хочу немного побеседовать.

— Конечно, — ответила она. — Схожу за кофе.

Рейчел оставила его в комнате для совещаний, чтобы Бетти помогла ему закончить с документами.

Наконец и он покинул офис и вместе с Рейчел вышел на улицу.

— Моя машина вон там, — сказала Рейчел. Они зашагали к ней.

Макпарланд открыл водительскую дверцу, но не отошел в сторону, чтобы пропустить Рейчел.

— Могу я задать тебе вопрос?

— Давай, — неуверенно ответила она.

Макпарланд глубоко вдохнул.

— Ты выйдешь за меня? Снова?

Рейчел смутилась.

— Ты имеешь в виду… прямо сейчас?

Макпарланд тоже смутился.

— Со смерти Билла прошло больше года.

Рейчел посмотрела ему в глаза.

— Я знаю. И знаю, как много это будет значить для Шарлотты. Но я не могу. Не могу снова лгать, ни тебе, ни кому-то еще. Не могу притворяться перед всем миром, что люблю тебя… так.

Макпарланд медленно кивнул.

— Ты и твои проклятые принципы. Неужели ты действительно думаешь, что все женатые пары влюблены друг в друга?

Может, они вместе, потому что испытывают друг к другу симпатию. Или... — Он покачал головой. — Забудь.

— Джимми... — Рейчел потянулась к его плечу.

— Нет, — сказал он. — Я и так все знаю. — Шагнул в сторону, придержав для нее дверцу машины. — Я свяжусь с тобой насчет поездки в Сан-Франциско.

Рейчел села в автомобиль и завела двигатель. Открыв окно, посмотрела на Макпарланда.

— Ты хороший человек, Джеймс Макпарланд. Твой друг Шерлок гордился бы тобой.

Макпарланд внутренне съежился, думая, что сказал бы Холмс Биллу в те последние минуты. *Твоя жизнь тебе не принадлежит.* Он наклонился и мягко поцеловал Рейчел в щеку. Рейчел включила передачу и тронулась.

Макпарланд глядел ей вслед, смакуя ее слова.

«Если Холмс смог вернуться с Рейхенбахского водопада и через три года после своей предполагаемой гибели, значит, надежда есть до последнего, — подумал он. — *Однако не стоит ждать так долго — лучше позвонить на следующей неделе».*

— До встречи, детка, — сказал он себе. — Игра началась.

КАК Я УВИДЕЛ ШЕРЛОКА ХОЛМСА

Гаан Уилсон

Должен признать, что не помню точную дату моей первой встречи с Шерлоком Холмсом, но знаю, что это случилось в грозные дни Второй мировой войны. Гитлер с нацистами уже строили свою невероятно мощную машину уничтожения, а я был очень юным молодым человеком, жившим с родителями в симпатичном многоквартирном доме в Эванстоне, штат Иллинойс, где для нужд жильцов имелся широкий задний двор, он же парковка.

В этом же здании жило много семей с детьми моего возраста, мы с восторгом играли вместе и в целом неплохо ладили друг с другом. Особо нежные чувства я испытывал к юной блондинке по имени Хелен Стамф, жившей в крошечном домике в углу двора, рядом с узким переулком, разделявшим наш квартал. Она была дочерью Мэтта Стамфа, уборщика нашего дома, большого, крепкого мужчины, который говорил с сильным немецким акцентом, но, несмотря на весьма угрожающую внешность и отсутствие высшего образования, обладал превосходным интеллектом. Мы с ним вели продолжительные, глубокомысленные и очень интересные беседы, темой которых часто становилась Германия и творящиеся в ней несчастья. Беседы эти подготовили мой юный ум к суровой реальности жизни в тех далеких странах, что, в свою очередь, привело к тому, что я с большим энтузиазмом брал в местной публичной библиотеке книги об иностранцах и их родине.

Особый интерес у меня вызывали произведения про Англию, в том числе — после того как мне повезло случайно наткнуться на них — великолепные творения Артура Конан Дойла, посвященные восхитительному Шерлоку Холмсу!

Я всегда с удовольствием вспоминаю (и до сих пор испытываю при этом возбуждение!) приключение в духе Холмса, имевшее место в вагоне поезда, на котором я, уже будучи взрослым, поздней ночью возвращался после вечерних развлечений в Эванстон из Чикаго. Я устроился на своем месте, поезд сделал несколько остановок в центре города, мои глаза лениво блуждали по пассажирам — и вдруг я замер и удержал рот закрытым исключительно посредством неимоверного напряжения воли: в пяти метрах от меня, в своей охотничьей шляпе, викторианском плаще, с лицом, на котором сменялась череда удивительных выражений глубокой задумчивости, сидел Бэзил Рэтбоун* в образе Шерлока Холмса!!!

Мы добрались до самой Говард-стрит, что отделяет Чикаго от пригородов Эванстона. На лице Рэтбоуна продолжали меняться различные задумчивые выражения. Наконец он поднялся и вышел. Постоял на платформе, внимательно оглядываясь (в поисках Мориарти?), а затем скрылся в ночной мгле.

Я очень везучий человек.

* Английский актер, сыгравший Шерлока Холмса в цикле фильмов «Приключения Шерлока Холмса» (1939–1946).

«Рад сообщить, что ваши рассказы, Уотсон, значительно расширили круг моих клиентов!»

«Никогда не видел более отчетливого следа к убийце!»

«Полагаю, только вы, Уотсон, могли превратить собаку Баскервилей в домашнего питомца!»

ОБ АВТОРАХ

Лора Колдуэлл — бывший адвокат по гражданским процессам, профессор юридического факультета Чикагского университета Лойолы, основатель движения «Жизнь после невинности». Автор четырнадцати романов и одной документальной книги, она говорит, что наконец прониклась страстями по Шерлоку.

Ее веб-сайт: http://www.lauracaldwell.com.

Джеффри Дивер — бывший журналист, исполнитель народных песен и адвокат, автор, получивший международное признание. Его романы попадали в списки бестселлеров по всему миру, в том числе «Нью-Йорк таймс», лондонской «Таймс», итальянской «Коррьере делла Сера», сиднейской «Морнинг херald» и «Лос-Анджелес таймс». Его книги продаются в 150 странах и переведены на 25 языков.

Автор тридцати трех романов, двух сборников рассказов и документальной книги по юриспруденции, Джеффри Дивер был номинантом и лауреатом многочисленных наград. «Брошенные тела» был признан романом года Международной ассоциацией писателей триллеров; на эту же премию были номинированы внецикловый роман «Грань» и триллер о Линкольне Райме «Разбитое окно». Дивер получил «Стальной кинжал» и «Кинжал рассказа» от Британской ассоциации писателей детективов, а также премию Ниро Вулфа. Он трижды лауреат читательской награды Эллери Куина за «Лучший рассказ года» и лауреат британской премии «За чертовски занимательное чтиво».

Дивер говорит, что на создание Линкольна Райма, детектива, страдающего полным параличом, впервые появившегося в романе «Власть страха», его вдохновил Шерлок Холмс, который, по словам автора, является прототипом едва ли не всех интеллектуальных героев, раскрывающих преступления.

Читатели могут посетить веб-сайт Дивера: www.jefferydeaver.com.

Майкл Дирда вступил в ряды «Нерегулярных полицейских с Бейкер-стрит» в 2002 году под именем Лангдейла Пайка. Он лауреат Пулитцеровской премии и книжный обозреватель «Вашингтон пост», автор книги «О Конан Дойле», в 2012 году получившей премию Эдгара Американских авторов детективов. Его следующая книга, «Перелистывая страницы: год чтения, коллекционирования и жизни с книгами», выйдет в издательстве «Пегас» в 2015 году. За ней последует переоценка популярной беллетристики конца XIX — начала XX в. под рабочим названием «Великая эпоха повествования». Обратите внимание, что откровения, изложенные в рассказе «Кто угодно», несмотря на их шокирующую природу, столь же достоверны и исторически точны, сколь и подробные отчеты Уотсона о многочисленных расследованиях Шерлока Холмса.

Восьмидесятилетний писатель с шестидесятивосьмилетним писательским стажем, лауреат сотен наград, автор почти двух тысяч опубликованных рассказов, статей, эссе, сценариев полнометражных фильмов и сериалов и ста двух томов повествований, **Харлан Эллисон** хочет сказать только одно: «Некоторое время я был здесь — и некоторое время я имел значение».

Корнелия Функе познакомилась с Лесли Клингером на Книжном фестивале в Лос-Анджелесе, где он подписывал свое аннотированное издание Шерлока Холмса. Поскольку его ничуть не смущал ее немецкий акцент и тот факт, что она предпочитает писать для детей, они подружились — и дружат по сей день. Тогда Корнелия не знала, что ее дочь будет жить в Лондоне на той самой улице, где когда-то жил Конан Дойл (она часто проходит мимо его памятной таблички) или что однажды она случайно отыщет его могилу в английской деревушке. Разумеется, следующим логическим шагом было бы написать рассказ в честь одного из самых удивительных персонажей, когда-либо сходивших с книжных страниц. Корнелия опубликовала более шестидесяти произведений на четырех десятках языков в семидесяти странах, но за свою карьеру редко испытывала такую гордость, как в тот момент, когда Лес попросил ее написать эту историю. Она благодарно склоняет голову — и надеется, что это не последняя ее встреча с блистательным Шерлоком Холмсом (и не менее блистательным, на ее взгляд, доктором Уотсоном).

Адрес ее веб-сайта: http://www.corneliafunke.com.

Эндрю Грант родился в 118 милях к северу от дома 221-б по Бейкер-стрит, в мае 1968 года. Свои дедуктивные навыки он отточил в школе Сент-Олбанс, Хартфордшир, а позже поступил в Шеффилдский университет, где изучал английскую литературу и драму. Окончив его, Эндрю создал небольшую независимую театральную компанию, представлявшую оригинальные постановки местной, региональной и национальной аудитории. После успешного — с точки зрения критиков, но сложного — с финансовой точки зрения — выступления на эдинбургском фестивале искусств «Фриндж» Эндрю «на время» перебрался в телекоммуникационную индустрию, чтобы решить денежные проблемы. Пятнадцать лет спустя, сыграв различные роли — в том числе подпадавшие под действие закона о государственной тайне Великобритании, — Эндрю бросил корпоративную жизнь и стал автором успешного цикла романов о Дэвиде Тревельяне: «Квиты», «Умри дважды» и «Скорее во вред, чем на благо». Его последняя книга, внецикловый триллер «Беги», вышла в октябре 2014 года.

Эндрю женат на писательнице Таше Александр и живет в Чикаго, штат Иллинойс.

Более подробная информация доступна на его веб-сайте: www.andrewgrantbooks.com.

В детстве **Дениз Гамильтон** была так напугана «Собакой Баскервилей», что поклялась никогда не заходить ни в одно обветшалое английское поместье и не гулять по болотам. К счастью, она провела университетский семестр в Лондоне, поняла, что поклялась напрасно, и объездила всю Великобританию.

Много лет проработав репортером в «Лос-Анджелес таймс», Дениз взялась за детективы. Ее романы становились финалистами премий Эдгара и Уиллы Кэсер. Под ее редакцией вышла завоевавшая премию Эдгара «Антология нуара Лос-Анджелеса»* и «Нуар Лос-Анджелеса-2: классика». Ее по-

* В русском переводе выходила под названием «Лос-Анджелес. Темная сторона».

следний роман, «Устранение последствий», Джеймс Эллрой назвал «отличным психологическим триллером». Когда Дениз не изобретает новые интересные способы убийства людей, она пишет о парфюмерии для «Лос-Анджелес таймс».

Загляните к ней: www.denisehamilton.com.

Нэнси Холдер — автор бестселлеров по версии «Нью-Йорк таймс» (цикл «Проклятые», в соавторстве с Дебби Виге). Она написала множество романов-ужасов и темного фэнтези для молодой аудитории, а также более двухсот рассказов. Среди ее прославленных работ для телевидения и знаменитых персонажей — «Баффи — истребительница вампиров», «Волчонок», «Ракетчик», Зорро, Нэнси Дрю и Хеллбой. Она лауреат пяти премий Брэма Стокера Ассоциации писателей ужасов, а ее романы включены в рекомендуемые списки Американской библиотечной ассоциации, Американской ассоциации читателей и книг для подростков Нью-Йоркской публичной библиотеки.

Впервые она встретилась с Холмсом в раннем детстве, когда смотрела фильм «Шерлок Холмс и секретное оружие», снятый во время Второй мировой войны. Его показывали в «Театре научной фантастики». Несколько лет после этого Нэнси считала, что Холмс и Уотсон — викторианские путешественники во времени, а может, их оживили, чтобы спасти Англию от нацистов.

Лесли Клингер рассеял ее сомнения на книжной выставке в Лос-Анджелесе, и Нэнси тут же пригласили к «Нерегулярным полицейским с Бейкер-стрит», на обед в честь дня рождения Шерлока Холмса, в Нью-Йорк. С тех пор она наслаждается компанией «нерегулярных полицейских», которые знакомили ее со своими коллекциями произведений искусства и водили на частные пешие экскурсии по Лондону Холмса. Благодаря активной помощи «Траста» она обнаружила, что связана родственными узами с тем самым семейством Холдеров, которому Холмс помог в «Берилловой диадеме». Более того, ей достался дневник Мэри Холдер. Вторая история, основанная на жизненных перипетиях этой родственницы с сомнительным прошлым, будет опубликована в сборнике «Шерлок Холмс и Доктор Что?». Следующая книга Нэнси — «Правила», триллер для подростков, выйдет в «Пингвин рэндом хауз». Она живет в Сан-Диего, штат Калифорния, со своей дочерью Беллой.

Адрес ее веб-сайта: www.nancyholder.com.

Лори Р. Кинг, признанный автор детективов-бестселлеров, больше всего известна благодаря циклу о Мэри Рассел и Шерлоке Холмсе, первая книга которого, «Ученица Шерлока Холмса», вышла в 1994 году, а последняя, «Мечтательные шпионы», еще не опубликована. Она также пишет популярные детективы, в том числе новую серию («Эталон», «Кости Парижа»), действие которой происходит примерно в то же время и в том же месте, что и действие романов о Рассел и Холмсе, хотя персонажи еще не встретились. Кинг думает, что этот цикл — хороший план отступления на случай, если шерлокианский мир восстанет против ее вольностей. Сама она является членом «Нерегулярных полицейских с Бейкер-стрит», в ее краях известных как «Алое кольцо».

Кинг и Лесли Клингер познакомились на почве проделок жильцов дома 221-б по Бейкер-стрит, хотя к настоящему моменту уже трудно сказать, кто кого вовлекает в совместные проекты.

Для более подробной информации зайдите на ее сайт: www.LaurieRKing.com.

Лесли С. Клингер — лауреат премии Эдгара, редактор «Нового аннотированного Шерлока Холмса» и двадцати пяти других книг. Гордо нося звание «первого в мире консультирующего шерлокианца», он читает лекции и пишет статьи о Холмсе, Дракуле и викторианской эпохе, одновременно занимаясь адвокатской практикой. Прежде его собственные слова появлялись только в сносках, однако теперь он имеет честь быть полноправным автором в ряду других, представленных в этом сборнике.

Узнать больше о Лесли можно на http://www.lesliesklinger.com.

Джон Лескроарт — автор бестселлеров по версии «Нью-Йорк таймс», чьи книги были переведены более чем на двадцать языков и проданы в количестве более десяти миллионов экземпляров. Джон начал оттачивать свои шерлокианские навыки на формальных «Обедах Марты Хадсон», которые устраивал в двадцатилетнем возрасте. Его первая книга, вышедшая в твердой обложке, «Сын Холмса», излагала теорию о том, что Ниро Вулф (изначально известный как Август Лупа) был сыном Шерлока Холмса и Ирен Адлер. В продолжении, «Мести Распутина», раскрываются взаимоотношения между Мориарти, Распутиным, Шерлоком Холмсом и Лупой в последние месяцы Первой мировой войны. Рассказ Джона «Приключение гигантской крысы с острова Суматра» был выбран для сборника «Лучшие рассказы американских писателей» 1998 года (под редакцией Сью Графтон).

Все свои представления о Лондоне **Сара Парецки** почерпнула из рассказов о Шерлоке Холмсе, которые читала в детстве. И впервые оказавшись там, была очень разочарована, не увидев изящных кебов. Когда туман с озера Мичиган затягивает улицы Чикаго, она знает: «Если рассудок и жизнь дороги вам, держитесь подальше от болот». Собственный детектив Парецки, В. И. Варшавски, живущая на страницах двух десятков романов и сборников рассказов, — это анти-Холмс; в раскрытии преступлений она больше полагается на инстинкт и психологию, чем на улики. Возможно, Холмс явился окончательным ответом на викторианскую убежденность в том, что человек может достичь совершенства через логику, в то время как В.И., выросшая в ядерном мире, который пережил Холокост, верит, что за каждым углом прячется психопат, готовый прикончить нас всех за нанесенное, по его мнению, оскорбление. Однако и Холмсу, и В.И. свойственна беспокойность, которая заставляет их действовать — и, в случае В.И., приводит к тому, что она оказывается полумертвой в болоте, попадает в ловушку в горящем здании, летит с крыши небоскреба и едва не тонет в море. Может, она и не так сильна в дедукции, как Холмс, зато намного более вынослива.

Чтобы узнать больше о Парецки и Варшавски, загляните на http://www.saraparetsky.com.

Майкл Симс — автор признанных документальных произведений, таких как «Приключения Генри Торо» и «История паутинки Шарлотты». Он писал о Шерлоке Холмсе в своих книгах, а также в многочисленных антологиях, редактором которых являлся, в том числе в «Мертвом свидетеле» в серии «Коллекция знатока» «Блумсбери». Он был почетным докладчиком на ежегодной встрече «Нерегулярных полицейских с Бейкер-стрит». Сейчас Майкл работает над книгой о реальных людях в жизни Артура Конан Дойла, вдохновивших его на создание Шерлока Холмса.

Адрес веб-сайта Майкла: http://www.michaelsimsbooks.com.

Гаан Уилсон — американский писатель, карикатурист и иллюстратор. Его карикатуры (обычно изображающие очаровательно жутких монстров) и проза вот уже более пятидесяти лет регулярно публикуются в «Плейбое», «Нью-Йоркере» и «Кольерсе». Он нарисовал множество карикатур на Холмса и Уотсона, а в 1988 году издал роман «Все любят утку» о детективе Енохе Боуне и его спутнике Джоне Уэстоне. В 2005 году Гаан получил награды за прижизненные достижения от Всемирного конвента фэнтези и Национальной ассоциации карикатуристов.

БЛАГОДАРНОСТИ

Эта книга никогда не была бы опубликована без упорства, опыта, ценных советов и терпения наших адвокатов, Джонатана Кирша и Скотта Гилберта, а также их коллег. Им помогали выдающиеся волонтеры, профессор Бетси Розенблатт и Дарлин Сайпсер, эсквайр, внесшие большой вклад в юридические аргументы. Наши друзья и «свидетели-эксперты», Питер Блау и Стив Ротман, также трудились изо всех сил, поскольку верили в наше дело. Достопочтенная Зоя Элькаим заведовала обновлением веб-сайта www.free-sherlock.com по выходным, дням рождениям и в роддоме. Жена Леса Шерон ни слова не сказала о времени и стоимости предприятия и оказывала нам постоянную поддержку. Есть и многие другие, кто вложил в дело свои деньги, или энтузиазм, или создал ему рекламу; мы счастливы, что смогли довести его до завершения.

Мы также благодарны агенту Дону Маасу, который помог нам с некоторыми необычными сделками; нашему отважному издателю Клейрборну Хэнкоку, который верил в нас даже в самые темные времена; и, конечно, семье, друзьям, а также — возможно, в наибольшей степени — вам, наши очень, очень терпеливые авторы, многие из которых сказали «да» еще в 2012 году, когда это звучало так просто, а потом создали свои шедевры и ждали, ждали, ждали!

Огромное спасибо всем, без кого этой книги не было бы.

Л. & Л.

СОДЕРЖАНИЕ

СОДЕРЖАНИЕ

Литературно-художественное издание

ЭЛЕМЕНТАРНО, ХОЛМС!

Сборник

Редактор *Н. Никитенко*
Художественный редактор *Е. Фрей*
Технический редактор *Н. Духанина*
Компьютерная верстка *В. Кудымов*
Корректор *М. Ионова*

Общероссийский классификатор продукции
ОК-005-93, том 2; 953000 — книги, брошюры

ООО «Издательство АСТ»
129085, г. Москва, Звездный бульвар, д. 21, строение 3, комната 5
Наш электронный адрес: **www.ast.ru**
E-mail: **astpub@aha.ru**
ВКонтакте: vk.com/ast_neoclassic

«Баспа Аста» деген ООО
129085, г. Мәскеу, жұлдызды гүлзар, д. 21, 3 құрылым, 5 бөлме
Біздің электрондық мекенжайымыз: www.ast.ru
E-mail: astpub@aha.ru

Қазақстан Республикасында дистрибьютор
және өнім бойынша арыз-талаптарды қабылдаушының
өкілі «РДЦ-Алматы» ЖШС, Алматы қ., Домбровский көш., 3«а», литер Б, офис 1.
Тел.: 8(727) 2 51 59 89,90,91,92
Факс: 8 (727) 251 58 12, вн. 107; E-mail: RDC-Almaty@eksmo.kz
Өнімнің жарамдылық мерзімі шектелмеген.

Өндірген мемлекет: Ресей
Сертификация қарастырылмаған

Подписано в печать 16.11.2015. Формат 60×90 $^{1}/_{16}$.
Гарнитура «Arno Pro». Печать офсетная. Усл. печ. л. 21,0.
Тираж 3000 экз. Заказ № 1638.

Отпечатано в ОАО «Можайский полиграфический комбинат».
143200, г. Можайск, ул. Мира, 93.
www.oaompk.ru, www.оаомпк.рф тел.: (495) 745-84-28, (49638) 20-685

ИНТЕРНЕТ-МАГАЗИН
shop.ast.ru
А С Т

ISBN 978-5-17-087578-8

9 785170 875788 >

16+

Знак информационной продукции